Zum Buch:

Paris, 1923. In Coco Chanels eleganter Boutique erkennt eine Kundin den Mörder ihrer Schwester – allein am Duft seines Parfüms. Unfreiwillig wird die legendäre Modeschöpferin zur Ermittlerin in einem Netz aus Intrigen und Geheimnissen. Zwischen Haute Couture und düsteren Gassen jagt sie einen Schatten, dessen einzige Spur ein flüchtiger Duft ist. Eine Geschichte um Täuschung und falsche Identitäten, in der Coco Chanel alles riskieren muss, um die Wahrheit aufzudecken, bevor sie selbst zur Zielscheibe wird.

Zur Autorin:

Hinter Michelle Marly verbirgt sich die deutsche Bestsellerautorin Micaela Jary, die in der Welt des Kinos und der Musik aufwuchs. Durch ihren Vater, den Komponisten Michael Jary, entdeckte sie schon früh ihre Liebe zu Frankreich; ihre Mutter, ein ehemaliges Mannequin, prägte ihren Sinn für Mode. Sie lebte lange in Paris und wohnt heute mit Mann und Hund in Berlin und München. Sie hat eine erwachsene Tochter und ist sehr glückliche Oma von Zwillingen.

Michelle Marly

MADEMOISELLE COCO UND DER DUFT DES MÖRDERS

Kriminalroman

HarperCollins

1. Auflage 2025
Originalausgabe

Valentinskamp 24 · 20354 Hamburg
info@harpercollins.de
Umschlaggestaltung von FAVORITBÜRO, München,
unter Verwendung von Shutterstock
Gesetzt aus der Adobe Garamond
von GGP Media GmbH, Pößneck
Druck und Bindung von GGP Media GmbH, Pößneck
Printed in Germany
ISBN 978-3-365-00995-6
www.harpercollins.de

Druckprodukt mit finanziellem
Klimabeitrag
ClimatePartner.com/15109-2009-1001

FSC
MIX
Papier
FSC® C014496

Diese Geschichte ist ein Märchen.
Sie handelt von historischen Personen und
beruht in Teilen auf wahren Begebenheiten,
ist aber insgesamt ausschließlich ein Produkt meiner Fantasie.

PROLOG

Die kleinen Stumpenkerzen waren in Gruppen aufgestellt und tauchten das Zimmer in ein sanftes gelbes Licht. Bei näherer Betrachtung stellte sie fest, dass die Kerzenflammen, so platziert, zwei ineinander verschlungene Herzen darstellten. Ein Anblick, der sie gleichsam verstörte wie verführte.

Warum tat er das? Noch nie hatte ein Mann so tief in ihre Seele geblickt und ihre längst verschüttet geglaubte Sehnsucht nach romantischer Liebe hervorgeholt. Ihre erste Ehe war aus dem Grund geschlossen worden, aus dem viele junge Mädchen vor zwanzig Jahren geheiratet hatten: aus wirtschaftlichen und gesellschaftlichen Interessen, vielleicht verbunden mit Freundschaft, aber nicht einmal aus Zuneigung. Als ihr Mann der Spanischen Grippe zum Opfer fiel, hatte sie eine gewisse Erleichterung nicht verbergen können. Natürlich war sie traurig über den Verlust des Partners gewesen, mehr noch fürchtete sie sich allerdings vor dem Alleinsein, im Großen und Ganzen waren die Ersparnisse des Geizhalses jedoch ein großer Trost. Mit dem Geld, das er ihr vorenthalten hatte, würde sie sich nun ein angenehmes Leben machen. Und allein war sie auch nicht mehr. Die Begegnung mit ihm im Café de Flore, in das sie sich nur getraut hatte, weil sie, die bürgerliche Witwe, annahm, in einem Künstlerlokal niemanden zu treffen, den sie kannte … Also, diese eine Begegnung hatte ihr Leben verändert. Vom ersten Augenblick an, als er höflich um Erlaubnis gebeten hatte, sich an ihren Tisch setzen zu dürfen, hatte sie gewusst, dass dieser Mann ihr Schicksal war.

Sie öffnete den Gürtel, sodass der Spitzenmantel lose über ihr seidenes Negligé fiel. Eine besondere Garderobe für ihre erste Nacht mit ihm. Ihre zweite Hochzeitsnacht. Ganz anders als die wenig erfreulichen, etwas linkischen Momente bei derselben Gelegenheit vor zwanzig Jahren. Heute erwartete sie zärtliche Berührungen an unaussprechlichen Stellen ihres Körpers und Leidenschaft. Ja, vor allem atemberaubende Leidenschaft, die sie alles vergessen und nur fühlen ließ, wie herrlich das Zusammensein mit einem Mann sein konnte. Diesem Mann. Ihrem zweiten Mann, von dem sie wünschte, er wäre ihr erster gewesen.

Noch einmal warf sie einen Blick in den Spiegel über der Kommode. Sie sah nicht aus wie eine mondäne Verführerin, aber immerhin verwischte der sanfte Kerzenschein der beiden Herzen die angespannten Züge und verhärmten Linien in ihrem Gesicht.

Dann rief sie nach ihm. Ihre Stimme zitterte vor Aufregung. Und vielleicht auch ein wenig vor Lust. Schließlich erwartete sie nichts weniger als die Erfüllung ihrer heimlichen Träume.

Sie wusste nicht, dass diese Nacht ihre letzte sein würde.

Paris, Herbst 1923

1

Das Geschäft mit den Hüten war für Gabrielle Chanel nicht mehr die größte Einnahmequelle. Seit einigen Jahren florierte ihre tragbare elegante Mode dermaßen, dass sie in einen größeren Laden mit Atelier in der ersten Etage in die Rue Cambon 31 hatte umziehen können, einige Häuser entfernt von der alten Boutique. Und seit einigen Monaten erfüllte ein ganz spezieller frischer Duft nach Jasmin und Rosen ihre Räumlichkeiten: ihr eigenes Parfüm, Chanel No 5, das sie inzwischen nicht mehr nur an ihre besten Kundinnen verschenkte, sondern sehr erfolgreich verkaufte. Neben den bekannten Größen der Pariser Gesellschaft deckten sich vornehmlich Touristen aus Amerika mit den in schlichter Schönheit gestalteten Flakons ein; der niedrige Kurs des französischen Franc gegenüber dem Dollar machte das Parfüm zu einem perfekten Souvenir, gelegentlich kamen aber auch Fremde aus der Provinz vorbei, die nach einem luxuriösen Mitbringsel suchten, das jedoch nicht ganz so teuer war wie eine neue Garderobe.

»Wir heiraten nächste Woche«, flötete eine Dame.

Ihr glückliches Kichern drang durch den Verkaufsraum und sogar die Treppe hinauf, wo Gabrielle zufällig auf der obersten Stufe stand. Als Chefin ließ sie sich höchst selten in ihrem Laden sehen, sie wollte auf diese Weise für einen gewissen Nimbus der Unerreichbarkeit und Exklusivität sorgen. Die Frauenstimme machte sie jedoch aus irgendeinem Grund neugierig, und deshalb stieg sie langsam hinab. Auf halber Höhe, dort, wo die Stiege eine kleine Kurve machte, blieb sie stehen. Von hier aus beobachtete sie meist ihre Modenschauen, ohne selbst gesehen zu werden, und sie hatte einen vortrefflichen Überblick über den Verkauf.

Erstaunlicherweise war es keine junge Frau mehr, die da ihre bevorstehende Hochzeit laut verkündet hatte. Sie hatte tatsächlich wie ein junges Mädchen geklungen, es passte auf sie jedoch eher die Bezeichnung »alte Jungfer«. Sie war gewiss ein paar Jahre älter als Gabrielle, die im August ihren vierzigsten Geburtstag gefeiert hatte, und sie war nicht halb so gut erhalten. Dennoch umwehte eine jugendliche Begeisterung die in die Jahre gekommene Braut. Das Glück machte sie überraschend hübsch und verlieh ihr einen jugendlichen Charme, eine Frische, die sie in den vergangenen Jahrzehnten wohl nie kennengelernt hatte.

Die Kundin probierte einen Glockenhut aus weiß lackiertem Stroh, dessen Krempe mit einem dunkelblauen Band eingefasst war. Eigentlich war es eine ihrer Kreationen für den Sommer, die sich in Gabrielles Boutiquen in Deauville und Biarritz am besten verkaufen ließen. Für eine Hochzeit eignete er sich ebenso wie für einen Spaziergang am Meer. Gabrielle fand, dass ihre Verkäuferin sehr umsichtig handelte, indem sie Madame – oder vielleicht war es sogar noch eine Mademoiselle – dieses Modell angedreht hatte, bevor es mit Beginn der kühlen Jahreszeit ein Ladenhüter würde.

Anastasia, eben jene Mitarbeiterin, notierte gerade etwas in einen Notizblock, was ihr von dem Begleiter der Kundin diktiert wurde. Den Mann konnte Gabrielle von ihrem Platz aus nicht erkennen, da er ihr den Rücken zudrehte und eine Kopfbedeckung trug. Der Fedora aus dunkelgrauem Filz war ebenso modisch und elegant wie der gleichfarbige gut geschnittene Anzug von Monsieur. Offensichtlich handelte es sich um einen wohlhabenden Mann mit Stil. Das sah Gabrielle auch am Schnitt des Jacketts: Der Rücken und die Ärmel, die ihrer Ansicht nach schwierigsten Teile bei der Herstellung eines Kleidungsstücks, waren hervorragend gearbeitet.

Offenbar musste an dem Hut noch etwas geändert werden, denn die Kundin ließ ihn sich mit einem deutlich hörbaren Seufzen von Anastasia wieder abnehmen. Oder er würde geliefert. Jedenfalls wurde er nicht in eine der Hutschachteln des Modehauses Chanel verpackt, sondern Anastasia hielt ihn in der Hand, als der Begleiter der Dame ihr den Arm bot. Anastasia war nicht so schnell wie das Paar bei der Tür, deshalb hielt Monsieur seiner Verlobten die Tür auf.

Im selben Moment tauchte eine andere Frau in der Rue Cambon auf und strebte in das Geschäft. Die beiden Damen drängten sich im Eingang, während der höfliche Mann, den Gabrielle noch immer nicht genau sah, geduldig die Tür aufhielt. Es gab ein Hin und Her, bevor die erste Kundin schließlich hinaus- und die zweite hineinging – und entsprechend lange musste der Kavalier ausharren. Doch nachdem sich Mesdames still geeinigt hatten, durfte der Begleiter seiner Dame auf die Straße folgen.

Die Frau, die eben eingetreten war, fuhr herum. Sie erstarrte, blickte dem Paar nach und murmelte anscheinend etwas, was Gabrielle nicht hören konnte.

Mit zwei Schritten war Anastasia neben ihr. »Kann ich Ihnen behilflich sein?«

»Mörder!« Es war nur ein Keuchen, dann aber entfuhr der Fremden mit einem Kreischen: »Dieser Mann ist der Mörder meiner Schwester!«

Sie machte einen Satz nach vorne, als wollte sie sich auf Monsieur stürzen. Doch stattdessen knallte sie mit der Stirn gegen die Glasscheibe der Eingangstür. Einen Atemzug später gaben ihre Knie nach, und sie sackte auf Coco Chanels sandfarbenem Teppich ohnmächtig zusammen.

2

Was für ein Aufruhr!

Hin- und hergerissen zwischen Erster Hilfe, dem Überprüfen der Befindlichkeit ihres Bodenbelags und der Überlegung, ob dem unbekannten Paar nachgestellt werden sollte, harrte Gabrielle einen Moment zu lange auf der Treppe aus, um irgendetwas davon zu unternehmen. Die Schrecksekunde wurde zu einer Minute, in der sich Anastasia zu der Frau kniete, zwei weitere Verkäuferinnen hinzueilten und das Gesicht einer Kundin zwischen den Vorhängen der Umkleidekabine auftauchte. Erst danach setzte sich Gabrielle mit schweren Gliedern in Bewegung. Doch da war das Durcheinander kaum noch beherrschbar.

Alle Frauen redeten durcheinander. Eine rief nach einem Arzt, eine andere nach einem Glas Wasser. Mit diesem tauchte Madame Aubert aus dem hinteren Bereich des Geschäfts auf. Gabrielles alterslose elegante Assistentin war wie durch ein Wunder immer mit dem zur Stelle, was gerade benötigt wurde. Die Vicomtesse war als Jeanne des Saint-Pons in Südfrankreich geboren worden und benutzte das bürgerliche Pseudonym, um sich als Angestellte zu etablieren. Das hinderte sie jedoch nicht daran, alte Kontakte aufleben zu lassen, wenn es darum ging, neue Kundinnen zu akquirieren. Alles in allem war sie für das Haus Chanel über die Jahre unersetzlich und für Gabrielle zu einer engen Vertrauten und Stütze geworden. Auch jetzt sorgte sie mit ihrer inneren Ruhe für eine gewisse Ordnung. Als sie sich zu der Ohnmächtigen beugte, reagierte sogar die auf Madame Auberts Anwesenheit.

»Helfen Sie mir«, flüsterte die Fremde, während sie langsam ihr Bewusstsein wiederfand. »Rufen Sie die Polizei!«

»Nein. Nein, nein, nein.« Gabrielle beschleunigte ihre Schritte. »Es ist alles sicher nur ein Missverständnis.« Endlich war sie neben ihren Mitarbeiterinnen angelangt, die um die derangierte Person herumstanden. »Gehen Sie wieder an Ihre Arbeit«, wies sie die schönen jungen Frauen an, die sie nach und nach eingestellt hatte, seit ihre Geschäfte mit derselben Quote anstiegen wie die Zahl der adligen russischen Emigrantinnen in Paris. »Madame Aubert und ich kümmern uns um die Dame.«

»Polizei!« Die Stimme der Unbekannten wurde nach einem Schluck Wasser fester. »Bitte rufen Sie die Polizei. Ich muss sofort eine Aussage machen.« Als sie sich mit Madame Auberts Hilfe aufzusetzen versuchte, taumelte sie jedoch. Ihre Hand flog an die Stirn, und Gabrielle entdeckte einen Ehering.

»Ich denke, wir sollten erst einmal Ihren Mann verständigen«, schlug sie vor. »Da es Ihnen nicht gut geht, wird er Sie gewiss abholen wollen.« Im Stillen gratulierte sie sich zu dieser Idee. Es kam ja gar nicht infrage, dass Madame die Polizei verständigte. Jedenfalls nicht, solange sie sich in dieser Boutique aufhielt. Gleichgültig, wen oder was sie gesehen zu haben glaubte.

Gabrielles Erfahrungen mit den Gesetzeshütern waren ambivalent. Vor sieben Jahren war im Hinterhof ihres alten Ladens ein junger Mann umgebracht worden, und die Begegnung mit Kriminalkommissar Hollande hatte ihr selbst am Ende wohl das Leben gerettet, als sie die Mörderin gestellt hatte, aber ein Wiedersehen gehörte nicht zu ihren dringendsten Wünschen. Danach hatte sie noch einmal mit Polizisten sprechen müssen. Das war an Weihnachten vor vier Jahren gewesen, als sie den Ort besucht hatte, wo Arthur Capel tödlich verunglückt war. Ihr Geliebter, den seine Freunde Boy nannten, war auf dem Weg von der Riviera – und von seiner Ehefrau – zu Gabrielle nach Paris gewesen, als sein Wagen auf regennasser Fahrbahn ins Schleudern geriet und von der Straße abkam. Niemand hatte ihr erklären können, was genau geschehen war, zumal sich keine Bremsspuren finden ließen. Außer ihrer tiefen Trauer blieb der unbedingte Wille zurück, künftig nichts mehr mit der Polizei zu tun zu haben. Sie war abergläubisch und davon überzeugt, dass die bisherigen Begegnungen nur von Übel geprägt waren.

Hinzu kam, dass der Besuch eines Polizisten in einem noblen Haus wie diesem für Unruhe unter den Kundinnen sorgen würde. Obwohl sich Gabrielle von einer Hutmacherin zur etablierten Modeschöpferin emporgearbeitet hatte, fürchtete sie nichts so sehr wie bösartigen Klatsch und den damit verbundenen Einbruch ihres Erfolgs. »Beruhigen Sie sich erst einmal«, sagte Gabrielle mit Nachdruck. »Wenn Sie aufstehen können, kommen Sie am besten in mein Büro. Dort können wir uns ungestört unterhalten.« Nichts lag ihr ferner, aber so entzog sie die Dame wenigstens der allgemeinen Aufmerksamkeit.

Tatsächlich ließ sich die Angesprochene von Madame Aubert aufhelfen. »Haben Sie Telefon?«, fragte sie, als sie wieder – vorsorglich gestützt – auf ihren Beinen stand.

»Ja«, entfuhr es Gabrielle, bevor sie sich klar machte, dass das eigentlich die falsche Antwort war. Ergeben zuckte sie mit den Achseln und wandte sich an Madame Aubert: »Kommen Sie zurecht? Oder brauchen Sie Hilfe?«

Natürlich brauchte Madame Aubert niemanden, um die Fremde zur Treppe zu bringen.

Während die sich an Madame Auberts Armen und dem Geländer gleichzeitig hochzog, fand Gabrielle zum ersten Mal die Ruhe für eine eingehendere Musterung. Die Dame war etwa in ihrem Alter, also um die vierzig, nicht unattraktiv mit einem brünetten Bubikopf und dunkel umschatteten, leicht schräg stehenden braunen Augen. Sie war recht modisch, wenn auch nicht nach dem neuesten Schrei, aber qualitativ hochwertig gekleidet: Das leichte knöchellange Wollkleid und die halblange Jacke darüber ließen vermuten, dass sie auf ihren Stil achtgab und außerdem einige Francs dafür übrig hatte. Nun ja, fuhr es Gabrielle durch den Kopf, vermutlich hätte sie sich sonst nicht zu Chanel verirrt.

Als sie in der oberen Etage angekommen waren, wo sich Ankleideräume, das Atelier und Gabrielles Suite befanden, erkundigte sich die Hausherrin nach dem Namen ihres Gastes.

»Ich bin Madame Bonnet«, erwiderte die andere. »Cécile Bonnet aus Le Havre. Ich bin Kundin in Ihrer Boutique in Deauville, Mademoiselle Chanel, ich habe Sie natürlich sofort erkannt.«

Die heutige Garderobe von Madame Bonnet stammte jedenfalls nicht aus ihrem Laden, registrierte Gabrielle. Sie öffnete den Mund zu einer höflichen Bemerkung, doch die Kundin aus der Normandie schnitt ihr das Wort ab: »Kann ich bitte nun die Polizei anrufen?«

Madame Aubert und Gabrielle wechselten einen kurzen Blick.

»Bitte, nehmen Sie erst einmal Platz«, sagte Madame Aubert und schob einen Sessel für die Besucherin zurecht. »Erzählen Sie uns doch erst einmal in aller Ruhe, was Sie gesehen haben.«

»Ich habe nichts gesehen«, versetzte Madame Bonnet, während sie in den mit cremefarbenem Chintz bezogenen Fauteuil sank. »Ich habe ihn gerochen!«

»Was haben Sie?« Diesmal gelang es Madame Aubert kaum, die Contenance zu wahren.

Gabrielle suchte an ihrem mit schwarzem Klavierlack überzogenen Schreibtisch Halt. Still wartete sie auf eine Erklärung.

»Jedes Mal, wenn sich meine Schwester mit diesem Mann … ihrem Mörder … Also, wenn sie sich mit ihm traf, umgab sie ein ganz bestimmter Duft. Einmal hatte sie sogar eines seiner Taschentücher bei sich. Ich bin ganz sicher, dass ich das Parfüm wiedererkannt habe. Der Mann, der vorhin Ihren Laden verlassen hat, roch genauso. Es kann nur ihr Mörder sein. Darüber muss ich unbedingt Meldung bei der Polizei machen.« Triumphierend blickte sie von Madame Aubert, die neben dem Sessel stehen geblieben war, zu Gabrielle.

Einen Moment waren Gabrielle und Madame Aubert sprachlos vor Staunen über diese seltsame Geschichte. Dann sprachen sie beide auf einmal.

»Das kann nicht sein …«, hob Madame Aubert an.

Gabrielle fragte: »Wie kommen Sie darauf …?«

Beide brachen wieder ab.

Seufzend ließ Gabrielle ihrer Assistentin mit einer Geste den Vortritt.

»Madame Bonnet, Sie haben sich gewiss geirrt – Sie können keinen anderen Duft als das Parfüm von Mademoiselle Chanel wahrgenommen haben«, erwiderte Madame Aubert sanft. »Chanel No 5 wird jeden Tag mehrmals hier in allen Räumen versprüht, vor allem in der Boutique. Deshalb können Sie andere Gerüche vergessen, es gibt sie hier nicht.«

»Aber ich bin ganz sicher«, protestierte Madame Bonnet.

Gabrielle spürte, wie ihre Kehle enger wurde. Wollte Madame Bonnet etwa behaupten, irgendein Mörder sei an dem Aroma von Chanel No 5 zu erkennen? Das Toilettenwasser hatte im vergangenen Jahr einen unglaublichen Siegeszug angetreten, die Produktion konnte die Nachfrage kaum noch erfüllen. Es war durchaus möglich, dass auch ein Mensch mit unlauteren Absichten einen Flakon gekauft hatte, aber es war die schlechteste Werbung von allen. Unwillkürlich tastete Gabrielle auf ihrem Schreibtisch nach Zigarettenetui und Feuerzeug. Sie fand beides in blinder Sicherheit. Ohne den anderen Frauen etwas anzubieten, zündete sie sich eine Zigarette an. Der erste Zug beruhigte sie etwas, ihre ohnehin tiefe Stimme klang jedoch noch rauer, als sie fragte: »Was ist mit Ihrer Schwester geschehen?«

»Meine Schwester und ich …« Madame Bonnet unterbrach sich, sie verlor sich offenbar in Erinnerungen. Eine Träne rann über ihre Wange, als sie stockend fortfuhr: »Meine Schwester und ich standen einander sehr nahe … Auch dass ich mit Monsieur Bonnet nach Le Havre zog, änderte nichts daran … Aber … Aber sie war sehr einsam … so ohne einen Mann an ihrer Seite. Deshalb antwortete sie auf Heiratsanzeigen in *Le Figaro* … Es sind ja nur wenige Männer aus dem Krieg nach Hause gekommen, da hat man keine große Auswahl mehr, nicht wahr?« Zustimmung heischend sah sie wieder von Madame Aubert zu Gabrielle, doch keine der beiden antwortete ihr.

Einen Moment blieb es still in Gabrielles Büro. Es schien, als tickte die Uhr auf ihrem Kaminsims unnatürlich laut.

Die Tränen strömten nun in größeren Mengen aus Madame Bonnets Augen. Sie kramte in ihrer Handtasche, die sie die ganze Zeit über dem Arm getragen hatte, nach einem Spitzentüchlein, mit dem sie sich schließlich übers Gesicht wischte. Damit fertig, berichtete sie endlich: »Madeleine … meine Schwester … Sie traf sich immer wieder mit Männern, aber keiner passte ihr, an jedem hatte sie etwas auszusetzen. Bis sie Monsieur Martin kennenlernte. Sie schrieben sich eine Weile lang; da Monsieur nicht in Paris wohnte, dauerte es mit einem ersten Treffen. Aber ab dem Moment war sie nicht wiederzuerkennen. Es war wie Magie … Sie … Sie war wie besessen von dem Gedanken, diesen Mann zu heiraten.« Die Tränen, die sie eben getrocknet hatte, flossen wieder reichlich. »Sie war so vernarrt in ihn, dass sie ihm das gesamte Erbe unserer Eltern überschrieb.«

»Oh«, machte Madame Aubert.

Gabrielle hielt Madame Bonnet das Zigarettenetui hin. Nach diesem Geständnis wollte sie etwas Tröstliches für ihre Besucherin tun. Allerdings überlegte sie auch, dass Monsieur Martin unter den gegebenen Umständen kaum zum Mörder hätte werden können. An Madame Bonnets Stelle hätte sie sich ihn zuerst vorgeknöpft.

»Danke, ich rauche nicht.«

Gabrielle nickte und legte das Etui zurück auf den Schreibtisch.

»Bitte, fahren Sie fort«, sagte Madame Aubert.

Madame Bonnet schluckte hörbar. »Ich bin ihm nie persönlich begegnet, müssen Sie wissen. Ich sollte ihn erst bei ihrer Hochzeit kennenlernen. Das sei Teil eines Spiels zwischen ihr und ihm, behauptete Madeleine, ich sollte der Überraschungsgast sein. Ich glaube, sie hatte Angst, ich würde ihn ihr auszureden versuchen. Dabei wollte ich sie doch nur glücklich sehen …!« Diesmal erholte sie sich schneller von dem Weinkrampf und schniefte. »Das Einzige, das ich mit ihm in Verbindung bringen kann, ist dieser Duft, den ich an ihr wahrnahm, wenn wir uns trafen.«

»Was ist aus Ihrer Schwester geworden?«, wollte Madame Aubert wissen.

»Ich weiß es nicht … Sie ist verschwunden …« Madame Bonnet zog die Nase hoch wie ein Kind. »Am Tag der Hochzeit stand ich allein vor der Kirche in dem Viertel, wo wir beide aufgewachsen sind. Später erfuhr ich von dem Pfarrer, dass es gar kein Aufgebot gegeben habe. Außerdem war ihre Wohnung aufgelöst worden. Die Concierge sagte mir, mein neuer Schwager sei da gewesen … Ich lief überall herum, fragte nach, informierte natürlich auch die Polizei. Doch Madeleine hat niemand mehr gesehen.«

»Deshalb glauben Sie also, Monsieur Martin habe sie umgebracht«, resümierte Gabrielle.

»Es gibt keine andere Möglichkeit.«

»Vielleicht wollte Ihre Schwester aber auch nur den Kontakt zu Ihnen abbrechen«, erwog Madame Aubert ungewöhnlich brutal. »Warum auch immer«, fügte sie sanfter hinzu.

»Das hat die Polizei auch gesagt«, erwiderte Madame Bonnet. »Madeleine hätte das aber niemals aus freien Stücken getan. Ich bin sicher, ihr ist etwas Schreckliches zugestoßen. Wir waren uns so nah. Ich spüre es ganz deutlich hier drinnen.« Sie trommelte sich mit der Faust gegen die Brust. »Hier befindet sich mein wichtigster Beweis für seine Schuld. Kann ich jetzt die Polizei anrufen?«

Gabrielle versuchte sich vorzustellen, wie Kriminalkommissar Hollande auf diese Geschichte reagieren würde. Er würde Cécile Bonnets Bericht mit zwei, drei Sätzen in der Luft zerreißen, vielleicht brauchte er nicht einmal so viele Worte. Sein Sarkasmus hatte ihr damals gehörig zu schaffen gemacht, und die Erinnerung daran bestärkte sie in dem Wunsch, ihn niemals wiederzusehen. Dennoch fiel ihr keine höfliche Floskel ein, die Madame Bonnet davon abhalten könnte, die Polizei in das Modehaus Chanel zu rufen.

»Ich werde nachsehen gehen«, rief Madame Aubert plötzlich.

Gabrielle und Madame Bonnet sahen sie erstaunt an.

»Der Herr, der vorhin einen Hut für seine Verlobte bestellte, hat Namen und Anschrift hinterlassen. Ich werde Anastasia rasch nach dem Formular fragen. So wissen wir, ob es sich wirklich um Monsieur Martin gehandelt hat.«

»Aber ich bin mir sicher …«, hob Madame Bonnet an.

»Das glaube ich Ihnen gerne«, antwortete Madame Aubert freundlich, »doch Sie werden verstehen, dass es im Modehaus Chanel so seriös wie möglich zugehen muss. Der Abgleich der Namen ist unabdingbar.« Sprach's, drehte sich um und lief auf ihren hohen Absätzen so schnell hinaus, wie es der tulpenförmige Rock zuließ.

Gabrielle wurde das Gefühl nicht los, dass Madame Aubert die Flucht ergriffen hatte. Sie wandte sich um und drückte den Stummel in einem Aschenbecher aus. Dann nahm sie sich eine neue Zigarette und zündete sie an.

»Könnte ich bitte doch eine haben?«, bat Madame Bonnet. »Ich verliere sonst die Geduld, während wir warten.«

Madame Aubert benötigte nicht allzu viel Zeit für ihre Recherche. Kaum hatte die Besucherin ihre Zigarette hastig bis zur Kippe geraucht, erschien sie wieder in Gabrielles Büro. »Es ist alles nur ein Missverständnis«, verkündete sie. »Genauso, wie wir es von Anfang an angenommen haben. Der Kunde ist ein Monsieur Valéry und nicht Martin. Es tut mir leid, Madame Bonnet, Sie haben sich wirklich geirrt.«

Zu Gabrielles größtem Entsetzen brach Madame Bonnet schluchzend zusammen. Der Zigarettenstummel fiel ihr aus der Hand und hinterließ ein Brandloch auf dem feinen Stoff der Sessellehne.

3

Obwohl sie sich bemühte, die Angelegenheit als erledigt zu betrachten, ließ der Gedanke an Cécile Bonnets Schwester Gabrielle nicht los. Auch nachdem die echauffierte Kundin ihr Geschäft verlassen hatte, konnte sie nicht so einfach zur Tagesordnung übergehen.

Dabei gab es genug anderes, mit dem sie sich beschäftigen sollte: Die Fabrikation ihres Parfüms Chanel No 5 geriet ins Stocken, die Nachfrage war deutlich höher, als die Herstellungsmöglichkeiten es erlaubten. Théophile Bader hatte ihr zugesagt, das Toilettenwasser in den Bestand seines Kaufhauses Galeries Lafayette zu nehmen, wenn sie größere Margen garantieren könne. Er wollte sie mit den Gebrüdern Wertheimer bekannt machen, deren Fabrikation von Drogeriewaren vielversprechend war, die beiden Herren suchten nach Erweiterung ihrer Firma in den Luxusbereich und schienen als Geschäftspartner bestens geeignet. Doch es war keine leichte Entscheidung, wieder einen – oder zwei – Geschäftspartner anzunehmen. Die ersten Kredite, die es ihr ermöglicht hatten, beruflich auf eigenen Beinen zu stehen, hatte sie schon lange zurückgezahlt, und sie genoss es, ihre eigene Chefin zu sein und sich vor niemandem rechtfertigen zu müssen. Andererseits war der Erfolg von Chanel No 5 bereits enorm, aber der Himmel noch weit, wenn sie nach den Sternen greifen wollte. Und genau das wollte sie. Aber alle Eventualitäten abzuwägen, war nicht so leicht.

Eine Abwechslung in diesem Gedankenkarussell bot das Schicksal von Madeleine, der Schwester von Madame Bonnet. Außerdem fachte die Geschichte ihre Neugier an. Was mochte das für ein Mann sein, der eine verliebte Frau ihre familiären Bande vergessen ließ? Gabrielle selbst besaß vier Geschwister, zu denen sie Kontakt hielt. Niemals hätte sie daran gedacht, diese Verbindungen für einen Mann zu opfern. Allerdings hatte das auch noch keiner von ihr verlangt, und im Grunde gingen sie alle mehr oder weniger eigene Wege. Anders anscheinend bei Cécile und Madeleine, die eine sehr enge Beziehung gepflegt hatten. Vielleicht eine viel zu enge. Warum war Madame Bonnet eigentlich so überzeugt davon, Monsieur Martin habe Madeleine etwas angetan? Womöglich hatte Madeleine die Liebe des Mannes genutzt, um der Zuneigung der Schwester zu entkommen. Dann war sie untergetaucht, nicht verschwunden. Kein Mord. Kein Mörder. Sondern Glück, wenn auch einseitig, bis dass der Tod sie schied …

Ja, auch große Lieben mündeten in einem viel zu frühen Tod. Geplant oder nicht. Gabrielles große Liebe Arthur Capel war vor knapp vier Jahren bei dem Autounfall ums Leben gekommen. Er hatte sich auf dem Weg von seiner Ehefrau zu seiner Geliebten befunden. Gabrielle war sich sicher, dass er diesen Weg zum letzten Mal nahm, nicht im tatsächlichen, sondern im übertragenen Sinne. Nach einer aus gesellschaftlichen Ambitionen geschlossenen Ehe mit einer britischen Adligen hatte Boy, wie Arthur von allen genannt worden war, sich für die Frau entschieden, der sein Herz in Wahrheit einzig und allein gehörte. Eine regennasse Straße und eine unübersichtliche Kurve verhinderten, dass er ankam. Gabrielle hatte im ersten Moment gedacht, die Trauer würde sie überwältigen. In ihrem Schmerz hatte sie dann jedoch eine Idee geboren, die zu ihrem Parfüm geführt hatte. Wobei sie wieder bei dem Ansinnen von Monsieur Bader und dem bevorstehenden Treffen mit den Messieurs Pierre und Paul Wertheimer war.

Gewiss hatten die Schwestern Cécile und Madeleine andere Interessen bei der Wahl ihrer Verlobten gehabt. Meist waren diese in bürgerlichen bis hohen Kreisen wirtschaftlicher Natur, und weil sie sich eben doch nach ein wenig Zuneigung sehnten, suchten sich die Ehemänner über kurz oder lang eine zärtliche Mätresse, während die Frauen ihren Frust mit Kauforgien in Boutiquen wie dem Modehaus Chanel betäubten. Im Gegensatz zu den meisten ihrer Kundinnen konnte es sich Coco Chanel leisten, die Männer an ihrer Seite nach Gefühl zu wählen. Mit Boy war es so gewesen, obwohl er ein reicher Mann gewesen war und ihren Aufstieg anfangs finanziert hatte. Anders war es auch nicht mit dem russischen Großfürsten Dmitri, an den sie für eine gewisse Zeit ihr Herz verloren hatte. Und schließlich hatte sie sich in den schwierigen Pierre Reverdy verliebt, aber ihr Glück war nur von kurzer Dauer gewesen. Boy war verstorben, und Dmitri hatte sich aus Staatsräson von Gabrielle getrennt, Pierre hatte sie dagegen an Jesus Christus verloren. Der Dichter war plötzlich tiefgläubig geworden, hatte kürzlich die katholische Taufe empfangen und war nicht mehr gewillt, das Enfant terrible in der Boheme zu spielen. Gabrielle war also allein. Ebenso wie die Schwester von Madame Bonnet es wohl gewesen war, als sie in den Heiratsanzeigen nach dem Richtigen gesucht hatte.

Unwillkürlich griff Gabrielle nach der Tageszeitung, die noch mehr oder weniger ungelesen auf ihrem Schreibtisch lag. Sie hatte vorhin kurz die Gesellschaftsnachrichten überflogen, aber keine Zeit für die restliche Lektüre gehabt, geschweige denn für eine nähere Betrachtung der Inserate. Auch jetzt interessierten sie die Berichte über die Misere der französischen Innenpolitik herzlich wenig, ebenso der weitere Absturz des französischen Franc, auch die Frau, die tot in einer Hotelbadewanne aufgefunden worden war, erweckte nicht einmal ihre Neugier. Ihr Ziel waren die Heiratsanzeigen, größere und kleiner gehaltene Annoncen, in denen nach einem Partner oder einer Partnerin gesucht wurde.

Die rechtschaffenen, fürsorglichen und einsamen Damen schienen heute in der Überzahl, doch auch einige Herren gaben zu, ihrem Alleinsein ein Ende setzen zu wollen. Diese Herren waren alle von Anstand und solide in jeder Hinsicht, finanziell abgesichert und großzügig, gut aussehend und mit den besten Manieren ausgestattet. Die Inhalte der Anzeigen ähnelten sich, und Gabrielle fragte sich, welchen Typ Frau sie ansprechen mochten. Da traf ihr Blick auf ein paar fett gedruckte Wörter nebst Zusatz:

Der Bürgerlichkeit entronnen
wünsche ich mir eine Gefährtin für das Abenteuer Leidenschaft.
Ich habe als emeritierter Professor viel erlebt, mir fehlt aber die Frau, mit der ich mein Geld und meine Erlebnisse in Liebe teilen kann. Zuschriften bitte an die Redaktion …

Ein Lehrer außer Diensten klang nach einem älteren Mann, irgendetwas sagte Gabrielle jedoch, dass dieses Inserat nicht von einem Rentner aufgegeben worden war. Natürlich entsprach der Hinweis auf die verlorene Bürgerlichkeit, verbunden mit der Suche nach einem Abenteuer, ihrer persönlichen Einstellung zum Leben. Ihre große Wohnung in der Rue Gabriel war so etwas wie ein Zuhause für allerlei Bohemiens geworden, sie hieß jeden willkommen, der mit ihr friedlich feierte, und Joseph, ihr treuer Diener, verköstigte in der Küche arme Künstler, die sich kein warmes Essen leisten konnten. Ihr eigener Zufluchtsort war auch der ihrer Freunde. Sicher wäre dort auch ein sich seiner bourgeoisen Fesseln entledigter Mann willkommen, vielleicht würde er sich sogar wohlfühlen inmitten einer Gesellschaft, die nicht viel auf Bürgerlichkeit gab, aber im Herzen zuweilen recht spießig zu sein vermochte.

Schmunzelnd riss Gabrielle die Zeitung auseinander und die auffällige Heiratsanzeige heraus. Sie wollte nicht darauf antworten. Natürlich nicht. Aber sie wollte sie trotzdem in ihrer Schreibtischschublade aufbewahren. Wofür auch immer.

4

»Mademoiselle Chanel!« Madame Aubert erschien am nächsten Vormittag mit bleicher Miene im Atelier, wo Gabrielle damit beschäftigt war, Stoffbahnen für ein Kleid abzustecken. Als Modeschöpferin hatte Coco Chanel ihre Kleider, Röcke, Hosen, Blusen und Jacken schon immer an einer Puppe oder – noch besser – an einem Frauenkörper entworfen. Ihre Zeichnungen waren nur die flüchtige Erinnerung an einen Gedankenblitz, das eigentliche Modell drapierte sie auf Figur. Gerade zupfte sie an der Rückenpasse eines Hängers aus schimmernder Seide herum, einem Cocktailkleid, für das ein Mannequin Modell stand, das, wie die Verkäuferinnen in der Boutique, mit einer umfangreichen, überaus noblen Familiengeschichte, aber ohne einen Centime aus Russland nach Paris geflohen war.

»Sie stören«, zischte Gabrielle durch die Lippen, zwischen die sie ein paar Stecknadeln geschoben hatte, ohne sich von ihrer Tätigkeit ablenken zu lassen.

»Sie haben Besuch«, erwiderte Madame Aubert. »Ich habe den Herrn in Ihr Büro gebracht, weil Sie sicher nicht wünschen, dass die Kundinnen bemerken, wie ein Polizist hier herumschnüffelt.«

»Ein …« Gabrielle nahm verärgert die Nadeln in ihre Hand. »Polizist? Was für ein Polizist? Was will er hier? Hat er sich in der Adresse geirrt?«

»Nein, Mademoiselle Chanel, er wurde von Madame Bonnet gerufen. Das ist die Kundin, die gestern …«

»Ich weiß, wer Madame Bonnet ist«, fiel Gabrielle ihrer Geschäftsführerin entnervt ins Wort. »Ich dachte, sie hätte verstanden, dass der Kunde von gestern nichts mit dem Verschwinden ihrer Schwester zu tun hat.«

Madame Aubert schüttelte stumm den Kopf.

Energisch steckte Gabrielle die Stecknadeln in das Nadelkissen an ihrem Arm, als wäre es eine Voodoopuppe, durch die sie einen bösen Zauber bannen könnte. Einen Moment nahm das Schneiderinnenrequisit durchaus die Züge von Cécile Bonnet an. Gabrielle hatte ja durchaus versucht, der Dame aus Le Havre Verständnis entgegenzubringen, aber die Polizei zu alarmieren, war nicht nur übertrieben, sondern geschäftsschädigend.

»Ich kümmere mich um den Besucher«, erklärte sie. »Kein Wort. Zu niemandem sonst. Ich hoffe, dass die Uniform nicht zu auffällig war …« Während sie sprach, machte sie sich bereits auf den Weg.

»Er trägt Zivil«, rief Madame Aubert ihr nach. »Sie …« Der Rest verklang mit dem Knall, mit dem Gabrielle die Tür zuwarf.

Als sie das Büro betrat, wurde ihr sofort klar, dass sie Madame Aubert doch noch ein wenig hätte zuhören sollen.

Vollkommen in sich versunken tanzte ein Mann durch Gabrielles Büro. Eigentlich von unscheinbarem Äußeren, erkannte sie ihn auf Anhieb, obwohl sein Haar und sein Bart inzwischen mehr grau als sandfarben waren und sein Jackenärmel nicht mehr leer, sondern offenbar mit einer Prothese gefüllt war. Seit ihrer letzten Begegnung waren sieben Jahre vergangen, aber sein Steppschritt war noch so talentiert wie damals. Und auch seine Stimme hatte keineswegs an Festigkeit eingebüßt, während er sang: *»Qui qu'a vu Coco … Coco … Coco …«* Im Gegensatz zu früher verstummte er jedoch, als er sie bemerkte.

»Monsieur le commissaire«, stieß Gabrielle mit einem unterdrückten Stöhnen hervor. Sie mochte es nicht, an ihre Zeit im Tingeltangel erinnert zu werden. Das Chanson, das er intoniert hatte, war ihr Auftrittslied gewesen und führte zu ihrem Spitznamen, der heute eine Marke war. Und sie mochte es nicht, Kommissar Hollande wiederzusehen, der eine Menge schrecklicher Erlebnisse wachrief, die sie tief in ihrem Innersten verborgen hielt.

»Mademoiselle Chanel«, erwiderte er mit einer höflichen Verbeugung.

»Nachdem Sie mein Büro in einen Tanzpalast verwandelt haben, möchten Sie sich nun vielleicht setzen«, schlug sie vor. Ohne seine Antwort abzuwarten, ließ sie sich auf einer Sessellehne nieder. Erwartungsvoll blickte sie zu ihm auf.

»Ich dachte eher an ein Revuelokal«, meinte er lächelnd.

»Auch dort gibt es Sitzgelegenheiten.«

Sein Lächeln verwandelte sich in ein breites Grinsen. Dieses erlosch jedoch, als er ihr gegenüber auf dem Sofa Platz nahm. Sein billiger Anzug passte so wenig zu dem Bezugsstoff wie sein Beruf in ein elegantes Modehaus. Doch dorthin gehörte natürlich auch kein Mörder. »Eine Dame rief bei der Polizei an und meldete eine ungewöhnliche Begegnung«, hob er an. »Ihre Mitteilung wurde an mich weitergeleitet. Deshalb bin ich hier …«

»Es ist nicht notwendig, das eigentliche Thema zu umschreiben«, warf Gabrielle ein. »Ich habe mit Madame Bonnet gesprochen. Sie behauptete, den Mörder ihrer Schwester gerochen zu haben. Sie hat ihn nicht gesehen, sondern ihn gerochen, Monsieur le commissaire. Das ist völlig unverständlich, denn in meinem Geschäft riecht es nach nichts anderem als meinem Duft – und den wird ein Mörder wohl kaum benutzen.«

»Wer weiß?« Hollande wiegte seinen Kopf hin und her. »Ich kann mich an eine Mörderin erinnern, die Hüte von Coco Chanel trug.«

Gabrielle überlegte, welche Gesichter sich noch in ihrem Nadelkissen verbargen. »Hören Sie auf. Ich will daran nicht mehr denken. Es war eine schreckliche Zeit.«

»Ja. Das war es. Aber Sie haben sich seitdem erheblich verbessert, wenn ich das so sagen darf. Zehn Hausnummern machen einen erstaunlichen Unterschied.«

Sie nickte. Ihre Suite hier war nicht zu vergleichen mit dem kleinen Glaskasten, der ihr Büro in der Rue Cambon 21 gewesen war. »Ich habe sehr hart dafür gearbeitet.«

»Das ist mir bekannt. Wissen Sie, ich habe hin und wieder die Gesellschaftsnachrichten in den Zeitungen gelesen und darauf geachtet, ob ich eine Notiz über Sie finde. So habe ich Sie im Laufe der Zeit ein wenig begleiten dürfen.«

Hollandes Geständnis machte sie sprachlos.

»So habe ich die Karriere der Hutmacherin zur Modeschöpferin begleitet. Und nun ist also ein Parfüm Ihr ganz großer Erfolg. Das ist großartig, Mademoiselle, nur ein wenig unglücklich, wenn gerade dann eine Zeugin auftaucht, die behauptet, einen Mörder bei Ihnen gerochen zu haben.«

Es war typisch für ihn, seine Spitzen in ein freundliches Geplänkel zu verpacken. Gabrielle hätte von Anfang an vorsichtiger sein müssen. Offenbar glaubte er Madame Bonnets Geschichte. »Chanel No 5 ist kein Herrenduft«, versetzte sie trotzig.

»Ich habe mir sagen lassen, dass es ein äußerst frischer Duft sei.«

Sie ging nicht auf seinen Einwand ein, sondern fragte: »Haben Sie denn eine Leiche gefunden? Und ohne eine Leiche kein Mörder, nicht wahr?«

»Dennoch muss ich der Anzeige von Madame Bonnet nachgehen.«

»Sie konnte nicht mit absoluter Sicherheit den Tod ihrer Schwester bestätigen«, gab Gabrielle zu bedenken. »Madame Bonnet fühlte es nur. Das ist ein genauso fragiler Beweis wie die angebliche Erinnerung ihrer Nase.«

»Es gibt keine Beweise, da haben Sie recht«, stimmte Hollande zu. »Ich habe in meiner Abteilung Anweisung gegeben, alle ungeklärten Todesfälle von Frauen noch einmal zu überprüfen. Leider dauert das Aktenstudium immer recht lange. Aber es ist nicht auszuschließen, dass in der Vergangenheit irgendetwas übersehen wurde und wir auf eine Person stoßen, auf die Madame Bonnets Beschreibung ihrer Schwester passt.«

»Nun, ich wünsche Ihnen und Ihren Mitarbeitern gutes Gelingen. Aber ich muss leider auch wieder an meine Arbeit.« Gabrielle rutschte von der Sessellehne. »Es war nett, Sie wiedergesehen zu haben«, log sie. Vorsichtshalber fügte sie hinzu: »Mehr kann ich zu Ihrem Fall nicht beitragen. Ich habe Madame Bonnet gestern zum ersten Mal gesehen – und ihre Schwester kenne ich gar nicht.«

Hollande blieb seelenruhig auf dem Sofa sitzen. »Ich interessiere mich für den Mann, den Madame Bonnet wiedererkannt hat.«

»Den Herrn kenne ich nicht«, versicherte Gabrielle. »Er heißt Valéry, soviel ich weiß. Seine Verlobte suchte einen Hut für ihre

Hochzeit aus, wenn ich mich recht erinnere, und da eine Änderung nötig ist, hinterließ er Namen und Adresse.«

»Interessant.«

»Finden Sie?« Gabrielle zog ihre Augenbrauen hoch. »Es ist nicht unüblich, dass das Hutband dem Kopfumfang der Trägerin angepasst wird.«

Er ignorierte ihre Erklärung. »Sind Sie sicher, dass von einer Hochzeit die Rede war?«

Glaubte er, sie sei vergesslich? »Absolut sicher«, bestätigte Gabrielle. »Ich habe die Kundin davon sprechen hören. Madame Aubert wird Ihnen dasselbe sagen. Und Anastasia, die Verkäuferin, die die Verlobte von Monsieur Valéry bediente, ebenfalls.«

»Könnte ich bitte mit Madame Aubert und Mademoiselle Anastasia sprechen?«

»Selbstverständlich. Warten Sie hier, ich schicke die beiden zu Ihnen.« Ohne sich zu verabschieden, drehte sich Gabrielle um und marschierte hinaus. Dabei dachte sie beklommen, dass die Geschichte um den Mordfall damals auch mit dem Kauf eines Huts begonnen hatte.

5

»Ich fühle mich nicht wohl bei dem Gedanken, dass wir der Polizei die Adresse eines Kunden genannt haben«, vertraute Gabrielle später Madame Aubert an.

»Hätte ich die Anschrift nicht herausgeben sollen?«

»Doch, doch, Sie haben richtig gehandelt«, bekräftigte Gabrielle rasch. »Es blieb uns ja nichts anderes übrig, als Kommissar Hollande Auskunft zu erteilen.«

Madame Aubert nickte.

»Ich bin trotzdem nicht glücklich mit der Vorstellung, dass die Polizei bei Monsieur Valéry klingelt und erklärt, man habe ihn durch die Hilfe des Hauses Chanel gefunden.«

»Wenn er tatsächlich ein Mörder ist, scheinen mir seine Befindlichkeiten unwichtig zu sein.«

»Und wenn er ein unbescholtener Bürger ist?«, fragte Gabrielle scharf.

Madame Aubert schwieg.

Auch Gabrielle fand keine Worte mehr, um ihre Bedenken auszudrücken. Je länger sie darüber nachdachte, desto sicherer war sie, dass es sich bei Cécile Bonnet um eine zu Hysterie neigende Person handelte, die nicht realisieren wollte, dass die geliebte Schwester mit ihr gebrochen hatte. Es erschien ihr zu fragwürdig, dass Madame Bonnet glaubte, den Mann an seinem Duft wiedererkannt zu haben, in einem Umfeld, das erfüllt war mit einem bestimmten Parfüm, und ebenso ausgeschlossen war für Gabrielle, dass es sich dabei um Chanel No 5 handelte. Seit sie begonnen hatte, sich mit den Ingredienzien von Toilettenwassern zu beschäftigen, wusste sie um die Unzulänglichkeit einer ungeschulten Nase. Die Fantasie war ein wichtiger Faktor beim Verkauf eines Parfüms, deshalb nahm Gabrielle an, dass die Hoffnung – auf was auch immer – Madame Bonnet einen Streich gespielt hatte. Denn war die Hoffnung nicht der größte Betrüger?, sinnierte sie. Sozusagen der Steigbügelhalter für die Enttäuschung.

Da der Kommissar Cécile Bonnet anscheinend mehr glaubte als Gabrielle, war es sicher richtig, wenn sie sich selbst von den seriösen Lebensumständen des Monsieur Valéry überzeugte. Ihre Entscheidung war rasch gefällt. Es blieb ihr eigentlich auch nichts anderes übrig, wenn sie den Kunden – oder seine Verlobte als Kundin – nicht verlieren wollte. Hollande hatte Gabrielles Büro vor einer halben Stunde verlassen, es war die Mittagsstunde, und sicherlich genoss er erst einmal ein Menü in einer der preiswerteren Brasserien auf der Île de la Cité, wo sich die Préfecture befand. Wenn Monsieur Valéry einer Arbeit nachging, tat er das Gleiche vermutlich gerade in einem der besseren Restaurants irgendwo in der Stadt. Er schien jedenfalls mehr Geld zur Verfügung zu haben als ein Kriminalbeamter, sonst würde er seiner Braut keinen Hut bei Chanel Modes kaufen können. Vielleicht war er ein Lebemann, der es nicht nötig hatte, seinen Unterhalt durch Arbeit zu verdienen. Dann konnte er ebenso gut zu Hause weilen, wie sich mit Gleichgesinnten in einem Lokal treffen. Es war also nicht sicher, ob sie Monsieur Valéry antraf. Aber es war die beste Zeit, um Kommissar Hollande zuvorzukommen und sich wenigstens umzusehen. Gabrielle wusste zwar nicht genau, wonach sie suchen sollte, um einen Mörder zu erkennen, aber sie war sich sicher, allein aus dem Lebensumfeld des Mannes gewisse Schlüsse ziehen zu können.

Madame Aubert stand noch immer unschlüssig neben Gabrielles Schreibtisch.

Scheinbar beiläufig erkundigte die sich: »Wo wohnt Monsieur Valéry denn nun eigentlich?«

»In der Rue Tocqueville 8 im siebzehnten Arrondissement.«

Gabrielle nickte. Sie kannte die Straße, sie befand sich in der Nähe ihrer früheren Wohnung. Es war keine hochherrschaftliche Gegend, aber eine mit schönen Häusern, in denen die Mitglieder des wohlhabenden Bürgertums lebten, dazwischen hatten sich ein paar namhafte Künstler angesiedelt, die dem Viertel eine gewisse Lebhaftigkeit verliehen, ohne den Stil der vornehmen Kreise zu beschädigen. Diese Adresse klang nicht verdächtig oder gar kriminell. »Nun gut«, murmelte sie gedankenverloren. »Das genügt fürs Erste.« Was genau sie damit meinte, vertraute sie Madame Aubert nicht an.

Eine halbe Stunde später saß Gabrielle in einem Taxi, das sie zur Hausnummer acht der Rue Tocqueville fuhr. Zu ihrer Überraschung befand sich die Adresse an der Ecke zur Rue de la Terrasse, einer ihr vertrauten Umgebung, denn in unmittelbarer Nachbarschaft hatte der für seine riesigen Gemälde berühmte spanische Maler José Sert sein Atelier eingerichtet. Er war einer ihrer besten Freunde, seine langjährige Seelenverwandte Misia inzwischen seine Ehefrau und Gabrielles allerliebste und einzige Freundin. Da, wo vor einhundert Jahren die Ruine des Château Monceau gewesen war, standen nun die typischen fünfstöckigen Pariser Wohnhäuser. Sandstein, hohe Fenster mit französischem Balkon, ein paar Mauerverzierungen, ein doppeltüriges Eingangsportal, alles stilsicher und elegant, nahe dem romantischen Parc Monceau gelegen. Monsieur Valéry hatte sich eine schöne Gegend für sein Zuhause ausgesucht.

Gabrielle stieg aus und bezahlte den Fahrer. Dann ging sie auf das Gebäude ihres Interesses zu. Es war ruhig um die Mittagszeit, keine weiteren Autos fuhren herum, kaum Passanten waren unterwegs. Von den Straßenbäumen fielen goldene Blätter in den Rinnstein, aus irgendeinem geöffneten Fenster klang Musik, offenbar übten talentierte Finger eine Klaviersonate von Chopin. Dem Geruch aus dem Zimmer der Concierge entnahm Gabrielle, dass es zum Mittagessen Gebratenes mit Knoblauch und Paprika gab. Energisch klopfte sie an die mit einem Vorhang abgedeckte Glasscheibe der Tür zu dem Hauswartzimmer im Parterre.

Sie brauchte nicht lange zu warten, bis geöffnet wurde. Eine kleine, rundliche, früh ergraute Person erschien im Türrahmen. »Ja, bitte?«

»Ich möchte zu Monsieur Valéry«, erklärte Gabrielle und wunderte sich selbst über die Entschlossenheit in ihrer Stimme. »Ist er zu Hause?«

Die Concierge sah sie einen Moment lang ungläubig an, dann schüttelte sie den Kopf. »Ich kenne keinen Monsieur Valéry, Madame.«

»Mademoiselle«, korrigierte Gabrielle automatisch.

»Na gut, Mademoiselle. Aber ich kenne trotzdem keinen Monsieur Valéry.«

»Er wohnt hier«, widersprach Gabrielle. »Er hat die Adresse selbst angegeben.«

»Dann hat er sich einen Scherz mit Ihnen erlaubt, Mademoiselle. Hier wohnt kein Monsieur Valéry!«

Gabrielle runzelte die Stirn. Sie war noch nicht bereit, sich abwimmeln zu lassen. »Sind Sie sicher? Es ist wichtig, dass ich mit Monsieur spreche.«

»Es ist immer wichtig, Mademoiselle, aber ich garantiere Ihnen, dass Sie keinen Monsieur Valéry in diesem Hause finden.«

Fassungslos starrte Gabrielle die andere Frau an. Hinter deren breitem Rücken nahm sie die Gestalt eines Mannes im Unterhemd wahr, wahrscheinlich der Ehemann, der von seiner Arbeit zum Mittagessen nach Hause gekommen war und nicht gestört werden wollte. Jedenfalls nicht von einer schick gekleideten Dame, die nach einem Herrn suchte, der sich mit einer falschen Adresse brüstete. Oder der sich verleugnen ließ. Diese Überlegung brachte Gabrielle dazu, ihren letzten Trumpf auszuspielen: »War die Polizei schon hier? Wenn nicht, wird sie bald kommen und sich ebenfalls nach Monsieur Valéry erkundigen.«

Die Concierge zuckte mit den Achseln. »Wer auch immer nach Monsieur fragt, dem werde ich dasselbe sagen, Mademoiselle. Er wohnt nicht hier. Und wenn Sie sonst nichts möchten, gehen Sie bitte.«

In einer Mischung aus Bestürzung und Verwirrung kapitulierte Gabrielle. Sie nickte der Frau zu und wandte sich ab. Da fiel ihr noch etwas ein. Bevor sich die Tür schloss, sagte sie rasch: »Ich habe eine Bitte an Sie: Erzählen Sie der Polizei nicht, dass ich hier war und mich nach Monsieur Valéry erkundigt habe.« Sie schenkte der anderen ein kleines Lächeln, bedankte sich im Voraus und wünschte einen guten Tag.

Als sie auf die Straße zurückkehrte, begriff sie ihren Fehler: Mit ihrem Wunsch, unerkannt zu bleiben, hatte sie sich erst recht interessant gemacht. Die Concierge würde Kommissar Hollande mit Sicherheit verraten, dass eine Dame nach Monsieur Valéry gefragt hatte. Eine Dame, die darauf bestand, Mademoiselle genannt zu werden, klein und schmal war und einen Glockenhut über dem dunklen Bubikopf trug. Er würde sofort wissen, um wen es sich bei der Besucherin gehandelt hatte.

Nachdem sie sich eine Weile über sich selbst geärgert hatte, begriff sie den eigentlichen Skandal ihrer Recherche: Monsieur Valéry hatte bei der Hutbestellung eine falsche Adresse angegeben. Das konnte nur bedeuten, dass er etwas zu verbergen hatte. Und wenn dem so war, änderten sich einige andere Details. Ein Mensch, der nicht gefunden werden wollte, verfolgte selten seriöse Absichten. Natürlich hatte er nicht damit rechnen können, dass Gabrielle ihn verfolgen würde. Allerdings konnte sie sich nicht mehr daran erinnern, ob der Hut geliefert werden sollte oder abgeholt würde. Eine Lieferung würde nicht erfolgreich sein, wie sie nun wusste. Das machte die Sache noch mysteriöser. Immerhin wollte eine als »spätes Mädchen« zu bezeichnende Braut die Kopfbedeckung bei ihrer Hochzeit tragen. Gabrielle beschloss, Madame Aubert oder Anastasia nach der Lieferung – und vorsichtshalber auch nach der Bezahlung – zu fragen. Dummerweise lag ja nun die Vermutung nahe, dass es sich bei Monsieur Valéry um einen Betrüger handelte. War er deshalb aber auch ein Mörder?

6

Das Mittagessen, das Gabrielle – wohl im Gegensatz zu Kommissar Hollande – verpasst hatte, holte sie bei einem frühen Abendessen nach. Eigentlich war die rotsamtene Einrichtung des Maxim's nicht nach ihrem Geschmack, die Farbe war ihr zu grell, aber sie schätzte die Küche des Restaurants und das Ambiente. Als Misia Sert sie um ihre Gesellschaft gebeten hatte, hatte sie deshalb sofort zugesagt.

Misia war elf Jahre älter als Gabrielle und noch immer eine atemberaubend schöne Frau. Die blonde Polin, die in Paris aufgewachsen war, besaß eine natürliche Gabe für Stil und Eleganz, sie war eine talentierte Pianistin, die Muse unzähliger renommierter Maler, intelligent und wohlhabend. Sie schlürfte ihre Austern so unbefangen wie eine Fischerin, um anschließend so grazil wie eine Königin an ihrem Champagnerglas zu nippen. Diese Widersprüchlichkeit war für viele ihrer Künstlerfreunde inspirierend. Die tiefe freundschaftliche Liebe, die sie für Gabrielle empfand, verbunden mit einer weitreichenden Unterstützung und Herzlichkeit, war ausgesprochen wohltuend an einem Tag wie heute. Gabrielle hörte ihr zu, wie sie über den Besuch eines Flohmarkts und über ihre Fundstücke plauderte, und fand es sehr angenehm, sich von der sanften Stimme einlullen zu lassen. In Misias Welt gab es keine geheimnisvollen Herren, die falsche Adressen angaben und als Frauenmörder infrage kamen.

»Und wie viele gute Geschäfte hast du heute getätigt?«, erkundigte sich Misia, nachdem sie am Ende des Berichts über ihren gelungenen Einkauf – und dem Genuss der Meeresfrüchte – angelangt war.

»Genug«, erwiderte Gabrielle vage. Sogleich fühlte sie sich schuldig, weil sie zu wenig gearbeitet und sich zu viel mit ihrer Recherche beschäftigt hatte. »Wenn du mir schwörst, dass du niemandem davon erzählst, verrate ich dir, was ich erlebt habe.«

»Ein Geheimnis!«, rief Misia begeistert aus, und an den Nebentischen drehten sich die Köpfe interessiert zu den beiden Damen, die eine blond, die andere dunkel und beide in Chanel gekleidet. »Nun red schon. Gibt es einen neuen Mann in deinem Leben?«

Unwillkürlich glitt ein feines Lächeln über Gabrielles Gesicht. »So ähnlich …«

»Das ist fantastisch! Ich möchte alles wissen!«

»Es ist anders, als du denkst …«

»Ich werde keinen Augenblick von deiner Seite weichen«, versprach Misia strahlend und fügte hinzu: »Denn wenn ich weggehe, werde ich sofort alles ausposaunen. Es ist eine wundervolle Neuigkeit: Coco Chanel hat eine neue Liebe!«

Gabrielle sah sich um. »Vermutlich weiß es bereits jeder und jede hier im Restaurant.«

»Wer ist der Glückliche?«, wollte die Freundin wissen, Gabrielles trockene Bemerkung ignorierend.

»Niemand, den du kennst«, gab Gabrielle schmunzelnd zurück. Einen Moment machte es ihr Spaß, ein harmloses Spiel mit Misias Neugier zu treiben. Sie erwog zu behaupten, der Prince of Wales wolle sie heiraten, doch einen Atemzug später wurde sie ernst und erklärte: »Er hat nicht direkt etwas mit mir persönlich zu tun. Es ist ein Mann, von dem eine andere Frau behauptet, er rieche wie der Mörder ihrer Schwester.« Ausgesprochen klang Madame Bonnets Hinweis noch unglaubwürdiger als in Gabrielles Gedanken.

Doch Misias Neugier schien geweckt. »Ich verstehe kein Wort, aber du wirst mir bitte sofort haarklein berichten, um wen es sich handelt und was du mit diesen Menschen zu tun hast.«

Also erzählte Gabrielle ihre Geschichte, angefangen mit der aufgedrehten Kundin, die einen Hut für ihre Hochzeit bestellte, bis hin zu dem Besuch von Kommissar Hollande und ihren Nachforschungen in der Rue Tocqueville. Je länger sie sprach und je mehr Champagner sie dazu trank, desto flüssiger wurden die Schlüsse, die sie aus dem Geschehen zog.

Misia hörte überraschend still zu, hob nur ihre Stimme, um noch eine Flasche Mumm zu bestellen. Erst nachdem der Kellner diese entkorkt hatte und zwei frische Kelche füllte, meinte sie: »Möglicherweise ist die Adresse gar nicht falsch. Es könnte doch die Anschrift der Dame sein. Natürlich gab Monsieur Valéry seinen Namen an, weil er die Rechnung bezahlen wird, aber die Lieferung geht an seine Verlobte. Das ist nicht ungewöhnlich.«

Natürlich klang das logisch, deshalb zögerte Gabrielle und rief sich den Lieferschein ins Gedächtnis. Nach einer Weile antwortete sie: »Ich habe die Bestellung gesehen. Ein Frauenname war nicht angegeben.«

»Vielleicht hat deine Verkäuferin dieses Detail vergessen aufzuschreiben.«

»Das ist ausgeschlossen, Anastasia ist sehr zuverlässig.«

Misia klatschte in die Hände. »Ich habe die Lösung: Monsieur Valéry ist verheiratet und gab eine falsche Anschrift an, weil er nicht möchte, dass seine Frau von seiner Affäre erfährt.«

»Die Kundin war nicht der Typ, den sich ein Lebemann als Mätresse sucht«, gab Gabrielle zu bedenken. »Außerdem sprach sie von ihrer Hochzeit.«

»Es wäre nicht das erste Mal, dass ein Mann eine Frau mit einem nicht ernst gemeinten Eheversprechen in sein Bett bekommt.«

Mit wachsender Beklemmung dachte Gabrielle daran, dass Boy ihr niemals die Ehe versprochen hatte – sie hatte nur in all den gemeinsamen Jahren angenommen, er würde sie eines Tages heiraten. Geheiratet hatte er dann eine Lady. Sie stürzte den Inhalt ihres Glases herunter, nach dem letzten Schluck steckte sie sich eine Zigarette an. »Glaubst du, Monsieur Valéry ist ein Heiratsschwindler?«, nuschelte sie, den Glimmstängel zwischen den Lippen.

Die Freundin lachte. »So drastisch würde ich es nicht formulieren.«

»Hm«, machte Gabrielle nur und nahm einen tiefen Lungenzug.

Das Alter der Braut ging ihr nicht aus dem Kopf. War es für eine vielleicht Vierzigjährige wirklich noch von Bedeutung, dass der Liebhaber, mit dem sie sich vergnügte, sie auch heiraten wollte? Waren nicht viel jüngere Frauen eher für ein Eheversprechen anfällig? Und dann fiel ihr ein, dass die Schwester von Cécile Bonnet ebenfalls nicht mehr jung gewesen war, als die sich verlobte. Hatte Madame Bonnet doch recht? War das Alter der Braut die Verbindung zwischen Madeleine und der Kundin? Unsinn, schalt sie sich, das ist zu weit hergeholt. Einsame alte Jungfern waren keine Besonderheit. Genau genommen war sie ja selbst eine …

»Coco«, unterbrach Misia ihre trüben Gedanken, »zerbrich dir nicht den Kopf über diese Mördergeschichte. Ich glaube nicht daran, und du solltest es auch nicht tun. Wenn Monsieur Valéry den Hut abholt, wirst du sehen, dass alles ganz harmlos ist. Weise deine Verkäuferinnen nur an, dass du sogleich informiert wirst, wenn er in deine Boutique kommt.«

»Natürlich«, versicherte Gabrielle. Doch bei aller Geschäftstüchtigkeit wünschte sie plötzlich, Monsieur Valéry und seine Braut nicht wiederzusehen. Wenn sie es recht bedachte, wollte sie auf diese Kunden verzichten, Brauthut hin oder her.

7

Das wichtigste Pferderennen im Hippodrom von Longchamp fand seit einigen Jahren am ersten Sonntag im Oktober statt und war gleichzeitig eines der bedeutendsten gesellschaftlichen Ereignisse in Paris. Gabrielle hatte sich das Reiten selbst beigebracht und war inzwischen eine gute Reiterin, außerdem war Boy ein famoser Polospieler gewesen, aber wenn sie sich nicht hätte sehen lassen müssen und obendrein verabredet war, wäre der Galoppsport nicht ihre erste Wahl gewesen.

Mit geschultem Blick betrachtete sie die Damen auf der Tribüne, wobei sie die Hüte mehr interessierten als die hinter Ferngläsern verborgenen Gesichter, sie studierte Kleider und nahm mit einem gewissen Stolz zur Kenntnis, dass Chanel Modes äußerst beliebt war. Sie schüttelte Hände, wünschte Rennstallbesitzern und deren Gattinnen viel Glück und unverbesserlichen Zockern ein gutes Händchen, obwohl die meisten Herrschaften den Verlust wohl problemlos verkraften würden. Ihren Künstlerfreunden riet sie indes von zu hohen Wetten ab. Sie selbst interessierte sich nicht für die Rennen rund um das Hauptereignis, schließlich ging es für sie hier um einen weitaus höheren Einsatz, als die Buchmacher zu bieten hatten.

Théophile Bader hob ihre Hand an seine Lippen. »Schön, Sie zu sehen, Coco. Leider haben die Herren Wertheimer ihre Loge gerade verlassen und sind zum Führring gegangen.« Er bot ihr seinen Arm. »Kommen Sie, gehen wir dorthin, dann stelle ich Sie vor.«

Der Moment, wenn das eigene Pferd vor dem entscheidenden Rennen dem Publikum präsentiert wurde, erschien Gabrielle nicht sonderlich geeignet als Beginn einer geschäftlichen Beziehung. Sie selbst scheute bei ihren Schauen, bei denen sie ihre neuen Kreationen zeigte, die Öffentlichkeit und hielt sich lieber im Hintergrund. Die Besitzer eines Galoppers hatten da wohl eine andere Haltung als eine Modeschöpferin zu ihren Kleidern.

Widerspruchslos folgte sie dem Vorschlag von »Monsieur Galeries Lafayette«. Sie würde nach den Regeln der Herren spielen und daraus ihre eigenen Konsequenzen ziehen, wie sie es immer getan hatte. Die Summe des Erfolgs gab ihr am Ende recht.

Vor dem Führring herrschte großes Gedränge. An keinem anderen Ort der Rennbahn mischten sich die vornehmen Gäste so selbstverständlich unter die einfachen Rennbahnbesucher, alle wollten die Pferde beobachten, die vor dem Hauptrennen herumgeführt wurden. Wer einen Platz direkt am Zaun ergatterte, schätzte sich glücklich, von hinten rückten allerdings immer mehr Interessierte nach. Gabrielle sah elegante Damenhüte zwischen billigen Kappen, und Zylinder überragten manchen zerdrückten Fedora aus Filz.

Während Monsieur Bader mit dem Kontrolleur am Eingang verhandelte, um in den Innenraum eingelassen zu werden, zu dem üblicherweise nur Jockeys, Pferdepfleger, Besitzer und Tierärzte Zugang hatten, ließ Gabrielle den Blick über die Menge und das Rund davor schweifen. Die Geräuschkulisse schwoll angesichts eines hochgewachsenen Vollblüters an, der offensichtlich so gut gestriegelt worden war, dass seine Hinterhand schwarz wie Klavierlack glänzte. Nervös tänzelte der Rappe. Gabrielle sah von dem Pferd wieder zurück zu den begeisterten Glücksspielern unterschiedlichster Herkunft, die lauthals darüber spekulierten, ob sich bei diesem Tier eine Sieg-/Platzwette lohnte.

Ihr Blick streifte einen grauen Fedora. Eine zufällige Sicht auf die Kopfbedeckung eines Fremden. Doch Gabrielle war Modistin, sie war in der Lage, die Einzigartigkeit selbst gleich wirkender Hüte zu erkennen.

Unwillkürlich klappte ihr Mund auf, doch der Ausruf »Monsieur Valéry!« blieb in ihrer Kehle stecken.

Ohne auf ihren Geschäftsfreund zu achten, setzte sie sich in Bewegung. Sie dachte nicht einmal sonderlich darüber nach, was sie tat. Sie benutzte ihre Ellenbogen, um in die Nähe des Mannes mit dem besonderen Herrenhut zu kommen. Außer seinem Rücken in einem kamelhaarfarbenen Mantel sah sie nichts von ihm, wieder blieb ihr sein Gesicht verborgen. Der Mantel war jedoch nicht ganz so elegant und teuer wie der Anzug, den er in der Chanel-Boutique getragen hatte. Und die Frau an seiner Seite, die sich gerade zufällig umdrehte und Gabrielle direkt in die Augen sah, war auch nicht die Kundin von neulich.

Gabrielle hielt inne. Sie wurde geschubst und gestoßen, doch sie rührte sich nicht. Selbst als die junge Dame sich wieder den Pferden zuwandte, blieb sie regungslos stehen. War es möglich, dass sie sich irrte? Hielt sie einen Hut für den Fedora von Monsieur Valéry, weil sie ihn unbedingt finden wollte? Es gab Hunderte von diesen Kopfbedeckungen, wenn nicht Tausende, es war ein modisches Accessoire für Herren. Wieso war sie derart vermessen, sich einzubilden, sie könne ein Modell von allen anderen unterscheiden? Seufzend kapitulierte sie.

Ohne noch einmal zu dem Paar zu sehen, trat sie den Rückweg an. Sie ging langsamer als zuvor, und es war ihr gleichgültig, ob sie die doppelte Zeit durch die Menge brauchte.

Théophile Bader erwartete sie ungeduldig. »Coco, wo waren Sie denn? Geht es Ihnen gut?«

Wahrscheinlich war sie bleich wie ein Leinentuch. »Entschuldigen Sie, ich dachte … Ich glaubte … Ich fühlte mich kurz nicht wohl«, improvisierte Gabrielle.

Sich zusammenreißend, wandte sie ihre Aufmerksamkeit dem Herrn neben Bader zu. Es war ein charismatischer, freundlich wirkender, attraktiver Mittdreißiger, der sie unverhohlen musterte. Allein seinem maßgeschneiderten Anzug und dem schwarzen Bowler war der Millionär anzusehen. Er verneigte sich formvollendet.

»Pierre Wertheimer«, kam er seiner Vorstellung durch den Geschäftspartner zuvor. »Ich freue mich, Sie kennenzulernen, Mademoiselle Chanel.«

»Ganz meinerseits«, gab sie zurück. »Sie wollen also die Produktion und Distribution meines Parfüms übernehmen?« Es war ihr selbst nicht ganz klar, ob es eine Frage oder eine Tatsachenbehauptung war.

»Warum nicht?« Pierre Wertheimer lächelte siegessicher.

Ja, warum eigentlich nicht?, dachte Gabrielle. Laut sagte sie: »Wir sollten uns darüber austauschen, Monsieur Wertheimer.«

»Das ist ganz in meinem Sinne. Aber zuerst verraten Sie mir, was Sie von dem Rappen halten.« Er lenkte ihre Aufmerksamkeit in den Führring. »Taugt er zum Sieger?«

Seltsamerweise fiel ihr erst jetzt wieder ein, wo sie sich eigentlich befand. Wie zur Bestätigung ihrer Wahrnehmung zog der Geruch von Pferdeäpfeln und Heu in ihre Nase. Damit kehrten ihre Gedanken wieder zu Monsieur Valéry und Cécile Bonnet zurück. Und plötzlich roch sie ganz zart den schwachen pudrig-würzigen Duft eines Toilettenwassers, der von Monsieur Wertheimer ausging. Zweifellos war ein Mann an seinem Aroma zu erkennen, fuhr es ihr durch den Kopf, nicht nur eine Frau. Die verwirrenden Erkenntnisse, die sich ihrer unvermittelt bemächtigten, ärgerten und verunsicherten sie gleichermaßen.

Sie versuchte sich auf das Pferd, auf das Wertheimer sie angesprochen hatte, zu konzentrieren. Inzwischen tänzelte es weiter hinten herum, während ein dunkelbrauner Hengst mit einem weißen Stern auf der Stirn den Zuschauern präsentiert wurde. »Ich habe keine Ahnung«, gestand sie. »Wie sieht es mit diesem Tier hier aus? Könnte das der Sieger werden?« Immerhin wirkte es ruhiger.

»Das ist Perth«, erwiderte Pierre Wertheimer. »Er kommt aus England und hat noch kein Derby gewonnen. Seine Wettquote liegt bei fünfunddreißig zu vier. Sein Besitzer will ihn im Hauptrennen testen, nun ja, das arme Tier hat dreißig Stunden Zugreise aus England hinter sich. Amerikaner haben häufig einen anderen Blick auf das Training, selbst wenn sie in Frankreich leben. Kennen Sie Mr. Kingsley Macomber, Perths Besitzer, Mademoiselle Chanel?«

»Ich habe von ihm gehört.« Es handelte sich um einen reichen Mann, der in der amerikanischen Gemeinde von Paris das Sagen hatte. Gabrielle hielt sich über die Gesellschaftsnachrichten über mögliche Kundschaft informiert.

»Dann werden Sie Mr. Macomber und seiner Frau Myrtle gewiss auf der Tribüne begegnen«, mischte sich Théophile Bader ein. »Was meinen Sie, Pierre, sollten wir zurückgehen?«

»Ja. Sehen wir uns den Aufgalopp an. Es wird interessant sein, wie sich Massine auf der Bahn präsentiert.«

Eingerahmt zwischen den beiden Herren schritt Gabrielle langsam in Richtung Geläuf. Dabei fühlte sie sich wie auf einem Laufsteg, der allgemeinen Aufmerksamkeit absolut sicher.

»Übrigens, Mademoiselle Chanel«, sagte Pierre Wertheimer beiläufig, »der Rappe ist Messine und gehört meinem Bruder Paul und mir. Wir rechnen uns große Chancen aus, den Prix de l'Arc de Triomphe zu gewinnen.«

Ihr lag auf der Zunge zu sagen: »Sie wollen wohl immer gewinnen?« Doch sie schluckte diesen Kommentar herunter. Für den Beginn einer Geschäftsbeziehung war er zweifellos reichlich impertinent. Gabrielle beschloss, darauf aufzupassen, dass sie aus der Vereinbarung als Siegerin hervorging. Dass sie dabei mehr auf ihr Gefühl als auf juristische Feinheiten achtete, spielte keine Rolle, bislang hatte sie immer die richtigen Entscheidungen getroffen. So leicht zog man die Tochter eines fahrenden Händlers nicht über den Tisch.

Der ersten Unterhaltung mit Pierre Wertheimer folgte ein ebenso angenehmes wie unverbindliches Geplauder mit ihm und seinem Bruder Paul in deren Loge über Allgemeinplätze wie das Wetter und die Qualität der Jockeys. Gabrielle war überzeugt, dass die Rennstallbesitzer unmittelbar vor dem großen Auftritt ihres Galoppers keine geschäftlichen Verhandlungen führen wollten, nicht nur diese Herren ließen sich von der allgemeinen Aufregung anstecken, auch Gabrielle war davor nicht gefeit. Der Startschuss des Hauptrennens ließ dann überall in der Menge die Gespräche verstummen, atemloses Geplapper brandete auf, Rufe und Gejohle setzten nicht nur auf dem Sattelplatz, sondern sogar auf der Tribüne ein. Die Kommentare des Stadionsprechers drangen durch die moderne Lautsprecheranlage und klangen fast so gehetzt, wie die Pferde wirkten, die das Feld auf dem zweitausendvierhundert Meter langen Kurs anführten. Unwillkürlich beschleunigte sich auch Gabrielles Herzschlag.

Wie zur Beruhigung ihrer Nerven ließ sie, während die Pferde auf die Zielgerade einbogen, den Blick fort von der Bahn zu den Zuschauern wandern. Sie ertappte sich dabei, dass sie ihn auf die Köpfe der Leute auf den Stehplätzen unten richtete. Selbst als sie sich den Feldstecher von Théophile Bader auslieh, verfolgte sie im ersten Moment nicht den Einlauf, sondern suchte einen bestimmten Filzhut in der Menge. Beinahe hätte sie deshalb den Sieg des britischen Hengstes Perth und seines amerikanischen Besitzers übersehen.

»Ein zweiter Platz für Massine«, stellte Pierre Wertheimer fest. Seine Stimme klang deutlich kühler als zuvor.

Gedankenverloren gab Gabrielle das Fernglas zurück. Unter den zahllosen Besuchern dieses bedeutenden Rennsonntags hatte Gabrielle den Mann, den sie vorhin am Führring für Monsieur Valéry gehalten hatte, nicht wiedergefunden. Mit einem Bedauern, das nicht dem Verweis des Wertheimer-Pferdes um Haupteslänge auf den zweiten Platz geschuldet war, murmelte sie: »Schade!« Die Herren würden ihre Bemerkung jedoch gewiss anders verstehen.

8

Zahlen. Natürlich wollten die Wertheimers genaue Zahlen über Produktion und Absatz von Chanel No 5 haben. Nicht dass Gabrielle etwas vor ihren potenziellen Geschäftspartnern verbergen wollte, sie verspürte nur wenig Lust, sich mit der Buchhaltung zu beschäftigen; die Details waren ihr ebenso lästig wie die dazugehörenden Verträge. Natürlich beschäftigte sie einen Buchhalter und Juristen, das war bei inzwischen dreitausend Angestellten, die vornehmlich in Heimarbeit für sie tätig waren, unabdingbar. Dennoch verließ sie sich am liebsten auf ihr Gefühl. Sie schloss Abmachungen per Handschlag. Wie ein Pferdehändler, fuhr es ihr durch den Kopf. Und dann dachte sie, dass diese Art des Vertragsabschlusses Pierre und Paul Wertheimer als Rennstallbesitzer eigentlich entgegenkommen müsste. Nur dass es hier nicht um einen Galopper, sondern um ein Parfüm ging, das wie kaum etwas anderes ihrer Persönlichkeit und Geschichte entsprach. Gerade deshalb wollte sie nichts delegieren, sondern alle Fäden selbst in der Hand behalten. Oder im Kopf, dachte sie mit Blick auf Produktionskosten und Verkauf von Chanel No 5.

Die Tür zu ihrem Büro flog auf, und der Protest ihrer Geschäftsführerin wehte herein: »Monsieur, Sie können doch nicht …!«

Weiter kam Madame Aubert nicht, denn Kommissar Hollande konnte sehr wohl, ohne anzuklopfen, hereinstürmen. Mit hochrotem Kopf trat er vor Gabrielle, die ebenso verstört wie entsetzt aufblickte.

»Was fällt Ihnen ein, sich wieder in die Angelegenheiten der Polizei zu mischen?« Sein Ton hatte jegliche Contenance verloren und troff vor Zorn.

Sie zwang sich zur Ruhe. »Nichts liegt mir ferner.«

Kommissar Hollande drehte sich zu Madame Aubert um, die mit empörtem Gesichtsausdruck im Türrahmen stand. »Lassen Sie uns allein«, forderte er ungewöhnlich barsch.

Madame Aubert zögerte kurz, warf Gabrielle einen fragenden Blick zu und entschied sich dann für den Abschied, ohne dazu noch einmal von ihrer Chefin aufgefordert worden zu sein. Sie nickte und trat den Rückzug an.

»Sie sind recht unhöflich, Monsieur le commissaire«, tadelte Gabrielle.

»Ich bin nicht hier, um mein gutes Benehmen unter Beweis zu stellen«, gab Hollande zurück.

»Ein wenig mehr davon würde nicht schaden«, versetzte sie trocken und fügte hinzu: »Was kann ich für Sie tun?«

»Ich wünsche, dass Sie sich nicht mehr in die Angelegenheiten der Polizei einmischen, Mademoiselle Chanel!« Er holte tief Luft, versuchte offenbar, sich zu beruhigen, was ihm jedoch kaum zu gelingen schien. »Was wollten Sie in der Rue Tocqueville bei Monsieur Valéry?«

Natürlich hätte ihr vom ersten Moment an klar sein müssen, warum er wütend war. Sie hatte nur nicht mehr damit gerechnet, dass er wegen ihrer kleinen Recherche derart aufgebracht bei ihr erscheinen würde. Immerhin war ihr Gespräch mit der Concierge schon eine Woche her – und sie war deshalb geneigt gewesen anzunehmen, Kommissar Hollande messe ihrem Besuch keine Bedeutung bei. Ganz anders bei ihr selbst. Wenn sie nicht über die Zahlen, die sie Pierre Wertheimer schuldete, und über ihre neue Kollektion nachdachte, kam Monsieur Valéry gleich an dritter Stelle. Dass sie sich bei der Betrachtung des Herrenhuts auf der Galopprennbahn geirrt haben sollte, nagte nach wie vor an ihr. Außerdem war ein wenig seltsam, dass die bestellte weiße Cloche bis heute nicht abgeholt worden war, obwohl die Änderung des Kopfumfangs nicht so viel Zeit in Anspruch genommen hatte.

Gabrielle entschied sich für einen Teil der Wahrheit. Sie räusperte sich und antwortete: »Ich war zufällig in der Nähe, ein Künstlerfreund von mir besitzt ein Atelier in der Rue de la Terrasse. Wissen Sie, ich dachte, es sei eine gute Idee, mir einen Eindruck von den Lebensumständen und damit der Solvenz des Kunden zu verschaffen.«

»Wie gerne würde ich Ihnen glauben.« Hollande seufzte. »Wenn ich Sie nicht kennen würde, Mademoiselle Chanel, könnte ich in der Tat annehmen, dass Sie nicht herumschnüffeln wollten. Als ich die Beschreibung von der Dame erhielt, die sich bei der Concierge nach Monsieur Valéry erkundigt hatte, wusste ich sofort Bescheid.«

»Aha«, murmelte Gabrielle, als handelte es sich um eine Belanglosigkeit. Versonnen spielte sie mit den wertvollen Perlenschnüren auf ihrer Brust, einem Geschenk, das einst einer russischen Zarin gehört hatte. Die Kette erinnerte sie an die Kreation, auf der Chanel No 5 basierte, dem Parfüm einer anderen Zarin. Und vor ihr lagen die Zahlen für Pierre Wertheimer. Es gab so viel anderes zu tun, als sich über einen Mann auszutauschen, der einen Fedora trug und auf gewisse Weise unsichtbar und deshalb nur an seinem Duft erkennbar war. Alles hängt mit allem irgendwie zusammen, dachte Gabrielle.

Sie bemerkte, dass Hollande sie scharf ansah. »Und nun? Was wollen Sie noch? Ich habe auf Ihre Frage geantwortet, Monsieur le commissaire. Kann ich sonst noch etwas für Sie tun?«

»Ich warne Sie! Das ist kein Spiel. Wir reden hier nicht von einer verwirrten Dame der feinen Gesellschaft, die ihren Sohn erschlug. Ihre Nachforschungen damals waren nicht ungefährlich, aber sie bewegten sich wenigstens in Ihren vertrauten Kreisen. Hier geht es um einen gemeinen Frauenmörder. Das ist ein anderes Kaliber.«

»Oh!« Seine Ausführung versetzte Gabrielle dann doch einen Moment in unerwartete Fassungslosigkeit. Nicht nur, weil er den Angriff auf sie damals herunterspielte, sondern auch, weil er sich sicher zu sein schien, als er den Täter nannte. »Haben Sie die Leiche von Madame Bonnets Schwester gefunden?«

»Nein. Das noch nicht. Die Abteilungen, die sich um vermisste Personen und nicht identifizierte Opfer kümmern, sind überlastet.«

Er hat also nichts in der Hand außer seinem Ärger auf mich, dachte sie. Obwohl sie annahm, dass Madame Aubert ihm diese Auskunft bereits gegeben hatte, erklärte sie: »Weder Monsieur Valéry noch seine Verlobte sind wieder in die Boutique gekommen. Der bestellte Hut wartet noch auf die Braut.«

»Das hat mir Madame Aubert gerade erzählt.«

Sie nickte. »Mehr kann ich Ihnen auch nicht sagen.«

Der Kommissar beugte sich vor, legte seine Hände auf den Schreibtisch und sah sie eindringlich an. »Ist das wirklich alles? Ich möchte Sie nicht noch einmal observieren müssen, Mademoiselle Chanel. Dafür habe ich zu viel zu tun. Ehrlich gesagt, die täglichen Telefonanrufe von Madame Bonnet erzeugen schon genug Druck.«

Sie konnte sich ein Schmunzeln nicht verkneifen. »Es ist gewiss das erste Mal, dass Sie nach einem Mörder suchen, der nur an seinem Duft erkannt wurde.«

»Ich würde mich wohler fühlen, wenn Madame Bonnet sich sicher wäre, dass es nicht Chanel No 5 war.«

»Da bin ich ganz Ihrer Meinung.«

Plötzlich ging Gabrielle durch den Kopf, dass es möglich war, das gesuchte Parfüm herauszufinden. Oder zumindest auszuschließen, dass es sich um ihren Duft handelte. Warum war sie nicht früher darauf gekommen? Sie musste Cécile Bonnet nur verschiedene Proben von bekannten Toilettenwässern zeigen, zur Beruhigung ihrer Nase ein wenig frisch gemahlenes Kaffeepulver anbieten und auf die Entscheidung der Dame warten.

Sie selbst hatte das Potpourri, das zu Chanel No 5 führte, zunächst an einem Taschentuch wahrgenommen. Auf der Suche nach den Inhaltsstoffen war sie bei dem Parfümfabrikanten François Coty vorstellig geworden, der ihr den ersten Einblick in die Arbeit eines Parfümeurs gewährte. Sie erinnerte sich, als wäre es gestern und nicht vor drei Jahren gewesen, wie sie in seinem Büro saß und die verschiedenen Ingredienzen zu erschnuppern versuchte. Damals war ihr Unterfangen vergeblich, sie hatte die Zusammensetzung dieses einen Dufts nicht gefunden. Aber es war etwas anderes, ob man die Nuancen eines bestimmten Parfüms herauszufinden versuchte oder ob man sich auf den Geruch einer bestehenden Komposition konzentrierte. Wie das funktionierte, hatte ihr Monate später Ernest Beaux in Cannes gezeigt, der einstige Parfümeur des Zaren, der für sie Chanel No 5 entwickelt hatte. Warum hatte sie nicht früher daran gedacht, dass sie von den Besten ihres Fachs gelernt hatte? Sie würde Madame Bonnet das Geheimnis entlocken können – jedenfalls, wenn Monsieur Valéry eines der herkömmlichen Eaux de Toilette für Herren benutzte.

Sie begegnete dem Blick des Kommissars und versuchte so viel Arglosigkeit wie möglich auszustrahlen. Die Rolle der Naiven hatte ihr schon immer gelegen, wenn sie einen Mann beeinflussen wollte. Es entsprach zwar nicht ihrem Wesen, aber das machte nichts, wenn sie auf diese Weise erreichte, was sie wollte. Im Moment hoffte sie inständig, Hollande so schnell wie möglich loszuwerden. Schließlich hatte sie nicht die Absicht, ihr Wissen mit ihm zu teilen.

»Wenn Monsieur Valéry oder seine Dame in die Boutique kommt, rufen Sie bitte sofort in der Préfecture an.« Er richtete sich auf, weiterhin in ihren Augen versunken. »Und halten Sie sie auf, bis ein Polizist vor Ort ist – oder ich selbst kommen kann. Kann ich mich darauf verlassen?«

»Ja, Monsieur le commissaire.« Das konnte sie ihm tatsächlich in aller Aufrichtigkeit versprechen.

»Ich habe Madame Aubert ebenfalls genau instruiert.«

»Ja, Monsieur le commissaire«, wiederholte sie.

»Warum werde ich das Gefühl nicht los, dass Sie mich verschaukeln?«

Erstaunlich, dass seine Augen bei der herrschenden Beleuchtung eines sonnigen Herbsttages die Farbe von Bernstein annahmen, dachte sie, während sie ihn unschuldig ansah. »Ich nehme Ihnen diese Behauptung nicht übel, Monsieur le commissaire, aber nun sollten wir unsere nette Unterhaltung beenden. Sie finden allein hinaus, nehme ich an.«

Hollande nickte, machte auf dem Absatz kehrt und verließ gemessenen Schritts Gabrielles Büro. Wenn sie erwartet hatte, dass er die Tür offen lassen oder zuknallen würde, wurde sie enttäuscht. Offenbar hatte sich sein Zorn gelegt. So geräuschlos, wie es sonst nur ihr Diener Joseph vermochte, zog er das Schloss zu.

9

Es war seltsam beglückend, nun zu wissen, dass sie etwas tun konnte, um die Angelegenheit von Madame Bonnet voranzutreiben. In einer neutralen Umgebung, in der es nicht überall nach Chanel No 5 duftete, würde Gabrielle sicher rasch herausfinden, dass weder ihr Parfüm noch ihre Boutique oder sie selbst etwas mit Monsieur Valéry zu tun hatten. Wenn sie es recht bedachte, sollte sie schnellstmöglich handeln. Ihr Leben war aufregend genug, sie benötigte keine verschwundenen Frauen und angeblichen Mörder, um Abwechslung zu erleben. Die Verbindung zu Pierre Wertheimer erforderte ihre ungeteilte Aufmerksamkeit, alles, was ihre Gedanken störte, sollte aus ihrem Kopf verschwinden. Deshalb beachtete sie die Zahlen zunächst nicht mehr, sondern fragte Madame Aubert nach einer Anschrift, wo sie Madame Bonnet erreichen konnte. Natürlich gestand sie sich nicht ein, dass die Ablenkung eigentlich äußerst willkommen war.

Madame Aubert konnte Gabrielle nicht weiterhelfen. »Es tut mir leid, Madame Bonnet hat keine Adresse hinterlassen.«

»Wie ärgerlich!«

»Wenn es dringend ist, könnten Sie sich bei Monsieur Hollande danach erkundigen. Der Kommissar weiß sicher, wie Madame Bonnet zu erreichen ist.«

»Natürlich werde ich das nicht tun.« Gabrielle schnappte vor Empörung nach Luft. Wie konnte ihr Madame Aubert nur einen so dummen Vorschlag unterbreiten? Ihre Geschäftsführerin war doch sonst stets umsichtig und klug.

Madame Aubert verstand die Rüge sofort. »Warum hätte ich nach Madame Bonnets Adresse fragen sollen?«, wollte sie sichtlich geknickt wissen.

Der Schwächeanfall allein hätte das nicht gerechtfertigt. Als sie sich von ihrem Weinkrampf erholt hatte, hatte Madame Bonnet lediglich ein Taxi gewünscht. Sie lehnte es ab, ihren Ehemann zu verständigen. Natürlich war dagegen nichts einzuwenden gewesen. Gabrielle nickte. Madame Aubert hatte recht. »Ich wünschte, ich wüsste, wo ich Madame Bonnet finden kann, ohne dass Hollande davon erfährt«, murmelte sie in sich hinein.

Eine Weile herrschte Schweigen zwischen den beiden Frauen. Das Ticken der Uhr und das Zwitschern eines Vogels hinter dem geöffneten Fenster von Gabrielles Büro waren die einzigen Geräusche. Da schnippte Madame Aubert plötzlich mit den Fingern. »Ich glaube, ich weiß, wer Ihnen weiterhelfen könnte.«

»Ja?«

»Hat Madame Bonnet nicht gesagt, dass sie Kundin in der Chanel-Boutique in Deauville ist?«

Nachdenklich griff Gabrielle nach Etui und Feuerzeug und zündete sich eine Zigarette an. »Ich glaube, schon«, erinnerte sie sich nach dem ersten Lungenzug.

Madame Aubert lächelte triumphierend. »Wenn dem so ist,

sollte sie dort bekannt sein. Und ihre Anschrift ebenfalls.« Sie drehte sich halb um. »Ich werde gleich anrufen und …«

»Nehmen Sie mein Telefon.« Gabrielle deutete mit der glimmenden Zigarette auf den Apparat auf ihrem Schreibtisch. »Papier und Stifte liegen hier auch für eine Notiz bereit.« Sie erhob sich. Nicht, um Madame Aubert ihren Platz zu überlassen, sondern um sich ein wenig Bewegungsfreiheit zu gönnen.

Aus den Augenwinkeln beobachtete sie, wie Madame Aubert näher trat und den Hörer abhob, ohne sich freilich hinzusetzen.

Während des Gesprächs stand Gabrielle, bedächtig an ihrer Zigarette ziehend, am Fenster. Die Rue Cambon war an dieser Stelle eine enge Straße, die rückwärtigen Mauern und Fenster des Hôtel Ritz gegenüber zum Greifen nahe. Obwohl es weit und breit keine Straßenbäume gab, hatte der auffrischende Wind ein paar Blätter über das Pflaster getrieben. Gedankenverloren blickte Gabrielle darauf und nahm im Hintergrund die leise Stimme ihrer Geschäftsführerin wahr, ohne sie richtig zu hören. Vor ihrem geistigen Auge tauchte ihre Boutique in Deauville auf, noch immer ihr Herzensort. Zwischen Casino und dem vornehmen Hôtel Le Normandy hatte sie an bevorzugter Lage vor genau zehn Jahren ihr erstes Geschäft für Hutmoden in einem typisch normannischen Fachwerkgebäude eröffnet. Es war der Start ihrer Karriere, die sie nach Rückschlägen mit Fleiß und Durchhaltevermögen vorangetrieben hatte. Wie ein Jockey, dessen unverdrossenes Training sich eines Tages auf der Ziellinie auszahlte. Der Hengst Perth, der den Prix de l'Arc de Triomphe aller Widerstände zum Trotz gewonnen hatte, war ihrer Persönlichkeit nicht unähnlich. Ganz anders als das umsorgte und hochgelobte Pferd der Wertheimers. Ach, seufzte sie still, sie musste sich um die Zahlen kümmern.

Ihr fiel auf, dass Madame Aubert schon ziemlich lange telefonierte. Es war nicht die Art ihrer Geschäftsführerin, sich mit Nebensächlichkeiten aufzuhalten. Nahm es so viel Zeit in Anspruch, die gewünschte Anschrift herauszufinden? Oder war Madame Bonnet doch keine Kundin? War sie ebenso eine Betrügerin wie Monsieur Valéry? In diesem Moment nahm Gabrielle einen schrillen Ausruf in dem monotonen Wortschwall von Madame Aubert wahr: »Oh, das ist ja schrecklich!«

Sie fuhr herum.

Kopfschüttelnd stand Madame Aubert neben dem Telefon und hörte sich an, was ihre Gesprächspartnerin zu sagen hatte. Als sie Gabrielles tadelnd-fragenden Blick bemerkte, hielt sie den offensichtlich beschriebenen Zettel in ihrer Hand hoch und nickte, gleichzeitig zeigte sie Verständnis für die Frau am anderen Ende der Leitung: »Das ist eine fürchterliche Geschichte, ich verstehe, dass Sie aufgelöst sind. Aber Sie sollten sich wieder beruhigen, es hat ja alles nichts mit Ihnen und mit der Boutique zu tun.« Dann lauschte sie der Antwort.

Gabrielle bedeutete ihr mit einer energischen Geste, endlich aufzulegen. Sie ging zum Schreibtisch zurück, zündete sich an dem Stummel zwischen ihren Lippen eine neue Zigarette an und drückte die Kippe im Aschenbecher aus. Mit der freien Hand nahm sie Madame Aubert die Notiz aus der Hand. Madame und Monsieur Bonnet wohnten in Sainte-Adresse, einem wohlhabenden Vorort von Le Havre. Immerhin, das passte zusammen.

Endlich beendete Madame Aubert das Telefonat, indem sie die Gabel herunterdrückte. »Es tut mir leid«, sagte sie, »ich konnte Mademoiselle Aurelie nicht einfach abwimmeln. Sie war vollkommen aufgelöst.«

Das Problem interessierte Gabrielle zwar nicht, da sie ja gehört hatte, dass es weder etwas mit der Angestellten noch mit ihrem Laden zu tun hatte, aber sie fragte aus Höflichkeit: »Was ist denn passiert?«

»Es ist eine traurige Geschichte«, berichtete Madame Aubert. »Gestern Abend oder heute Nacht ist eine Dame in der Badewanne ihres Zimmers im Hôtel de la Plage ertrunken ...«

»Wie das?« In Gabrielles Kopf schrillte eine Alarmglocke.

»Ein Zimmermädchen hat sie heute Morgen gefunden. Dazu eine leere Flasche Champagner. Wahrscheinlich hat die Dame den Alkohol nicht vertragen und ist eingeschlafen und deshalb untergegangen.«

Aus irgendeinem Grund, den sie sich selbst nicht erklären konnte, fragte Gabrielle: »War die Dame allein?«

»Wenn ich Mademoiselle Aurelie richtig verstanden habe, handelte es sich um ein Einzelzimmer. Warum wollen Sie das wissen?«

Die Saite, die Gabrielles Erinnerung vom ersten Augenblick an zum Klingen gebracht hatte, stimmte einen Akkord an. »Vorige Woche habe ich in der Zeitung von einem ähnlichen Vorkommnis hier in Paris gelesen. Ich habe nur die Überschrift gesehen, aber es handelte sich auch um eine Frau, die in einer Hotelbadewanne ertrunken ist. Dass so etwas öfter zu passieren scheint, finde ich recht seltsam.«

Madame Aubert zuckte mit den Achseln. »Ich denke, es wäre merkwürdig, wenn so eine traurige Sache mehrmals in Paris vorkommen würde. Es ist ja reiner Zufall, dass wir aus Deauville davon erfahren haben. Vielleicht passiert dergleichen ja auch in Reims oder Grenoble, und wir wissen es nur nicht. Einsame Frauen, die sich betrinken und ihrem Leben in einer Badewanne ein Ende setzen, gibt es sicher mehrere. Wer weiß, ob es ein Unfall war. Vielleicht war es in beiden Fällen Absicht.«

»Ja, wer weiß ...«, murmelte Gabrielle, mit ihren Gedanken bei der Ausgabe der Zeitung neulich.

»Soll ich Madame Bonnet anschreiben?«, wollte Madame Aubert, zur Sachlichkeit zurückkehrend, wissen. »Einen Telefonanschluss hat sie wohl nicht.«

»Was?« Gabrielle brauchte eine Weile, um sich von ihren Gedanken zu lösen. Sie blickte auf den Zettel in ihrer Hand, schüttelte den Kopf. »Nein danke, ich kümmere mich selbst darum.« Dann dachte sie, dass Madame Bonnet wohl nicht weglief, sie jedoch unbedingt einen Blick auf die alte Zeitung werfen wollte. Aber außer der ausgerissenen Heiratsanzeige war sicher nichts mehr von dem Blatt übrig.

»Brauchen Sie mich noch?«

»Nein ... Ja ...« Gabrielle zog an ihrer Zigarette, als gewänne sie damit neue Kraft. »Bitte besorgen Sie mir alle Ausgaben von *Le Figaro* der vergangenen ... hm ... sagen wir, zehn Tage. Ich möchte etwas nachlesen, kann mich aber an das genaue Datum leider nicht mehr erinnern.« War es wirklich die Zeitung von dem Tag gewesen, als Madame Bonnet aufgetaucht war? Vielleicht handelte es sich um ein älteres Exemplar, das zufällig noch bei ihr herumgelegen hatte. Gabrielle war sehr ordentlich, sie konnte sich das zwar schwer vorstellen, aber sie wollte sichergehen.

Madame Auberts Augenbrauen hoben sich erstaunt, sie widersprach jedoch nicht.

Nachdem ihre Geschäftsführerin gegangen war, blickte Gabrielle auf die vielen Kladden auf ihrem Schreibtisch. Stapel mit Zahlen. Sie musste sich wieder um die Informationen kümmern, um die Pierre Wertheimer gebeten hatte. Viel lieber würde sie ihre Gedanken auf die Duplizität der Ereignisse in den Hotelbadewannen richten. Madame Auberts Argumente waren einleuchtend – Gabrielle fand die Häufung der Fälle, auch wenn es nur zwei waren, trotzdem recht seltsam. Leider musste sie aber arbeiten, Raum für ihre Fantasie fand sie im Büro nur bei den Entwürfen einer neuen Kollektion. Als sie sich auf den Stuhl setzte, dachte sie, dass sie sich nicht mit dem Schicksal der beiden toten Frauen beschäftigen sollte, bevor sie nicht die Zeitungen der vergangenen Woche gelesen hatte. Bis dahin würde sie sich mit der Produktion und dem Verkauf von Chanel No 5 beschäftigen. Und als wollte das Schicksal ihre Konzentration beeinträchtigen, fiel ihr wieder ein, wie sie Madame Bonnets Nase schulen könnte.

10

Madame Aubert konnte die alten Zeitungsausgaben nicht am selben Tag auftreiben, sodass Gabrielle ihre buchhalterische Arbeit erst einmal ohne Ablenkung abschließen musste. Am Ende war die Betrachtung der Belegnummern in vielerlei Hinsicht schmerzlich. Der Verkauf von Chanel No 5 in ihren Boutiquen war zu gering, um ihrem Motto zu folgen, jede Frau benötige ihren eigenen Markenduft. Aber das war nicht neu, sie brauchte die Unterstützung eines großen Unternehmens. Andererseits hatte sie in den vergangenen Jahren erlebt, wie unbarmherzig etwa ihr alter Bekannter François Coty kleinere Unternehmen schluckte, kaum dass er mit denen Geschäfte machte. Sie wollte aber unter gar keinen Umständen zusehen, wie Pierre und Paul Wertheimer das Haus Chanel vereinnahmten und womöglich zerstörten. Was würde aus ihr, wenn ihr Lebenswerk in andere Hände fiel? Dann wäre sie wieder ein Niemand. Und alles, was Boy ihr geholfen hatte aufzubauen, wäre verloren. Das durfte nicht sein!

Um sich geistig nicht ständig im Kreis zu bewegen, fuhr Gabrielle in das Kaufhaus von Théophile Bader. Da sie vorhatte, in nächster Zeit bei Madame Bonnet zu erscheinen, um deren Nase zu sensibilisieren, könnte sie ja schon einmal die gängigen im Handel befindlichen Herrendüfte besorgen. Es würde kein beschwerlicher Einkauf, da das Angebot für Herren nicht sonderlich groß war. Gabrielle schickte eine Nachricht an Monsieur Bader, dass sie seiner Parfümabteilung einen Besuch abstatten wolle, und machte sich auf den Weg. Sie fuhr ihren Rolls-Royce selbst, was ihr – wie immer – unendliches Vergnügen bereitete.

Dieses Vergnügen setzte sich unter der prächtigen Glaskuppel von Galeries Lafayette fort. Obwohl sie sich einen kurzen geschäftlichen Aufenthalt vorgenommen hatte, wurde sie gleich beim Eintreten mit allen Sinnen eingehüllt in die glitzernde, duftende Welt des Konsums. Das Warenhaus war nicht annähernd zu vergleichen mit ihren Boutiquen, in denen sie ganz bewusst auf Schlichtheit setzte. Ihr Erfolg hatte von Anfang an im Weglassen von Pomp bestanden, ihre ersten Hüte kamen ohne die vielen künstlichen Blumen, abenteuerlichen Federn und Vogelimitationen aus, die vor dem großen Krieg en vogue gewesen waren. Bis heute waren ihre Kreationen weniger laut als andere, und inzwischen bestimmte sie den Geschmack der jungen Generation selbstbewusster Frauen. Doch, auch wenn sie es ungern vor sich selbst zugab, der funkelnde Luxus war nach dem Blick auf die nüchternen Zahlenreihen wie ein Fest für ihre Augen.

»Mademoiselle Chanel!«

Théophile Bader tauchte an ihrer Seite auf wie ein Zirkusdirektor, der sie durch die Manege führen wollte. Wie ein schönes Pferd, das statt der Rossstirn eine Cloche trägt, fuhr es ihr durch den Kopf. Einen Atemzug später dachte sie, dass sie aufhören sollte, ständig an Pferde zu denken – und damit letztlich an die Wertheimers.

»Bonjour, Monsieur«, grüßte sie höflich.

»Was kann ich für Sie tun, Mademoiselle Chanel? Sehen Sie sich um, mein Haus steht Ihnen zur Verfügung.«

»Ganz so viel wollte ich dann doch nicht«, erwiderte sie lächelnd. »Ich würde gerne alle Herrenparfüms kaufen, die Sie im Angebot haben.«

»Oh, eine Konkurrenzbeobachtung«, schlussfolgerte Théophile Bader. »Planen Sie eine neue Kreation? Das scheint mir eine hervorragende Idee zu sein. Tatsächlich kann ich Ihnen sagen, dass es sich bei den Düften, die Herren an sich selbst riechen möchten, um einen Markt mit Zukunft handelt.«

Gabrielles Lächeln wurde breiter. Sie sollte sich öfter mit Bader unterhalten, er brachte sie ständig auf neue Gedanken. Mehr oder weniger wahrheitsgetreu antwortete sie: »Es handelt sich um eine rein private Angelegenheit.«

»Nun, wenn die Produktion eines Chanel-Herrendufts den Margen unseres Hauses entspricht, werde ich auch diesen gerne in meinen Bestand aufnehmen. Das kann ich Ihnen schon heute versichern, Mademoiselle Chanel.«

»Das ist sehr großzügig. Ich werde darüber nachdenken.« Das werde ich auf jeden Fall, beschloss sie. Sobald sie die drängendsten Probleme bewältigt hatte, mit Pierre Wertheimer handelseinig geworden war und einen Mörder gefunden oder einen unschuldigen Mann identifiziert hatte, würde sie sich mit dem neuen Thema befassen. Sie würde Ernest Beaux kontaktieren und an die Riviera reisen, um ihn in seinem Labor in Cannes aufzusuchen. Die Vorstellung, mit dem Parfümeur wieder an einer Duftkreation zu arbeiten, hob ihre Laune noch mehr, als es der bunte Konsumpalast vermochte.

»Zunächst werden Sie vor allem bei Guerlain fündig«, sagte Théophile Bader, während er ihren Arm nahm und sie mit sanftem Druck in die entsprechende Abteilung geleitete. »Mouchoir de Monsieur ist natürlich das klassische Toilettenwasser für den Herrn, aber inzwischen wird auch Jicky gerne von dieser Klientel für sich selbst gekauft. Dann empfehle ich noch Chypre von Coty, auch ein Damenduft, aber nicht nur. Benötigen Sie noch mehr?«

»Ich hätte gerne alles, was für einen Herrn infrage kommt.«

»Dann sollten wir uns noch bei Houbigant und Caron umsehen … Kommen Sie, Mademoiselle Chanel, kommen Sie. Ich zeige Ihnen, was Sie wünschen.«

Schließlich verließ Gabrielle das Kaufhaus mit einer Tüte, in der sich vier Flakons befanden. Mit Chanel No 5 würde sie Madame Bonnet also fünf Düfte präsentieren. Diese Anzahl hatte sich zufällig durch die Beratung von Monsieur Bader ergeben, aber als sie in ihrem Automobil saß, fiel Gabrielle auf, dass es sich um ihre Glückszahl handelte. Die Zahl der Liebe und der Venus – und der fünf Sinne des Menschen. Das war ein gutes Omen. Sie würde so bald wie möglich nach Le Havre reisen.

*

Da sie keinen Staub aufwirbeln wollte, hatte Gabrielle nicht nach dem Datum gefragt, an dem der Hut von Monsieur Valérys Verlobter bestellt worden war. Es wäre einfacher gewesen, diesen Tag mit den alten Zeitungsmeldungen in Verbindung zu bringen, als sich durch die Ausgaben von zehn Tagen lesen zu müssen. Der Stapel auf ihrem Schreibtisch ersetzte zwar die Buchhaltung, aber die Durchsicht der vielen Artikel erschien ihr bald so öde wie die der Zahlenreihen. War über die Tote in einer Hotelbadewanne an dem Tag berichtet worden, an dem der britisch-italienische Streit um die griechische Insel Korfu eskalierte? Im Deutschen Reich, vor allem in Bayern, schien es massive politische Probleme zu geben, aber diese internationalen Nachrichten überblätterte Gabrielle immer schneller, ebenso die Hinweise, dass die Hauptstadt der Türkei ein Ort namens Ankara statt des alten Istanbul werden sollte, und die Ergebnisse der Parlamentswahlen in Ägypten. Die innenpolitischen Artikel waren sicher von größerer Bedeutung für sie als Geschäftsfrau, aber damit hielt sie sich auch nicht auf.

Sie saß zwischen Bergen von achtlos fortgeworfenen Blättern, als sie am frühen Abend endlich fündig wurde.

Tod in Hotelbadewanne

Der Nachtportier des Hôtel d'Alsace im 6. Arrondissement alarmierte die Polizei aufgrund eines Notfalls in einem Hotelzimmer. In der Badewanne war die Leiche einer Frau aufgefunden worden. Ihr Mann, der früh zu Bett gegangen war, fand die Tote. Offenbar war Madame im Wasser eingeschlafen. Die Polizei spricht von einem tragischen Unfall, eine Obduktion ist nicht geplant. Das Ehepaar stammte aus Le Havre und befand sich auf Hochzeitsreise, die Frau wurde 46 Jahre alt.

Fast ein bisschen enttäuscht nahm Gabrielle zur Kenntnis, dass es sich bei der bedauernswerten Frau um keine einsame Person gehandelt hatte, sondern um eine wahrscheinlich glückliche Braut.

Dann fiel ihr das Alter auf. Und der Herkunftsort.

Gabrielle setzte sich aufrecht hin und las den Artikel noch einmal, dann wieder.

Sie schien auf die eine oder andere Art plötzlich auf eine Reihe von Frauen mittleren Alters aufmerksam zu werden. Frauen, die ihrer Einsamkeit überdrüssig waren und eine neue Verbindung eingingen. Die Schwester von Cécile Bonnet gehörte dazu und dann die Kundin, die für ihre bevorstehende Hochzeit in ihrer Boutique einkaufen wollte und nicht wiedergekommen war. Die Tote im Hôtel d'Alsace war sechsundvierzig Jahre alt geworden und hatte sich auf Hochzeitsreise befunden! Welche Pläne die einsame Besucherin in Deauville gehabt hatte, wusste sie natürlich nicht, aber vielleicht hatte die ja gar nicht ihren Kummer vergessen, sondern mit dem Champagner ihre glückliche Zukunft feiern wollen. Vier Frauen einer gewissen Generation, von denen drei mit Sicherheit den Mann ihres Lebens gefunden zu haben glaubten, zwei davon verschwanden spurlos, eine ertrank in der Badewanne ihres Hotelzimmers auf Hochzeitsreise – eine Frau war womöglich frisch verliebt und kam auch in der Badewanne ihres Hotels zu Tode. Und bis auf die Verlobte von Monsieur Valéry, deren Adresse niemand kannte, hatten alle einen Bezug zu einer bestimmten Gegend in der Normandie.

Sie war abergläubisch, und sie glaubte nicht an Zufälle. Vor allem glaubte sie nicht daran, dass eine Frau freiwillig auf eine Cloche von Coco Chanel verzichtete.

11

»Die Murphys laden in ihre renovierungsbedürftige neue Wohnung ein – ist das nicht verrückt?«, meinte Jean Cocteau mit einem strahlenden Augenzwinkern. »Wie es aussieht, will Sara Murphy das Diner auf Tapeziertischen servieren lassen …« Er unterbrach sich kichernd, um dann zu fragen: »Soll ich für eine Einladung am nächsten Freitag für dich sorgen, Coco?«

Gabrielle schüttelte den Kopf. »Da bin ich nicht in Paris, ich fahre nach Deauville.«

»Was willst du in Deauville?«, erkundigte sich Misia und schauderte bei der Vorstellung einer Reise in die Normandie. Ohne Gabrielles Antwort abzuwarten, klagte sie: »Da muss es im Moment schrecklich kalt sein. Ich verstehe zwar nicht, was Gerald und Sara Murphy im Sommer in Antibes wollten, wo wir alle nur im Winter hinfahren, aber tatsächlich wäre die Riviera derzeit meine bevorzugte Wahl.« Sie blickte vielsagend in Richtung der Glastür der Brasserie Le Select, hinter der Regen wie aus Kübeln von der Markise auf den Boulevard de Montparnasse platschte. Sie erhob ein wenig ihre Stimme, als wollte sie alle Gäste in dem gut besuchten Lokal fragen: »Weiß jemand, wie das Wetter heute an der Côte d'Azur ist?« Eine Antwort erhielt sie nicht.

Der Dichterfreund ging nicht auf die Frage ein, sondern plauderte weiter: »Gerald und Sara Murphy haben eine Menge Leute diesen Sommer ins Hôtel du Cap geholt. Dabei weiß doch jeder, dass ausgiebiges Sonnenbaden im August dem Teint schadet. Aber diese reichen Amerikaner sind häufig so erfrischend originell, nicht wahr? José, was hältst du von Geralds Malerei?«

»Ich würde gerne sagen, Gerald sollte lieber Musik machen wie dieser Cole Porter, der ihn wie ein Schatten zu begleiten scheint. Aber frag am besten Picasso. Er und Olga haben den Sommer mit den Murphys in Antibes verbracht.«

»Das weiß ich«, gab Jean Cocteau zurück. »Und deshalb frage ich nicht ihn, sondern dich.«

Während ihr Mann und Jean Cocteau über das Talent des Millionenerben aus New York zu fachsimpeln begannen, wandte sich Misia an Gabrielle. Die vier Freunde hatten sich ganz zwanglos zu einem späten Abendessen in dem neuen, schnell in Mode gekommenen Le Select getroffen, in dem sie an schlichten Holztischen wie in den meisten anderen Brasserien eng beieinander saßen und von einer Geräuschkulisse aus dem Geplauder der anderen Gäste, mancher Flüche der Kellner, Gläserklirren und Geschirrpoltern umgeben waren. Ein leises Gespräch war nicht einfach zu führen, doch Misia senkte ihre Stimme, als sie fragte: »Sag schon, was willst du in Deauville?«

»Ich habe dort ein Geschäft, dem ich einen Besuch abstatten möchte«, wich Gabrielle aus.

»Hm«, machte Misia, und ihr war anzusehen, dass sie nicht glücklich war mit Gabrielles einfacher Antwort. Dennoch wechselte sie das Thema, wobei sie noch etwas leiser sprach: »Glaubst du, dass die beiden im Sommer eine Affäre hatten? Picasso und Sara Murphy? Er scheint seiner Ehe ziemlich überdrüssig zu sein.«

»Das war er von seinem Hochzeitstag an«, gab Gabrielle trocken zurück. »Er hat Olga nur geheiratet, weil er sie anders nicht ins Bett bekam.« Das hatte er ihr gestanden, als sie im vorigen Jahr eine ebenso kurze wie leidenschaftliche Affäre mit Picasso hatte. Nach einem der vielen Streits mit seiner Frau hatte er einfach vor Gabrielles Tür gestanden und Unterschlupf gesucht. Ihrer Freundschaft war das nicht abträglich gewesen. Dieser Mann war ein Naturereignis, und er gefiel ihr, womöglich aber war sie auch nur in seine Bilder verliebt, was den Weg vom Liebespaar zurück zu Freunden erleichterte.

Misia wechselte noch einmal das Thema. »Hast du noch etwas über diesen Heiratsschwindler erfahren?«, unterbrach sie Gabrielles Gedanken.

»Nein. Eigentlich nicht. Nein.«

»Was heißt: eigentlich nicht?«, wollte Misia prompt wissen. »Dann gibt es doch Neuigkeiten?«

Gabrielle hob ihr Glas an die Lippen. »Nicht dass ich wüsste«, nuschelte sie.

»Du musst mir versprechen, dass du nichts unternimmst, ohne mich darüber zu informieren!«

Glücklicherweise rann der Champagner gerade ihre Kehle hinab, sodass sie einer Antwort enthoben war.

*

Ihr Pflichtgefühl siegte über Neugier und detektivischen Spürsinn. Deshalb besuchte Gabrielle nach der Ankunft in Deauville zunächst ihre Boutique. Sie begrüßte jede einzelne Mitarbeiterin, ließ sich die Listen der Bestellungen vorlegen und erkundigte sich nach den Heimarbeiterinnen, Spitzenklöpplerinnen aus der Gegend oder Näherinnen, die sich traditionell besonders gut auf die Fertigung von Knopflöchern verstanden. Dann inspizierte sie den Warenbestand, der im Herbst naturgemäß etwas weniger umfangreich war als in der Hochsaison im Sommer. Unerwartet rasch brach der Nachmittag herein, und Gabrielle musste sich beeilen, um pünktlich zu ihrer Verabredung mit Madame Bonnet zu erscheinen.

Madame Aubert hatte ihr eine Nachricht geschrieben mit der Bitte um ein Treffen mit Coco Chanel wegen einiger Duftproben und einen Besuch in Sainte-Adresse vorgeschlagen. Cécile Bonnet antwortete, dass sie aus Rücksicht auf Geschäftsfreunde ihres Mannes derzeit keine eigenen Gäste empfangen könne, Mademoiselle Chanel aber gerne wiedersehen würde und dafür nach Deauville käme, wenn es Mademoiselle passte. Gabrielle war das recht. In einem Hotelzimmer konnte sie den Test mit den Herrendüften besser organisieren als in einer Umgebung, die sie nicht kannte. Glücklicherweise hatte sie einige Tropfen eines jeden Toilettenwassers bereits in Paris in Glasphiolen umgefüllt und nummeriert, ein Schälchen mit frischem Kaffeepulver serviert zu bekommen, war im Hôtel Le Normandy darüber hinaus kein Problem. Es stand also alles mehr oder weniger parat in ihrer Suite, dennoch fürchtete sie ihre eigene Unpünktlichkeit und hastete eilig durch das Hotelfoyer …

»Coco! Da bist du ja!«

Die vertraute Stimme ließ sie beinahe stolpern und vornüberfallen. »Misia!«, stöhnte sie atemlos auf. »Was tust du hier?«

»Ich bin dir gefolgt«, verkündete die Freundin ohne die geringste Scheu. »Hatten wir nicht vereinbart, dass du nichts tust, ohne mich davon in Kenntnis zu setzen?«

»Du hast mich lediglich darum gebeten«, erinnerte Gabrielle. »Außerdem wusstest du, wo ich das Wochenende verbringen würde.«

Misia schüttelte unwillig den Kopf. »Hätte mir Madame Aubert nicht zufällig von dem Vorfall im Hôtel de la Plage …«

»Du hast meine Geschäftsführerin ausgefragt?«, schnaubte Gabrielle.

»Nein. Natürlich nicht. Ich sagte doch, es war ein zufälliges Zusammentreffen. Aber mir war natürlich sofort der wahre Grund für deine Reise klar.«

»Tatsächlich?« Aus den Augenwinkeln nahm Gabrielle wahr, wie eine Dame mittleren Alters an dem Hotelboy, der ihr die Tür aufhielt, zögernd vorbeischritt und sich in dem Rund der säulengeschmückten Lobby umsah. »Du liegst vollkommen falsch, Misia, ich habe eine Verabredung mit einer Kundin. Und wie ich sehe, ist sie schon …«

»Ich schwänze sicher nicht umsonst ein Diner bei den Murphys«, unterbrach Misia. Sie folgte mit dem Blick Gabrielles Aufmerksamkeit und schien zufrieden, als sie die ziemlich unauffällige Madame Bonnet bemerkte. »Wir beide sprechen uns später. Ich erwarte dich in einer Stunde …«

»Zwei«, warf Gabrielle ein. »Zwei Stunden.«

»Dann erwarte ich dich an der Bar im Casino«, entschied Misia und fügte wie in einem Selbstgespräch hinzu: »Was soll ich in der

Zwischenzeit sonst tun, als mir die Zeit am Spieltisch zu vertreiben? Zwei Stunden? Tss!«

Gabrielle dachte, dass sie nach der Duftprobe sicher ein Glas Champagner und auch eine Unterhaltung mit ihrer Freundin vertragen konnte. »Ich komme«, versprach sie und rauschte auch schon davon, um Madame Bonnet zu begrüßen.

12

Cécile Bonnet fühlte sich nicht wohl in ihrer Umgebung. Sie zögerte, bevor sie den Fahrstuhl betrat, und beäugte fast misstrauisch den Liftboy. Es schien, als wäre sie den Aufenthalt in einem Luxushotel nicht gewohnt. Einer Kundin von Chanel traute Gabrielle in der Regel mehr Weltläufigkeit zu, und so eingeschüchtert hatte sie die andere auch nicht in Erinnerung.

Vielleicht ist sie heute einfach nur unpässlich, fuhr es Gabrielle durch den Kopf. Deshalb sagte sie mit einer überschwänglichen Herzlichkeit, die sie angesichts des Hintergrunds ihrer Bekanntschaft nicht unbedingt empfand: »Ich freue mich sehr, Sie wiederzusehen. Hatten Sie eine angenehme Fahrt nach Deauville?«

»Ja. Danke. Es ist ja nicht so weit. Und Sie?«

»Wie Sie sehen, bin ich gut und sicher angekommen«, erwiderte Gabrielle freundlich.

Die andere erwiderte ihr Lächeln nicht.

Schweigend verließen die beiden Damen den Lift, und Gabrielle führte ihre Besucherin den Hotelflur entlang zu ihrer Suite. Das Zimmermädchen hatte bereits alle Tischlampen angeschaltet, sodass sie von gemütlichem gelbem Licht empfangen wurden.

Hinter den Fenstern zog bleierne Dunkelheit auf, der Wind vertrieb die Regenwolken und setzte leuchtende Schaumkronen auf das an den Strand tosende Meer.

Gabrielle vergewisserte sich, dass die Duftproben unverändert ordentlich auf ihrem Schreibtisch standen. Daneben lag eine Porzellandose, in der sie den Kaffee vermutete, den sie für diese Uhrzeit vorbestellt hatte. Die Hotelangestellten hatten für einen reibungslosen Ablauf von Gabrielles Vorhaben gesorgt. Das war ein guter Anfang. Während sie ihren Hut abnahm und den Mantel nachlässig über eine Stuhllehne warf, fragte Gabrielle höflich: »Was darf ich Ihnen anbieten, Madame Bonnet?«

»Nichts. Vielen Dank. Ich muss bald wieder zurück.«

»Wie schade«, murmelte Gabrielle. Sie versuchte ihren Ärger über die Besucherin herunterzuschlucken. »Aber ich hoffe, dass Sie so viel Zeit mitgebracht haben, sich erst einmal zu setzen. Und legen Sie doch ab, bitte.« Erwartungsvoll sah sie die andere an. Eigentlich erwartete sie, dass Madame Bonnet nichts dergleichen tun würde, sie wirkte viel zu gehetzt dafür.

Erstaunlicherweise zog Cécile Bonnet den Mantel sofort aus. Sie legte ihn sich jedoch über den Arm, als wäre sie bereits im Weggehen und aufgehalten worden. Dann nahm sie gehorsam auf einem der Sessel neben dem Fenster Platz. »Es tut mir leid, dass ich Ihnen so viele Umstände mache. Mein Mann behauptet, ich neige zu Hysterie, seit Madeleine verschwunden ist, und wahrscheinlich hat er recht.«

Anscheinend hatten weder Gabrielle noch Madame Aubert an eine derartige Diagnose gedacht. Nicht einmal Kommissar Hollande hielt Madame Bonnet – anscheinend im Gegensatz zu deren Gatten – für überspannt.

»Mein Mann meint, ich sehe Gespenster. Oder ich rieche sie«, fügte Cécile Bonnet grimmig hinzu.

»Das werden wir gleich herausfinden«, versicherte Gabrielle im Ton einer gutmütigen Gouvernante. Sie wandte sich zu dem kleinen Sekretär. »Ich habe einige Duftproben vorbereitet, die ich Ihnen präsentieren möchte. Sie können Ihre Nase durch das Einatmen von Kaffee immer wieder erfrischen, wenn es Ihnen zu viele Aromen auf einmal sind. Ich bin sicher, dass wir mit diesem Vorgehen dem richtigen Toilettenwasser auf die Spur kommen.«

»Mein Mann sagt, ich solle nicht so ein Theater machen. Man könne keinen Menschen an seinem Geruch erkennen.«

Gabrielle schmunzelte. »Ich kenne Monsieur Bonnet nicht, und ich möchte ihm nicht zu nahe treten, aber ich kann Ihnen versichern, dass er unrecht hat. Ein Mann, der kein Parfüm trägt, hat keine Zukunft.« Dass sie dies einmal auf Frauen bezogen gesagt hatte, spielte gerade keine Rolle. Wenn Théophile Bader an einen Markt für Herrendüfte glaubte, passte ihr Gedanke genauso gut zum anderen Geschlecht.

»Sie meinen, ich bilde mir das alles nicht nur ein?«

»Wir werden es ausprobieren. Lassen Sie uns einen Versuch wagen«, schlug Gabrielle vor.

Sie begann ganz bewusst mit der Probe von Chanel No 5. Wenn Madame Bonnets Nase noch am frischesten war, sollte sie Gabrielles Duft bestenfalls ausschließen. Auf diese Weise wollte Gabrielle auf Nummer sicher gehen. Mit Erfolg. Ihre Besucherin schüttelte den Kopf.

Als Nächstes kam Mouchoir de Monsieur an die Reihe, das älteste und bekannteste Eau de Toilette für Herren. Es war weitverbreitet, und Gabrielle überlegte, ob Monsieur Bonnet wohl ein paar Tropfen nach der Rasur benutzte. Doch dann dachte sie, dass er wohl nur Seife nahm, wenn er sich so gegen Madames Behauptung sträubte, den Bräutigam ihrer Schwester an seinem Aroma zu erkennen. Unwillkürlich entfuhr ihr: »Was macht Monsieur Bonnet eigentlich beruflich?«

Cécile Bonnet ließ sich Zeit mit der Antwort. Immer wieder roch sie an der Probe, die Gabrielle ihr gereicht hatte. »Mein Mann ist Kaffeehändler«, antwortete sie schließlich. »Le Havre ist die Metropole des Kaffeehandels in Frankreich.«

»Dann wissen Sie sicher, dass Kaffee Gerüche neutralisiert. Ich habe hier etwas Pulver, falls Sie Ihre Nase entspannen möchten.«

»Nein«, widersprach Madame Bonnet. Plötzlich wirkte sie wie aufgekratzt, sie schien regelrecht elektrisiert. »Nein, nein, nein. Wir können hier abbrechen. Ich bin sicher, dass es dieses Parfüm ist, Mademoiselle Chanel.« Sie reichte Gabrielle die zweite Phiole zurück.

»Aber wir haben noch drei Proben zur Auswahl«, protestierte Gabrielle.

»Wie ich schon sagte, wir können uns die weitere Suche sparen.« Cécile Bonnet strahlte sie an. »Ich bin sicher, dass der Mörder meiner Schwester nach dem Parfüm gerochen hat, das Sie mir eben zeigten. Ein Irrtum ist ausgeschlossen.« Sie sprang auf. Die eben noch zögerliche Person schien wie von einer Welle der Euphorie getragen. Gabrielle befürchtete sogar, die andere würde vollends die Contenance verlieren und wolle Luftsprünge vollführen. Doch Cécile Bonnet hielt mit einem Mal in der Bewegung inne – und zog ihren Mantel über.

Sprachlos beobachtete Gabrielle diese Frau, die sich nun an ihren Pelz klammerte, als wäre er ihr einziger Halt. Vielleicht war

Madeleine für Cécile der einzige und nun verlorene Anker gewesen, fuhr es ihr durch den Kopf, Monsieur Bonnet schien ihr mit seinen taktlosen Vorhaltungen jedenfalls keine Sicherheit zu vermitteln.

Nach einem etwas peinlichen Moment des Schweigens hob Madame Bonnet an: »Ich danke Ihnen sehr, Mademoiselle Chanel, aber ich muss nach Hause. Mein Mann …« Sie brach in beredtem Schweigen ab.

»Ja, natürlich«, versicherte Gabrielle verständnisvoll. »Kann ich Sie mit dem Wagen bringen lassen? Oder ich besorge Ihnen ein Taxi. Machen Sie sich wegen der Kosten keine …«

»Vielen Dank«, warf Cécile Bonnet rasch ein und legte eine Hand auf Gabrielles Arm, als wollte sie sie so zum Schweigen bringen, »aber ich möchte Ihre Freundlichkeit nicht überstrapazieren. Ich fahre nach Hause, wie ich gekommen bin – mit dem Zug. Das ist am unauffälligsten.«

Gabrielles Augenbrauen hoben sich erstaunt. Wenn sie an die Kundin dachte, die in ihrem Laden vehement nach der Polizei verlangt hatte, konnte sie sich nicht an große Bescheidenheit erinnern. Was war mit Cécile Bonnet in der Zwischenzeit geschehen? Warum dieser Hang zur Heimlichtuerei?

Der Druck wurde stärker, Cécile Bonnets Finger bohrten sich in Gabrielles Unterarm. »Bitte versprechen Sie mir, dass Sie den Mörder meiner Schwester finden.« Ihre Stimme klang eindringlich, fast alarmierend. »Sie wissen ja nun, nach welchem Parfüm der Mann riecht. Bitte suchen Sie ihn, Mademoiselle Chanel.«

Gabrielle dachte, dass sie genauso gut nach einer Stecknadel in einem Heuhaufen suchen könnte. So viele Herren benutzten Mouchoir de Monsieur, dass gar nicht einmal sicher war, ob der

Bräutigam von Madeleine und Monsieur Valéry identisch waren. Hätte der Kunde keine falsche Adresse angegeben, wäre es sogar äußerst unwahrscheinlich, dass es sich um die gesuchte Person handelte. Es waren aber diese Sache mit der Anschrift und der vergessene Hut, die die Angelegenheit mysteriös machten. Deshalb antwortete Gabrielle: »Ich helfe Ihnen!« Dabei hatte sie nicht die geringste Ahnung, wie sie vorgehen sollte.

13

Ein durchwachsenes Wochenende im Herbst brachte nicht viele Touristen nach Deauville, dennoch war das Casino erstaunlich gut besucht. Im Gegensatz zur Hochsaison in den Sommermonaten standen zwar keine größeren Gruppen eleganter Herrschaften an den Spieltischen, die Stühle am Roulette und Black Jack waren jedoch alle besetzt. Ein leises Gemurmel erfüllte die mit Kristalllüstern, roten Tapeten und Teppichen dekorierte Atmosphäre alter Eleganz aus der Belle Époque, jenen wundervollen Jahren vor dem großen Krieg, in denen Gabrielle regelmäßig mit Boy Capel hier gewesen war.

Da der Besuch von Madame Bonnet nicht die erwartete Zeit in Anspruch genommen hatte und Gabrielle auch rasch umgezogen war, streifte sie auf der Suche nach Misia durch die pompösen Räume. Sie fand sie schließlich nicht, wie erwartet, an einem Spieltisch, umringt von Verehrern, die gebannt auf die grazilen Finger schauten, die einen Jeton setzten, sondern an der Bar. Auch dort schien die schöne Misia nicht unbeachtet geblieben zu sein.

Sie plauderte mit einem Herrn, der sie auf den ersten Blick anhimmelte. Er sah gut aus, ein Typ, wie sich Gabrielle einen alternden Rudolph Valentino vorstellte, ein fein geschnittenes Gesicht,

Augen wie glühende Kohlen und gepflegtes, ordentlich nach hinten gekämmtes dunkles Haar, das von grauen Strähnen durchzogen war. Sein Smoking saß darüber hinaus ebenso einwandfrei wie an der Figur eines Filmstars. Er redete auf Misia ein, und sie brach in Gelächter aus. Amüsant war er also auch noch, vielleicht sogar geistreich.

Langsam ging Gabrielle auf die beiden zu.

»Oh, da kommt schon meine Freundin«, rief Misia aus.

Der Herr an ihrer Seite rutschte von seinem Barhocker und nahm Haltung an.

Gabrielle war ein wenig indigniert, da sie sich Misia bislang weder mit einer Barbekanntschaft noch mit einem anderen Mann als dem eigenen hatte vorstellen können. Verwundert stellte sie fest, dass Misia der Unterhaltung mit einem attraktiven Charmeur jedoch nicht abgeneigt schien. Formvollendet und reichlich altmodisch beugte sich der Herr über Gabrielles Hand.

»Ich habe Baron de Mougève gerade erst kennengelernt«, erklärte Misia. »Wir sind hier beide irgendwie gestrandet.« Sie lächelte ihrem neuen Begleiter zu. »Darf ich bekannt machen? Das ist Mademoiselle Chanel.«

»Sehr erfreut, Mademoiselle.«

»Ganz meinerseits«, erwiderte Gabrielle, obwohl sie sich dessen nicht sicher war. Von einer Familie de Mougève hatte sie noch nie gehört. Womöglich handelte es sich um eine verarmte Sippe, die als Kundschaft bei ihr nicht infrage kam und deshalb nicht zum Kreis jener Herrschaften gehörte, über die sie sich informiert hielt. Der Baron wirkte zwar nicht, als litte er Not, aber ihr Name sagte ihm nichts, was wiederum bedeutete, dass er sich nicht für Mode interessierte und auch keine Frau oder Freundin besaß, die selbiges tat. Vielleicht ein Enfant terrible, dann passte Baron de Mougève zweifellos in Misias Sammlung von Menschen. Endlich lächelte Gabrielle.

»Was darf ich Ihnen zu trinken bestellen?«, wollte der Kavalier wissen.

»Champagner.« Gabrielle setzte sich auf den Barhocker auf der anderen Seite neben Misia. »Ich hatte dich an einem der Spieltische vermutet und nicht schon an der Bar. Meine Verabredung hat doch gar nicht so lange gedauert.«

»Ich hatte auf Anhieb so viel Pech, dass ich keine Lust mehr hatte weiterzuspielen. Hattest wenigstens du Erfolg?«

»So könnte man sagen – ja.«

Baron de Mougève reichte Gabrielle einen Champagnerkelch. »Dann lassen Sie uns darauf trinken, Mademoiselle Chanel, auf Ihr Wohl.« Nachdem er an seinem Glas genippt hatte, fügte er hinzu: »Madame Sert verriet mir, dass Sie geschäftlich unterwegs sind. Darf ich fragen, was Ihr Metier ist, Mademoiselle?«

»Parfüm«, entfuhr es Gabrielle, bevor sie ernsthaft darüber nachgedacht hatte.

Misia kicherte, widersprach jedoch nicht.

»Wie originell«, kommentierte der Herr Gabrielles Handel. »Leider kenne ich mich mit Duftwaren überhaupt nicht aus. Da ich annehme, dass Madame Sert in diesem Thema bewandert ist und ich sie nicht langweilen möchte, indem ich Sie ausfrage, Mademoiselle, hoffe ich, dass sich ein ausführliches Gespräch bei anderer Gelegenheit ergibt. Wie lange beabsichtigen Sie in Deauville zu bleiben?«

Immerhin verschwendet er keine Zeit, dachte Gabrielle. Baron de Mougève war offensichtlich auf einen Urlaubsflirt aus, und da er die Wahl zwischen einer verheirateten und einer ledigen Dame hatte, wählte er Mademoiselle. So viel Anstand besaß er. Allerdings war es natürlich inakzeptabel, sich mit einem Mann zu verabreden, den man an einer Bar kennengelernt hatte, ohne einander durch gemeinsame Freunde vorgestellt worden zu sein. Misias Bekanntschaft zählte in diesem Fall ja nicht. Dennoch amüsierte Gabrielle dieser Galan. Und er sah wirklich fantastisch aus. »Ich habe noch keine Pläne«, behauptete sie.

Misia schnalzte mit der Zunge.

»Natürlich muss ich am Montag wieder arbeiten«, korrigierte sich Gabrielle. »Aber am Wochenende habe ich mir freigenommen.«

»Kennen Sie den Ort ein wenig? Falls nicht, würde ich mich gerne als Ihr Reiseführer anbieten.«

Den scharfen Seitenblick, den Misia ihr zuwarf, spürte Gabrielle wie den Schnitt eines spitzen Küchenmessers. »Doch, doch, ich war schon mehrmals hier«, versicherte sie rasch.

»O pardon!« Baron de Mougève lachte. »Dann können Sie mir sicher noch ein paar Sehenswürdigkeiten zeigen, Mademoiselle.«

Die Unterhaltung wurde über Misia hinweg geführt, was der sicher nicht nur nicht behagte, sondern sie auch verärgerte. Ignoriert zu werden, war ihre Sache nicht. Und eigentlich war es auch recht unhöflich, befand Gabrielle. Wahrscheinlich war der Adlige doch kein so gut erzogener Kavalier wie auf den ersten Blick angenommen. Sie trank den letzten Schluck Champagner, der sich in ihrem Glas befand, und nickte Misia aufmunternd zu. Dann improvisierte sie: »Ich glaube, wir sollten jetzt aufbrechen. Unser Abendessen wartet.«

Im ersten Moment stutzte Misia, sie verstand jedoch schnell. Mit einem höflichen Lächeln wandte sie sich an den Baron: »Es hat mich gefreut, Ihre Bekanntschaft gemacht zu haben, aber Sie haben ja gehört, meine Freundin drängt zum Aufbruch.«

»Wie schade.« Er war ebenfalls aufgestanden und nahm nun wieder Haltung an, indem er sich vor den Damen verneigte. »Es war mir ein Vergnügen, mit Ihnen zu plaudern. Darf ich so vermessen sein, auf ein Wiedersehen zu hoffen?« Er sprach keine der beiden Frauen direkt an, aber er blickte Gabrielle bei seiner Frage in die Augen.

»Ich fürchte, unsere Wege werden sich nicht noch einmal kreuzen.«

»Sehr bedauerlich. Darf ich Ihnen dennoch meine Visitenkarte überreichen?« Ohne ihre Antwort abzuwarten, zog er aus seiner Jacketttasche ein auf feines Bütten geprägtes Kärtchen. Er drückte es ihr in die Hand.

Ohne einen Blick darauf zu werfen, schob Gabrielle seine Adresse in ihre Handtasche. »Dann auf Wiedersehen.« Sie lächelte unverbindlich, hakte sich bei Misia unter und marschierte an ihrer Seite zurück in das Foyer zur Garderobe.

Sie warteten noch auf ihre Mäntel, als Baron de Mougève in ihrem Rücken auftauchte. »Nennen Sie mich bitte nicht aufdringlich«, bat er zerknirscht und fast ein wenig unterwürfig, »aber ich möchte wenigstens meinen Hut mitnehmen.«

»Bitte.« Misia trat einen Schritt zurück. »Wahrscheinlich dauert es noch ewig, bis mein Mantel gefunden wird. Ich überlasse Ihnen deshalb gerne den Vortritt.«

»Ich würde niemals einer Dame …«, hob Baron de Mougève an.

Die junge Garderobenfrau unterbrach ihn. »Ich habe Ihren Hut und Ihren Umhang griffbereit, Monsieur«, rief sie. Sie strahlte ihn an, offenbar war sie seinem Charme längst erlegen. »Wenn die Damen erlauben, gebe ich Ihnen beides schnell.«

»Wir erlauben«, sagte Gabrielle und trat ebenfalls etwas zurück.

»Vielen Dank, Mesdames.« Diesmal verneigte sich Baron de Mougève in aller Deutlichkeit zuerst vor Misia und dann vor Gabrielle, anschließend bedankte er sich bei der jungen Angestellten mit einem breiten Lächeln.

Er kann nicht anders, als in jeder Frau ein Objekt zu sehen, an dem er seine Wirkung testet, beobachtete Gabrielle still.

Die Sachen wurden gebracht, und Baron de Mougève warf sich das Cape elegant über den Arm, bevor er sich mit der freien Hand seinen Filzhut aufsetzte.

Gabrielle erstarrte.

»Ich weiß, meine Aufmachung ist etwas unkonventionell«, entschuldigte er sich, »aber ich hänge an meinem Hut. Er begleitet mich überallhin.«

»Ja, so ist das mit den Dingen, die man liebt«, stimmte Misia zu.

»Davon sammelt sich immer zu viel an, das ist nur Ballast, deshalb reduziere ich meine Erinnerungen auf meinen Hut«, behauptete Baron de Mougève. Er verbeugte sich noch einmal. »Ich wünsche Ihnen einen schönen Abend.« Dann ging er mit verwegenem Schritt davon.

»Gabrielle!« Misia schnippte ungeduldig vor dem Gesicht ihrer Freundin mit den Fingern. »Was ist los? Du siehst aus, als hättest du ein Gespenst gesehen.«

»Das habe ich auch«, flüsterte Gabrielle. »Er trug einen Fedora.«

»Aha«, gab Misia verständnislos zurück.

»Der Baron. Und dieser Hut. Es war ein Fedora.«

»Ja und? Viele Männer tragen solche Hüte. Sert hat auch einen.«

Gabrielle riss sich zusammen. Die Gedanken überschlugen sich in ihrem Kopf. Sie war sicher, dass Baron de Mougève eben genau jenen Fedora an sich genommen hatte, den sie seit geraumer Zeit suchte. Warum hatte er sie dann aber nicht erkannt? Dunkel erinnerte sie sich, dass sie den Mann in ihrer Boutique nur von hinten gesehen hatte, und sie selbst hatte sich auf der Treppe verborgen, sodass er sie auch nicht bemerkt hatte; sie war erst aus ihrer Deckung hervorgekommen, als Madame Bonnet herumschrie. Einen Mann an einem Hut wiederzuerkennen war jedoch ebenso unglaubwürdig wie an seinem Duft. Immerhin war sie ziemlich sicher, dass der Baron nicht nach Mouchoir de Monsieur gerochen hatte. Und der Mann in ihrer Boutique hatte sich Valéry genannt. Monsieur Valéry und Baron de Mougève mussten zwei verschiedene Personen sein.

Dennoch wäre sie dem Baron am liebsten hinterhergelaufen und hätte ihn zur Rede gestellt.

Misia packte ihren Arm. »Wo willst du hin? Was ist denn plötzlich in dich gefahren?«

Die Stimme der Freundin brachte sie mehr zur Räson als der energische Griff. Gabrielle ließ die Schultern hängen und senkte die Lider. Sie versuchte Ordnung in ihren Kopf zu bringen. Nach einer Weile sah sie auf und gestand: »Ich hatte mit einem Mal den Eindruck, den Baron zu kennen. Oder besser gesagt – seinen Hut.«

»Du bist verwirrt«, stellte Misia fest. »Sicher arbeitest du zu viel, Coco. Außerdem macht dich diese Mördergeschichte ganz verrückt. Und ein leerer Magen sorgt für einen schwachen Geist. Lass uns etwas essen. Nachdem der Baron gegangen ist, können wir hier im Casino ins Restaurant gehen. Er war ja ganz nett, aber ich befürchtete plötzlich, ihn nicht mehr loszuwerden.« Sie drehte sich kurz zu der Garderobenfrau um. »Danke, aber unsere Mäntel brauchen wir nicht mehr.« Dann zog sie die noch immer leicht verstörte Gabrielle fort.

14

Gabrielle träumte von Wasserleichen und Filzhüten. Als sie aufschreckte, kroch das graue Licht der Dämmerung durch den Raum. Sie hatte gestern Abend vergessen, die Vorhänge zu schließen – oder das Zimmermädchen hatte es vergessen. Egal. Sie war dankbar, dass die natürliche fahle Beleuchtung sie aus den dunklen Gedanken ihres Unterbewusstseins holte. Tote Frauen ihres Alters und charmante Männer mit einer bestimmten Sorte Kopfbedeckung entsprachen einem Albdruck. Leider war beides auf gewisse Weise ihre neue Realität. Während sie sich noch gefangen von den unscharfen Bildern der Nacht fühlte, fiel ihr ein, was sie heute Morgen vorhatte.

Misia wäre nicht begeistert, wenn Gabrielle allein zu dem Hotel ginge, in dem der weibliche Gast in der Badewanne ertrunken war. Sie wäre sogar erzürnt und würde ihre Freundschaft infrage stellen. Doch Gabrielle war zu früh aufgewacht und jetzt zu munter, um auf ihre ungebetene Begleitung Rücksicht zu nehmen. Sie war keine verwöhnte Dame der Gesellschaft, die bis zum Mittag schlief; frühzeitiges Aufstehen hatte jahrzehntelang zu ihrem Leben gehört, ob sie wollte oder nicht. Sie sprang aus dem Bett, sank aber gleich wieder zurück, weil die Beine ihr den Dienst versagten. Es war wohl doch noch etwas sehr früh. Vor allem nach dem vielen Champagner, den sie und Misia gestern Abend noch getrunken hatten. Mit jedem zweiten Glas hatten sie beide eine neue Theorie ersonnen, und spätestens nach der zweiten Flasche wurden die Todesfälle immer absurder. Sie erinnerte sich gar nicht mehr, über wie viele Morde sie ihr Netz gesponnen hatten, und bei dem Gedanken an ihre Unterhaltung gruselte es sie selbst im heraufziehenden Tageslicht.

Endlich stand sie auf. Sie verzichtete darauf, die Hotelbadewanne zu benutzen, und begnügte sich mit einer Katzenwäsche an ihrem Toilettentisch. Nachdem sie ihren Teint mit etwas Puder und Rouge erfrischt hatte, zog sie sich an. Ihren Mantel nahm sie über den Arm, als sie hinunter in den Speisesaal ging, wo das Frühstück trotz der frühen Stunde bereits serviert wurde. Es roch herrlich nach frisch gebrühtem Kaffee, eine Kellnerin brachte gerade einen Korb mit Backwaren herein, die Gabrielle das Wasser im Munde zusammenlaufen ließen. Außer ihr war noch kein anderer Gast da, sie setzte sich an einen kleinen Tisch und bestellte sich Mokka und Croissant. Während sie wartete, ließ sie den Blick umherschweifen und blickte doch mehr in ihr Innerstes, wo sie die kostbaren Erinnerungen an Boy wie einen Schatz verwahrte. Sie versuchte zu zählen, wie oft sie mit ihm hier gewesen war, aber geblieben waren vor allem die Bilder ihres ersten Ausflugs ans Meer und später der Eröffnung ihrer Boutique, von wo aus sie begonnen hatte, zunächst die Hutmode zu revolutionieren, dann hatte der Krieg begonnen, und ihr gemeinsames Leben hatte sich vor allem in Paris und Umgebung abgespielt.

Als wollte ein kleiner Teufel den Engel, der sie stets zu begleiten schien, wenn sie an Boy dachte, von ihrer Schulter vertreiben, fragte sie sich plötzlich, ob so ihr künftiges Leben aussehen sollte: eine attraktive Dame im Speisesaal eines vornehmen Hotels beim Frühstück, deren hervorstechendstes Merkmal nicht ihre äußere Erscheinung war, sondern die Tatsache, dass sie allein an einem Tisch saß, der für zwei Personen gedeckt war.

Nun ja, sie hätte natürlich auch auf ein spätes Frühstück mit Misia warten können. Dann wäre sie nicht allein. Oder sie hätte sich Kaffee und Gebäck in ihre Suite bringen lassen können, und niemandem wäre ihre Einsamkeit aufgefallen. Genau genommen war es jetzt auch nur das Personal, das sie beobachtete – und das wohl auch eher aus professionellen Gründen. Noch immer war kein anderer Gast aufgetaucht, niemand sah Gabrielle mit den Augen eines anderen Touristen. Dabei sollte es bleiben, dachte sie, trank ihren Kaffee aus und stand auf. Im Hinausgehen warf sie den Mantel über.

Ein kalter Luftzug empfing sie und eine laut tosende Brandung, die Wellen mit Schaumkronen auf den Strand schleuderte. Ein paar Wimpel drehten sich an der Promenade in die Windrichtung, die in diesem Sommer neu eröffneten Umkleidekabinen lagen verlassen da, ein Junge trotzte auf seinem Fahrrad der Naturgewalt, auf der Straße verpestete ein heranbretterndes Automobil die Aromen von Salz und Algen. Gabrielle schmunzelte über sich selbst, weil sie immer wieder versuchte, die Gerüche um sie her einzuordnen.

Das Hôtel de la Plage befand sich nicht weit entfernt. Im Foyer herrschte etwas mehr Betrieb als im Hôtel Le Normandy, ein Paar ging offenbar auf dem Weg zum Frühstück an der Rezeption vorbei, in einem Sessel saß ein Mann und las die Zeitung, ein Bote übergab dem Portier einen Blumenstrauß. Noch eine allein reisende Frau, die einen Verehrer bezaubert hat?, fragte sich Gabrielle. Davon schien es erstaunlich viele in dem Seebad zu geben.

Zögernd trat sie an den Empfang.

»Madame, was kann ich für Sie tun?«

»Mademoiselle«, korrigierte Gabrielle automatisch. Dann lächelte sie den Hotelangestellten freundlich an. »Ich bin hier, weil … weil …« Ihr wollte kein Grund einfallen, der sie in Verbindung mit der Toten in der Badewanne brachte. Meine Güte, hatte sie darüber nicht gestern am späten Abend mit Misia gesprochen? Ihre Ideen waren ebenso im Champagner ertrunken wie die Unbekannte in dem Hotelzimmer.

»Ja, Mademoiselle?«, hakte der Portier nach.

»Meine Freundin …«, hob Gabrielle an, unterbrach sich wieder. Sie schluckte, dann sprudelte aus ihr heraus, was ihr gerade durch den Kopf ging, ohne dass sie irgendeinen Filter über ihre Worte legte: »Meine Freundin ist vorige Woche in diesem Hotel verunglückt. Die Tote in der Badewanne. Sie wissen schon. Ich wollte mich an dem letzten Ort von ihr verabschieden, den sie in ihrem Leben gesehen hat. Wäre das wohl möglich?« Sie hatte nicht die geringste Ahnung, was sie in den Räumlichkeiten, die wahrscheinlich längst gereinigt und neu vermietet waren, vorzufinden hoffte.

Erwartungsgemäß antwortete ihr Gegenüber: »Das ist leider nicht möglich, Mademoiselle. Das Zimmer der armen Madame Delpierre ist verschlossen und wird erst einmal aus Gründen der Pietät nicht mehr geöffnet.«

Wahrscheinlich bleibt es so, bis Gras über die Sache gewachsen ist, dachte Gabrielle. Aber immerhin hatte sie jetzt einen Namen. Das war doch eine neue Information, auch wenn sie gerade nicht wusste, was sie damit anfangen sollte.

»Darf ich Ihnen mein aufrichtiges Beileid für den Tod Ihrer Freundin aussprechen, Mademoiselle? Madame Delpierre war eine reizende Dame.«

»Ja, das war sie«, stimmte Gabrielle mit traurigem Gesichtsausdruck zu. Dann fiel ihr endlich eine sinnvolle Frage ein. »Was ist eigentlich aus den persönlichen Sachen von Madame Delpierre geworden?« Es war reine Improvisation. Sicher hatte die Polizei irgendwelche Hinterbliebenen aufgetrieben, die sich um das Gepäck der Verunglückten kümmerten.

»Madames Verlobter hat alles mitgenommen. Sie wissen ja selbst, dass sie keine Familie mehr hatte.«

»Ja«, wiederholte Gabrielle gedehnt. »Ja, natürlich. Ja.« Die arme Frau war also nicht an ihrem eigenen Unglück ertrunken, sondern hatte einer Zukunft als Braut entgegengesehen. Genau so hatte Gabrielle es vermutet – und so gab es eine Verbindung zu dem anderen tödlichen Unfall in einer Hotelbadewanne in Paris. Einen Zufall schloss sie aus.

»Mademoiselle Chanel!«

Der Ton der erfreut klingenden Männerstimme hallte durch die Hotelhalle wie eine Kirchenglocke am Sonntagmorgen über einen Dorfplatz – und war ihr genauso unangenehm. Langsam drehte sie sich um. »Was für eine Überraschung«, murmelte sie dabei.

»Wenn ich mehr von Eitelkeit geprägt wäre, würde ich glauben, Sie haben mich gesucht«, antwortete Baron de Mougève mit einer Verbeugung.

»Diesen Gefallen kann ich Ihnen leider nicht tun.« Sie bemerkte den interessierten Blick des Portiers und fügte hinzu; »Ich habe mich nach einer Freundin erkundigt, die vor Kurzem in diesem Hotel abgestiegen ist.«

»Ich bin Stammgast in diesem Haus. Vielleicht kenne ich Ihre Freundin, dann hätten wir schon eine Gemeinsamkeit. Wie ist ihr Name?«

»Madame Delpierre«, entfuhr es ihr, bevor sie darüber nachdachte.

»Bedauere. Das sagt mir gar nichts. Aber ich würde mich natürlich freuen, wenn Sie uns bekannt machten.«

»Das wird nicht möglich sein. Madame Delpierre ist leider verstorben.«

»Wie traurig. Und höchst bedauerlich.« Baron de Mougève strich sich gedankenverloren über die Stirn, dann hellte sich seine Miene auf, und er fragte: »Wie geht es Ihrer anderen Freundin, Madame Sert?«

Gabrielle kam nicht umhin, sein Lächeln zu erwidern. »Ich nehme an, sie schläft noch.«

»Dann wird sie gewiss nichts dagegen haben, wenn ich Sie zu einem Spaziergang auf die Promenade entführe, Mademoiselle. Der Flut zuzusehen, ist immer ein Erlebnis, die Brandung ist heute spektakulär. Und es läuft sich angenehmer durch den Wind, wenn man sich aneinander festhalten kann.« Er bot ihr seinen Arm.

Plötzlich wollte Gabrielle nicht mehr allein sein. Sie wollte nicht noch einmal ohne Begleitung in ihr Hotel gehen. Die Einsamkeit lastete schwer auf ihr, und der Baron wirkte im Morgenlicht gar nicht mehr so aufdringlich wie an der Bar. Und sein Hut spielte auch keine Rolle mehr. Schließlich duftete er nach einer Lavendelseife und nicht nach Mouchoir de Monsieur. Sie hakte sich bei ihm unter.

Als sie das Hôtel de la Plage verließen, fiel ihr ein, dass sie vergessen hatte, sich bei dem Empfangschef nach dem Namen des Verlobten von Madame Delpierre zu erkundigen.

15

»Bist du verrückt geworden?«, kreischte Misia. »Du kannst doch nicht mit einer Barbekanntschaft am helllichten Tag in aller Öffentlichkeit auf der Promenade spazieren gehen!«

»Was hätte ich denn sonst mit ihm tun sollen?«, gab Gabrielle entnervt zurück.

Darauf wusste Misia anscheinend keine geeignete Antwort, denn sie schwieg trotzig. Sie schien sich darauf zu konzentrieren, immer größere Mengen Zucker, den sie aus der silbernen Dose auf dem Tisch schaufelte, in ihren Tee zu rühren.

Gabrielle beobachtete die Freundin und beschloss, das schlechte Gewissen, das sich bei ihr einstellte, zu ignorieren. Natürlich gehörte es sich nicht für eine alleinstehende Dame, allein mit einem Wildfremden herumzuwandern, einem Herrn, den sie an der Bar des Casinos kennengelernt hatte. In den gesellschaftlichen Kreisen, zu denen Gabrielle schon so lange so gerne gehören wollte und in die sie endlich Aufnahme gefunden hatte, begegnete eine Frau einem Mann bei eleganten Anlässen, man traf sich sozusagen auf Einladung und ließ sich vorstellen, unterhielt sich zunächst unter den Augen der gemeinsamen Bekannten. Selbst ihre vielen

Künstlerfreunde blieben meist unter sich. Barbekanntschaften, wie Misia es abwertend nannte, gehörten in der Regel nicht zum Repertoire einer Dame. Dass Misia die Unterhaltung mit dem Baron selbst als Zeitvertreib genutzt hatte, spielte keine Rolle. Es war eben nur ein Zeitvertreib – keinesfalls eine Begegnung, die sich vertiefen ließ.

Die Finger, die den Löffel umklammerten, hielten plötzlich inne. »Was hat er gesagt?«, wollte Misia wissen.

»Nicht viel«, erwiderte Gabrielle wahrheitsgetreu. »Die Brandung war so laut, dass man sein eigenes Wort nicht verstehen konnte. Das machte eine Unterhaltung quasi unmöglich.« Dennoch war es sehr angenehm gewesen, an der Seite dieses kultivierten Mannes über die Promenade zu schlendern. Gabrielle hatte sich nicht mehr einsam gefühlt, sondern fast wieder etwas vollständiger. Ein attraktiver Mann war zweifellos das beste Accessoire für eine schöne Frau.

»Warum geht er mit dir am Meer spazieren, wenn man sich nicht unterhalten kann?«

Gabrielle lachte. »Weil die Flut schön anzusehen war. Man muss nicht immer reden, schauen kann auch sehr unterhaltsam sein.«

»Aber doch nicht, wenn man sich gerade erst kennengelernt hat«, protestierte Misia. Sie nahm einen Schluck Tee, verzog das Gesicht und stellte die Tasse wieder ab. Einen Moment verlor Gabrielle ihre Aufmerksamkeit. Misia winkte der Kellnerin. Sie befanden sich im Speisesaal des Hotels, wo sich Misia ein etwas üppigeres Frühstück und Gabrielle nur einen Kaffee schmecken ließ. Da noch einige andere Gäste bedient werden mussten, dauerte es, bis Misia ihren Wunsch nach einer neuen Portion Tee kundtun konnte. »Der hier ist voller Zucker«, erklärte sie dem Serviermädchen. »Ich habe keine Ahnung, wie das passieren konnte. Nehmen Sie das bitte weg und geben Sie in der Küche Bescheid, dass ich meinen Darjeeling natur möchte.«

»Selbstverständlich, Madame«, flötete die junge Frau, während sie Tasse und Kännchen abservierte.

Misia sah ihr kurz nach, dann wandte sie sich wieder an ihre Freundin. »Ein Mann, der nichts – oder nur sehr wenig – von sich preisgibt, erscheint mir suspekt. Die meisten Männer reden doch ununterbrochen von sich und ihren Erfolgen. Wenn ich mich richtig erinnere, hatte er mich gestern Abend auch mehr ausgefragt als ich ihn. Aber natürlich weiß ich das nicht mehr so genau, Unwichtiges vergesse ich sofort.« Als wollte sie bestätigen, was für sie gerade zählte, tunkte sie mit einer Ecke ihres Toasts das zerlaufene Gelb des Spiegeleis von ihrem Teller.

»Außerdem haben wir ziemlich viel Champagner getrunken«, meinte Gabrielle. »Deshalb tat mir die frische Luft ausgesprochen gut.«

»Ein kalter Wind klärt manchen Gedanken«, sinnierte Misia. Sie biss das eigetränkte Stück ab, kaute und blickte dabei nachdenklich auf den Rest ihres Brots. Nach einer Weile hob sie an: »Vielleicht möchte Baron de Mougève ja gar nicht, dass du mehr als unbedingt nötig von ihm erfährst.«

Das Thema begann Gabrielle zuzusetzen. Natürlich war es nicht comme il faut gewesen, seine Einladung anzunehmen, aber es war nichts anderes als ein harmloser Spaziergang bei kräftigem Wind und tosender Brandung gewesen. Das hatte ihr gutgetan. Nicht mehr. Und auch nicht weniger. Gabrielle ärgerte sich, dass sie Misia keine Notlüge über ihre Aktivitäten an diesem Morgen aufgetischt hatte. Gleich zu Beginn ihres Gesprächs hatte sich Misia natürlich empört gezeigt, weil Gabrielle allein ins Hôtel de la Plage gegangen war, aber Gabrielles zufällige Begegnung schien sie mehr aufzuwühlen als die Gemeinsamkeiten der beiden Frauen, die hier in Deauville und in Paris in einer Hotelbadewanne ertrunken waren. »Nun ist Schluss damit«, verkündete sie. »Ich habe nicht die Absicht, den Baron wiederzusehen.«

»Umso besser«, gab Misia zurück. Sie sprach nicht weiter, weil die Kellnerin den frischen Tee brachte.

»Ich bin mit anderen Dingen beschäftigt«, nahm Gabrielle ihren Faden schließlich wieder auf. »Meine Arbeit und die bevorstehende Besprechung mit Monsieur Wertheimer nehmen meine Zeit stark in Anspruch, da kann ich keinen Gedanken an irgendeinen neuen Mann verschwenden …«

»Sicher ziehst du dann auch ein Treffen mit dem netten Kommissar Hollande vor«, warf Misia ein.

»Ich? Nein. Wieso?«

»Willst du ihm denn nicht verraten, was du herausgefunden hast?«

Gabrielle seufzte. »Ich weiß es nicht«, gab sie zu. »Ehrlich gesagt, ich scheue mich vor seiner Herablassung. Er wird verärgert sein, weil ich mich wieder in eine Angelegenheit mische, die eigentlich Sache der Polizei ist. Und ich ärgere mich über mich, weil ich den Fehler gemacht habe, mich nicht nach dem Namen des Verlobten der Toten erkundigt zu haben.«

»Dann geh hin und frage den Portier danach.«

»Er wird mir sicher nicht noch einmal so bereitwillig Auskunft geben. Die Chance ist vertan, Misia.«

Gedankenverloren nippte Misia an ihrem Tee. Diesmal schien er ihr zu schmecken. »Vielleicht sollte ich nach Monsieur fragen«, murmelte sie in sich hinein, während sie die Tasse abstellte.

»Unsinn«, widersprach Gabrielle. »Es ist vollkommen unglaubwürdig, dass an einem Tag gleich zwei angebliche Freundinnen der Toten in dem Hotel auftauchen und Fragen stellen.«

Misia hob die Handtasche hoch, die sie neben ihrem Stuhl auf den Boden gestellt hatte. »Hier drinnen befinden sich einige knisternde Scheine. Ich bin sicher, dass dein Portier einer kleinen Spende nicht abgeneigt ...«

»Wenn er nicht die Polizei ruft!«

»Ich wäre schon dankbar, wenn er nicht Baron de Mougève informiert. Dann wüssten wir nämlich, dass dein Kavalier nicht der Gesuchte ist.«

»Oh!« Um ihre plötzlich auftretende Nervosität zu überbrücken, griff sie nach ihrem Zigarettenetui. »Nun glaubst du also doch, dass der Baron etwas mit dem Tod der Frauen zu tun haben könnte?«

»Ein charmanter Mann, der alleinstehende Damen an einer Bar im Casino anspricht, ist zwar unterhaltsam, aber immer ein wenig verdächtig. Sein gutes Benehmen hat damit wenig zu tun. Der Krieg hat viele Vermögen vernichtet und Heiratsschwindler aus den besten Kreisen hervorgebracht. Du hast selbst gesehen, wie schnell er mich fallen ließ, nachdem du gekommen warst. Eine Mademoiselle war für ihn interessanter als eine Madame. Das war doch offensichtlich.«

Obwohl Misias Monolog durchaus logisch war, fühlte Gabrielle einen Stich im Herzen. Die Austauschbarkeit tat ihrer Eitelkeit nicht gut. »Wie gesagt«, zischte sie mit dem ausgeblasenen Rauch ihrer Zigarette, »ich werde ihn nicht wiedersehen.«

»Gut, gut«, versicherte Misia und fügte seufzend hinzu: »Offensichtlich hat der Wind deine Gedanken nicht so geklärt, wie es wünschenswert wäre.«

Gabrielles Protest ging in einem Hustenanfall unter, weil sie sich an dem Qualm ungewöhnlicherweise verschluckte.

16

Der Wind frischte auf und trug einen nieseligen Schauer über die Promenade. Skeptisch blickte Gabrielle durch das Eingangsportal in den Regen hinaus. »Bist du sicher, dass wir jetzt aufbrechen sollten?«

»Unbedingt«, behauptete Misia. »Wenn wir warten, überlegen wir es uns womöglich anders und verpassen dann noch etwas. Komm schon, Coco, wir sind nicht aus Zucker.«

Ich eigentlich nicht, aber du schon, dachte Gabrielle. Der Enthusiasmus ihrer Freundin verwunderte sie nicht sonderlich, Misia war neugierig und hasste nichts so sehr wie Untätigkeit, aber dass sie sich dafür einer Unbequemlichkeit aussetzte, war neu. Was mochte die verwöhnte Tochter eines reichen Vaters und Muse unzähliger berühmter Künstler antreiben? Galt ihr Interesse der eigenen Eitelkeit? Oder war es ein Freundschaftsdienst für Gabrielle? Vielleicht wollte sie ja auch einfach nur etwas Aufregendes erleben, nachdem sie auf einen sicherlich spektakulären Abend bei den Murphys verzichtet hatte. Gabrielle seufzte hörbar und schlug ihren Mantelkragen hoch.

»Geben Sie mal her …« Misia nahm dem Hotelboy, der die Tür

für die Gäste aufhielt, den zusammengefalteten Regenschirm aus der Hand. Plötzlich hielt sie jedoch in der Bewegung inne, drehte sich um und zog eine Blume aus dem üppigen Strauß, der zur Dekoration der Lobby diente. »Die darf ich doch mitnehmen?« Sie strahlte den ziemlich verblüfft und hilflos wirkenden jungen Hotelangestellten an und fügte hinzu: »Den Schirm bringe ich selbstverständlich zurück, die Blume nicht.« Dann hakte sie sich bei Gabrielle unter und zog sie hinaus.

»Bei einem solchen Wetter an der See ist ein Schirm nicht sonderlich nützlich«, bemerkte Gabrielle.

»Egal«, meinte Misia.

»Und was willst du mit der Rose?«

»Das wirst du schon sehen«, antwortete Misia geheimnisvoll. »Mir ist gerade erst eingefallen, wie wir den Portier bezirzen können. Warte ab, ob wir Erfolg damit haben.«

Gabrielle verdrehte die Augen und schwieg ergeben.

Der kurze Weg zum Hôtel de la Plage erwies sich für die beiden Freundinnen als eine Art Kampf mit dem Sturm. Misia hatte alle Hände voll zu tun, sich und Gabrielle gegen die Feuchtigkeit zu schützen und gleichzeitig den Schirm nicht zu demolieren. Er drohte umzuklappen, während sie die Rose an ihre Brust presste. Nach einigen Schritten nahm Gabrielle ihr die Blume energisch aus der Hand und schob sie unter ihren Mantelkragen, wo sie möglicherweise zerdrückt, aber durch den Regen nicht zerstört und die Blätter auch nicht vom Winde verweht werden konnten. Relativ unbeschadet erreichten sie ihr Ziel.

Der Portier erkannte Gabrielle sofort. »Oh, Mademoiselle, da sind Sie ja.«

Gabrielle runzelte die Stirn. »Haben Sie mich erwartet?«

»O ja. Baron de Mougève meinte, Sie würden noch einmal wiederkommen.«

»So? Meinte er das?«, kommentierte Misia die überraschende Mitteilung und wechselte einen erstaunten Blick mit Gabrielle.

»Der Herr Baron sagte mir ausdrücklich, ich solle Ihnen seine Zimmerrechnung aushändigen.«

Misia stieß die anscheinend angehaltene Luft zwischen ihren Zähnen aus.

»Wahrscheinlich soll ich die Rechnung bezahlen«, resümierte Gabrielle. »Nicht wahr, Monsieur?«

Der Portier hob die Arme und ließ sie wie zur Kapitulation wieder fallen. »Wenn Mademoiselle so freundlich wäre.« Er nahm ein Kuvert von einem Stapel, der auf dem Empfangstresen lag, und reichte ihn ihr. Dann sagte er: »Baron de Mougève ist vor einer Stunde abgereist.«

»Ich weiß«, behauptete Gabrielle rasch. Sie wollte nicht zu naiv und unwissend wirken. Eine Frau, die von einem charmanten Mann über den Tisch gezogen wurde. Um das Geld ging es ihr nicht, sie hatte genug. Es war die ihr zugedachte Rolle, die ihr missfiel.

Während Gabrielle den Umschlag öffnete und die Rechnung herausnahm, begann Misia unvermittelt zu plappern: »Eigentlich sind wir ja nicht wegen Baron de Mougève hier, sondern um Abschied von unserer Freundin zu nehmen. Der Verlust ist fast unerträglich, sie war so liebenswert. Unsere Madame Delpierre. Sie wissen ja, wen ich meine.«

»Natürlich«, versicherte der Portier. Sein Ton wurde leiser.

»Ich habe die liebe Coco hier vorhin gescholten, weil sie nicht richtig Abschied genommen hat«, improvisierte Misia. Mit erstaunlichem schauspielerischem Talent wischte sie sich eine imaginäre Träne aus dem Augenwinkel. »Bitte lassen Sie uns einen Moment in das Zimmer, wo Madame Delpierre …« Sie unterbrach sich und schluckte.

»Wie ich Mademoiselle heute Morgen sagte, darf das Zimmer auf Anweisung der Hotelleitung nicht betreten werden.«

»O bitte!« Misia schniefte, ihre Stimme klang erstickt, als würde sie nur mühsam einen Weinkrampf zurückhalten. »Lassen Sie uns mit einer Gedenkminute Abschied von unserer Freundin nehmen. Nur eine Minute lang wollen wir ihr an dem Ort nahe sein, wo sie zuletzt war.«

Gabrielle hatte nicht die geringste Ahnung, worauf Misia hinauswollte, aber ihre Vorstellung war unglaublich faszinierend.

»Ich habe meine Anweisungen. Es tut mir leid.«

»Eine Minute, um eine Rose niederzulegen«, beteuerte Misia. Sie stieß Gabrielle mit dem Ellenbogen in die Seite. »Zeig dem netten Empfangschef die Blume, die wir für unsere Freundin mitgebracht haben.«

Aus den Augenwinkeln beobachtete Gabrielle, wie Misia an ihrer Handtasche nestelte. Während sich die Aufmerksamkeit des Portiers auf Gabrielle richtete, zog sie ein paar Geldscheine heraus. Gabrielle beförderte inzwischen die Rose aus dem Bouquet im Hôtel Le Normandy aus ihrem Mantel heraus. Nachdem sie diese, etwas verwelkt zwar, aber halbwegs intakt, auf die Theke gelegt hatte, schob Misia mit atemberaubender Sicherheit die Francs unter den Stiel.

»Selbstverständlich soll es nicht zu Ihrem Nachteil sein, wenn Sie wegen unseres Freundschaftsdiensts die Regeln brechen«, raunte Misia. »Sie tun ein gutes Werk, Monsieur, indem Sie uns den Abschied von unserer toten Freundin ermöglichen. Gott wird Sie dafür segnen.«

Misia spielt alle Karten aus, stellte Gabrielle mit einer gewissen Bewunderung still fest. Und sie hatte natürlich Erfolg, wie sie immer in ihrem Leben Glück gehabt hatte. Gabrielle biss sich auf die Lippe, um nicht laut aufzulachen, als der Portier mit einer eleganten Geste Misias Spende blitzschnell an sich nahm, sich zu dem Schlüsselbord in seinem Rücken umdrehte, einen Schlüssel vom Haken nahm und Misia dann stumm zunickte. Er brauchte kein weiteres Wort zu verlieren, Misia und Gabrielle folgten ihm auf seinem Weg zur Treppe sofort. Gabrielle drehte allerdings noch einmal um und nahm die auf der Theke liegende Rose wieder an sich.

Das fragliche Zimmer befand sich in der ersten Etage am Ende eines langen stillen Flurs. »Ich muss zurück an meinen Platz«, flüsterte der Portier. »Schließen Sie bitte wieder ab, wenn Sie hinunterkommen.« Er ließ den Schlüssel im Schloss stecken. »Und bleiben Sie bitte wirklich nur eine Minute. Ich verlasse mich auf Sie!« Er nickte Misia wieder zu, als wäre sie seine Komplizin.

»Versprochen«, versicherte sie, und Gabrielle sah, dass sie in ihrem Rücken die Finger kreuzte.

Die Tür schwang mit einem leisen Knarren auf. Vor Gabrielle und Misia erstreckte sich im grauen Tageslicht ein Hotelzimmer der gehobenen Mittelklasse mit einem französischen Bett, das mit einem rot-weißen Toile de Normandie bedeckt war. Auf dem Nachttisch stand eine Messinglampe mit rotem Schirm, von der Decke hing ein mehrarmiger Leuchter, die roten Samtportieren wurden rechts und links neben dem Fenster von Messinggriffen mit Löwenmotiven gehalten. Alles wirkte sauber und aufgeräumt, nichts schien daran zu erinnern, dass hier eine Frau ihre letzten Stunden verbracht hatte.

»Ich gehe ins Bad«, entschied Misia. »Sieh du dich hier im Zimmer um, Coco.«

»Wonach soll ich, bitte schön, suchen?« Gabrielle wischte mit dem Finger über den Nachttisch. »Hier ist nicht einmal mehr ein Staubkorn.«

»Vielleicht finden wir etwas, was das Zimmermädchen übersehen hat.«

»Oder etwas, was der Verlobte von Madame Delpierre zurückließ«, erwiderte Gabrielle zerknirscht. Sie teilte Misias Hoffnung ganz und gar nicht. Das Einzige, das sie dem Zimmer abzulesen verstand, war die Tatsache, dass die Tote nicht unvermögend war, wenn sie es sich hatte leisten können. Möglicherweise hatte ihr zukünftiger Mann bezahlt, vielleicht war er aber auch ein charmanter Schmarotzer wie der Baron de Mougève gewesen. Gabrielle fand, dass sie sich lieber nach dem Bräutigam erkundigen sollten, als hier ihre Zeit zu verschwenden.

Sie hörte das Klappern von Misias Absätzen auf den Fliesen im Badezimmer, dann kurzes Wasserrauschen.

Ratlos, was sie als Nächstes tun sollte, legte sie erst einmal die Rose auf das Bett. Dann setzte sie sich daneben. Und nun? Misia schien die Hähne im Bad zu überprüfen, als würden daraus Erkenntnisse über den Todesfall sprudeln. Um nicht untätig herumzusitzen, zog Gabrielle die Nachttischschublade auf. Darin befand sich eine Bibel.

»Hast du schon etwas gefunden?«, rief Misia von nebenan.

»Nein«, gab Gabrielle ehrlich zurück. Sie nahm den Lederband in die Hand. »Ja«, sagte sie, um die Freundin nicht zu enttäuschen.

Lustlos blätterte sie durch die fünf Bücher Mose, als sich etwas aus den Seiten löste.

Im ersten Moment dachte Gabrielle an eine Motte, die in dem Folianten zu überwintern versuchte, doch dann sah sie, wie ein Zettel auf den Boden fiel.

Sie hatte nicht bemerkt, dass Misia hereingekommen und neben sie getreten war. Misia bückte sich nach dem Stück Papier und hielt es wie eine Trophäe ans Licht. »Das ist eine Adresse!«, verkündete sie.

Gabrielle war ebenso neugierig wie entnervt.

»Das ist die Anschrift von einem Monsieur Jerôme Lacôste in Louviers.«

»Ja und? Was schließt du daraus?«

Misia lächelte. »Dass wir nach Louviers fahren und nachsehen sollten, wer dort wohnt.«

»Wenn es da steht, wohnt Monsieur Lacôste dort«, erwiderte Gabrielle.

Misias Lächeln wurde breiter. »Wer weiß das schon.«

»Ich bitte dich, dieser Zettel kann uralt und von wem auch immer vergessen worden sein. Er hat sicher nichts mit dem Ableben von Madame Delpierre zu tun.«

Ungehalten wedelte Misia mit dem Blatt herum, dann hielt sie inne, hob das Papier an ihre Nase, schnupperte. »Ich glaube, es riecht nach Mouchoir de Monsieur.«

»Bestimmt nicht«, widersprach Gabrielle mit weit weniger Sicherheit, als sie zu vermitteln hoffte. Sie erhob sich von dem Bett, um auf Augenhöhe mit Misia zu sein. »Nein«, stellte sie fest, nachdem sie an dem Zettel gerochen hatte. »Das ist ein anderes Toilettenwasser.«

»Aber immerhin ist der Duft noch frisch genug, ein älteres Papier würde nicht so intensiv danach riechen.«

Langsam erwachte auch in Gabrielle eine gewisse Neugier. Misia hatte recht, gute Parfüms hielten sich zwar lange auf Papier, aber das Blatt war nicht vergilbt und wirkte insgesamt noch recht frisch. Es war durchaus möglich, dass die arme Madame Delpierre diese Adresse in der Bibel verwahrt – oder versteckt – hatte.

»Wenn wir endlich erfahren würden, wie der geheimnisvolle Verlobte hieß, wüssten wir es«, sagte Gabrielle.

»Nicht unbedingt. Vielleicht hatte Madame ja mehrere Eisen im Feuer.« Misia ließ den Zettel in ihrer Handtasche verschwinden. »Komm, gehen wir zum Empfang zurück, bevor nach uns gesucht wird.«

Ein paar Minuten später überreichte Misia dem Portier mit ernster Miene den Schlüssel. »Ich danke Ihnen sehr für Ihre Hilfe, Monsieur, Sie haben unser Seelenheil gerettet. Es war wunderbar, von unserer Freundin Abschied nehmen zu dürfen.«

»Es ist mir eine Ehre«, versicherte der Empfangschef.

»Zu schade, dass nichts mehr in dem Zimmer an unsere Freundin erinnert«, plauderte Misia weiter. »Aber wenn Monsieur …« Sie unterbrach sich und sah den Portier fragend an.

Der erwiderte mit ausdrucksloser Miene ihren Blick.

»Lacôste«, half Gabrielle auf gut Glück nach. »Monsieur Lacôste.«

Misia nickte ihr zu, als wäre ihr der Name zuvor entfallen. »Ja, Monsieur Lacôste …«

»Lacôste?«, wiederholte der Portier.

»Der Verlobte unserer Freundin«, bestätigte Misia selbstsicher. »Wenn er nicht ihre persönlichen Sachen abgeholt hätte, wären die Dinge von Ihrem Zimmermädchen aufgeräumt worden, nicht wahr?«

»Sicher«, bestätigte der Portier. »Allerdings hätten wir den Koffer wohl im Depot aufbewahrt, bis sich ein Angehöriger von Madame Delpierre meldet, einerlei, wie lange das dauert. So ging nun alles etwas schneller, zumal er ebenfalls ein Gast des Hotels war.«

»Natürlich«, bestätigte Gabrielle, »man feierte ja Verlobung. So eine romantische Geschichte mit einem derart tragischen Ende nimmt uns stark mit. Aber nun müssen wir gehen, Misia, es wird Zeit für unsere Rückreise nach Paris.«

»Der Herr hieß Larousse. Nicht Lacôste.«

Misia und Gabrielle wechselten einen kurzen Blick, dann fasste sich Misia als Erste. »Sie haben so recht, Monsieur«, rief sie theatralisch aus. »Wie konnten wir das nur verwechseln? Larousse. Lacôste. Es sind so ähnlich klingende Namen. Die Trauer macht uns ganz konfus.«

»So ist es«, stimmte Gabrielle zu. Sie fühlte sich unbehaglich angesichts des Fehlers. Aber einen Versuch war er wert gewesen. »Aber nun sollten wir gehen …«

Der Mann hinter dem Tresen räusperte sich. »Mademoiselle, darf ich höflichst an die Begleichung der Rechnung von Baron de Mougève erinnern?«

Misia rollte mit den Augen.

»Ja, natürlich«, sagte Gabrielle und öffnete ihre Handtasche. »Ich stelle Ihnen einen Scheck aus.« Während sie das Formular hervorholte und der Portier Füller und Tinte vor ihr platzierte, dachte sie, dass Baron de Mougève ein fast schon bewundernswert gerissener Kerl war. Er hatte nicht ahnen können, dass sie noch einmal in das Hôtel de la Plage ging. Oder er war so eitel, dass er annahm, sie liefe ihm nach. In beiden Fällen war es ziemlich dreist, den Empfangschef davon zu überzeugen, die Dame würde die Kosten der Hotelübernachtungen übernehmen. Fünf Tage war er in Deauville gewesen. Eine lange Zeit, um dann plötzlich abzureisen. Wahrscheinlich hatte er darauf gewartet, dass er jemanden traf, der seine Zeche zahlte. Oder zumindest als Reputation herhalten könnte. Gerissen, dachte sie. Und amüsant.

17

Hinter der Eingangstür hielt Misia den Regenschirm so, dass von der Lobby aus niemand sehen konnte, wie sie den Kopf mit Gabrielle zusammensteckte. »Wie peinlich!«, flüsterte sie.

»Was meinst du?«

»Alles. Mir fällt nichts ein, das eben nicht peinlich gewesen wäre.«

Gabrielle schüttelte den Kopf. »Immerhin haben wir erfahren, dass Madame Delpierre mit Monsieur Larousse verlobt war. Das ist eine Information mehr.«

»Das bringt uns nicht weiter«, widersprach Misia. »Nun ja, wir könnten uns den Besuch in Louviers bei Monsieur Lacôste sparen. Aber vielleicht hast du recht, und das ist wichtig.«

In einem mehr oder weniger bedrückten Schweigen versunken, marschierten die beiden Freundinnen in Richtung ihres Hotels. Der Wind hatte die dunkelsten Wolken vertrieben, und es nieselte nur noch aus einem in Hellgrau, Weiß und Blassblau schimmernden Himmel. Doch Gabrielle achtete kaum auf das Wetter, ihre Gedanken wanderten zurück zu dem Zimmer, das die Tote bewohnt hatte, und sie bedauerte, dass sie Misia den Blick ins

Badezimmer überlassen und sich nicht selbst ein Bild davon gemacht hatte. Aber was hätte das verändert? Sie wusste jetzt, dass der Verlobte ein Monsieur Larousse war und der Zettel mit der Anschrift von Monsieur Lacôste eine wahrscheinlich wertlose Nachricht – von wem auch immer in einer Bibel hinterlegt. Oder versteckt. Die Ähnlichkeit der beiden Namen war so oder so bemerkenswert.

»Könnte es sein, dass Madame Delpierre herausfand, wie ihr Verlobter wirklich heißt?«, sinnierte Gabrielle und wunderte sich über den Klang ihrer Stimme, weil sie annahm, ihren Gedankengang stumm zu verfolgen. »Wenn Monsieur Larousse ein Heiratsschwindler und sogar ein Mörder ist, wäre es möglich, dass er sich ihr mit einem Pseudonym vorgestellt hatte.« Ihr fiel ein, dass Monsieur Valéry eine falsche Adresse angegeben hatte, als er den Hut für seine Braut bestellte, der nicht abgeholt worden war. Unwillkürlich fröstelte sie.

Misia blieb mitten auf der Promenade stehen. »Du meinst, sie wusste, dass Monsieur in Wahrheit Lacôste hieß?«

»Genau.« Gabrielle war gedankenverloren weitergegangen. Sie strich sich die Nässe aus dem Gesicht und trat wieder unter den Schirm zurück. »Das wäre ein guter Grund für den angeblichen Monsieur Larousse, sie loszuwerden.«

»Findest du nicht, dass das ein wenig zu viel Räuberpistole ist?«

»Sie könnte den Zettel mit der Adresse von Monsieur Lacôste in der Bibel versteckt haben …«

Misia stieß einen tiefen Seufzer aus.

»Du warst doch diejenige, die mehr über die Sache herausfinden wollte«, erinnerte Gabrielle. »Ich tue nichts anderes, als Zusammenhänge herzustellen.«

»Aus der Luft gegriffene Annahmen, für die du keinen einzigen Beweis hast.«

»Eben deshalb sollten wir uns weiter umschauen. Was hindert uns daran, in Louviers vorbeizufahren und uns anzusehen, wie Monsieur Lacôste wohnt?«

»Ich weiß nicht, was wir von dem Besuch erwarten sollen …« Misia schauderte. »Mir geht die ganze Sache zu nahe.«

Der plötzliche Rückzieher wirkte recht seltsam. Gabrielle dachte daran, wie aufregend es Misia vor nicht einmal einer Stunde noch gefunden hatte, die Räume zu inspizieren, in denen Madame Delpierre verstorben war. Selbst der Blick in die Badewanne, in der Madame ertrunken war, schien Misia nicht so berührt zu haben wie nun die vielen Nachnamen eines unbekannten Mannes. Ganz sicher wollte Gabrielle aber nicht mitten auf der Promenade von Deauville eine Diskussion über ihre Ambitionen als Detektivin und die Notwendigkeit weiterer Ermittlungen führen. »Dann fahren wir eben nicht nach Louviers«, gab sie entnervt nach. Insgeheim überlegte sie jedoch, wann sie demnächst die Zeit finden würde, Monsieur Lacôste einen Besuch abzustatten.

»Ach, Coco«, mahnte Misia sanft, »du hast dich da in etwas verrannt. Wir haben uns verrannt. Lass uns damit aufhören und auf direktem Weg nach Hause fahren.«

»Das schlug ich bereits vor.«

»Ich kenne dich: Du willst trotzdem nach Louviers.«

Gabrielle schüttelte verärgert den Kopf.

Der Schirm zitterte in Misias Hand, als sie leise sagte: »Als du den Scheck ausgestellt hast, habe ich einen Blick auf die Rechnung geworfen und das Datum der Übernachtungen gesehen …« Sie atmete tief durch, dann: »Baron de Mougève war im Hôtel de la Plage zu Gast, als Madame Delpierre zu Tode kam.«

Gabrielle verstand nicht, was Misia so echauffierte. »Wahrscheinlich waren noch viele andere Menschen in dem Hotel, als das passierte.«

»Ja, natürlich, aber er behauptete, nichts von dem Todesfall gewusst zu haben. Dabei hat sich das Unglück bis in deine Boutique herumgesprochen.«

»Der Baron ist ein Mann«, erklärte Gabrielle. Während sie weitersprach, wurde sie sich unangenehmerweise bewusst, wie dünn ihre Theorie klang. »Männer haben in der Regel kein offenes Ohr für Klatsch.«

»Möglich«, gab Misia zu. »Doch in diesem Fall handelte es sich nicht um alberne Nebensächlichkeiten, sondern um einen plötzlichen Tod. Ich kenne keinen Mann, der sich dafür nicht interessiert.«

Gabrielle schnappte nach Luft. »Willst du behaupten, Baron de Mougève sei in die Sache verwickelt gewesen? Wenn er dieser Monsieur Larousse oder ein Freund des Bräutigams wäre, hätte es der Portier gesagt.«

»Das ist natürlich richtig. Aber ich habe kein gutes Gefühl, Coco!«

O mein Gott!, seufzte Gabrielle in Gedanken. Laut sagte sie: »Ich schlage vor, dass wir deshalb erst recht die Adresse in Louviers in Augenschein nehmen. Vielleicht öffnet uns ein Familienvater die Tür, und im Hintergrund schreit ein Haufen Kinder. Dann ist es egal, ob er Lacôste, Larousse oder Mougève heißt, denn dann wissen wir, dass wir falschliegen.«

»Auch ein Familienvater kann ein Heiratsschwindler oder gar ein Mörder sein.«

»Es kann genauso gut sein, dass die Anschrift gar nichts mit Madame Delpierre zu tun hat. Auch wenn der Zettel noch relativ neu scheint, kann ihn auch ein Gast in die Bibel gelegt haben, der vor ihr in dem Hotelzimmer residierte.« Gabrielle nahm Misia den Regenschirm aus der Hand und klappte ihn zu. »Es regnet nicht mehr. Das ist bestimmt ein gutes Omen für die Fahrt nach Louviers.«

Misia schwieg. Ihre Miene hellte sich nicht so auf wie der Himmel.

18

Beide Frauen waren mit dem Automobil und ohne Chauffeur an die Küste gefahren – und reisten genauso wieder ab. Allerdings entschieden sie, in Kolonne zu fahren: Misia in ihrem Rolls-Royce älteren Modells vorneweg und Gabrielle mit ihrem neuen Wagen derselben Marke hinterher. Es blieb jedoch nicht lange dabei. Irgendwann auf einem flachen Teil der ansonsten recht kurvigen Landstraße überholte Gabrielle die Freundin. Misia ihrerseits nutzte eine gerade, wenn auch nur kurze Allee von Apfelbäumen, um sich wieder an die Spitze ihres kleinen Konvois zu setzen. Das Spiel wiederholte sich bei jeder erdenklichen Gelegenheit auf der gut einhundert Kilometer langen Strecke, meist lachten sich die beiden durch die Seitenfenster zu, etwas heikel wurde es nur, als ihnen vor einer Kurve in hügeliger Gegend ein knatternder Lastwagen entgegenkam, doch Misia schaffte es mit laut aufheulendem Motor und quietschenden Bremsen, sich rechtzeitig vor der Kollision hinter Gabrielle einzureihen.

Louviers war eine typisch normannische Kleinstadt mit Fachwerkhäusern aus dem 16. Jahrhundert und einer imposanten gotischen Kirche, die direkt am Fluss Eure erbaut worden war.

Gabrielle parkte vor der Kirche und stieg aus, um Misia entgegenzugehen. Die blieb in ihrem Wagen sitzen und streckte den Kopf durch das Fenster. Glücklicherweise regnete es nicht, es drängten sogar ein paar bleiche Sonnenstrahlen durch die Wolken.

»Nach über zwei Stunden Autofahrt wird uns ein Spaziergang guttun«, erklärte Gabrielle. Mit gesenkter Stimme fügte sie hinzu: »Wir fallen in dieser beschaulichen Stadt auf. Deshalb halte ich es für besser, wir fahren nicht beide bei Monsieur Lacôste vor.«

»Ich fürchte, wir bleiben auch zu Fuß nicht unbemerkt«, erwiderte Misia nach einem Blick auf den Platz und die angrenzenden schmalen Straßen. Es herrschte kaum Betrieb, die eine oder andere bäuerlich gekleidete Frau war unterwegs, ein Mann bog mit seinem mit Körben beladenen Fahrrad in eine Gasse ein. »Man sieht uns auf Meilen unsere Herkunft an.« Wie zur Bestätigung griff sie nach ihrer Handtasche, holte einen kleinen Spiegel heraus, überprüfte ihr Äußeres. Offenbar zufrieden mit sich, stieg sie aus. »Und nun?«

»Nun werde ich nach dem Weg zu unserer Adresse fragen.« Doch so leicht, wie Gabrielle es sich vorstellte, war es nicht, da niemand auftauchte, den sie um Auskunft hätte bitten können. Ein wenig ratlos stand sie neben ihrer Freundin; erst als sie einen Priester bemerkte, der durch ein Seitenportal von Notre-Dame kam, setzte sie sich in Bewegung. »Pater! Entschuldigen Sie, bitte«, rief sie ihm atemlos zu. Als sie vor ihm stand, knickste sie leicht.

»Meine Tochter, was kann ich für dich tun?«, erwiderte er salbungsvoll.

»Ich suche das Haus von Monsieur Lacôste.«

Er runzelte die Stirn. Dann: »Es tut mir leid, meine Tochter, mir ist niemand dieses Namens geläufig.«

»Wissen Sie, wie ich dort hinfinde?« Gabrielle nannte ihm die Adresse.

»Das ist etwas außerhalb der Altstadt. Gehe hier über die Brücke und halte dich rechter Hand, dann kommst du nach einem kurzen Fußmarsch zu einem frei stehenden Gebäude. Das müsste es sein.«

»Vielen Dank, Pater.«

»Gott schütze dich.« Er lächelte ihr begütigend zu, bevor er mit eiligen Schritten weiterging. Der Wind fuhr unter seine Soutane, und er bückte sich etwas, um das aufblähende Gewand festzuhalten, lief aber zielstrebig weiter.

Gabrielle sah ihm seltsam berührt nach. Ihr Aberglaube meldete sich, weil sie ein Mann Gottes gesegnet hatte, als bräuchte sie besonderen Schutz, während sie auf der Suche nach einem Mörder war. Unsinn, meldete sich ihre Vernunft, es ist eine alltägliche Formulierung, die nichts mit deinem Plan zu tun hat.

Entschlossen ging sie zu Misia zurück, die neben ihrem Automobil wartete. Sie hakte sich bei der Freundin unter und zog sie mit sanfter Gewalt zum Flussufer. »Komm, machen wir einen Spaziergang.«

Träge floss die Eure dahin, eine Entenfamilie ließ sich auf den flachen Wellen treiben, die bunten Herbstblätter, die von den tief hängenden Bäumen und Sträuchern am Ufer herabgefallen waren, schwammen flussabwärts in Richtung Seine. Still lagen die mittelalterlichen Gebäude in den umliegenden Gassen, die Bebauung lockerte sich auf, als Gabrielle und Misia der Wegbeschreibung des Pfarrers folgten. Ein hölzernes Schild wies auf eine Mosterei hin, dahinter befand sich ein weitläufiger Naturpark – und schräg gegenüber ein kleines Bauernhaus. Es lag halb verborgen hinter einer brüchigen Mauer und ein paar Apfelbäumen in einem ungepflegten Garten. Alles wirkte, als gehörten die besten Zeiten der Vergangenheit an.

»Es sieht nicht aus, als wohnte hier irgendjemand«, stellte Misia fest.

Um ihre Enttäuschung zu verbergen, tat Gabrielle so, als untersuchte sie das offen stehende rostige Gartentor. Tatsächlich war sie entmutigt. Sie wusste nicht recht, was sie sich mehr gewünscht hätte, einen Familienvater, dessen Kinder fröhlich unter den Apfelbäumen spielten, oder einen blutrünstigen Baron de Mougève, den Misia als Frauenmörder entlarven konnte. Ganz sicher aber hatte sie nicht diese Leere eines unbewohnten Anwesens erwartet. Wahrscheinlich hatte Misia recht, und sie jagte einem Hirngespinst nach. Warum auch immer der Zettel mit dieser Adresse in der Bibel gelegen hatte, sie würde es nicht herausfinden.

Doch sie wollte nicht, dass Misia als Siegerin aus ihrem kleinen Scharmützel hervorging. Ohne recht zu wissen, was sie dort wollte, ging sie über den Kiesweg zu der verwitterten Haustür.

»Was machst du da?«, wollte Misia wissen.

»Ich sehe nach …«, begann Gabrielle und unterbrach sich verblüfft. Erst bei näherer Betrachtung fiel ihr auf, dass das Holz zwar einen neuen Anstrich benötigte, Schloss und Türgriff aber blank poliert im fahlen Sonnenlicht glänzten. Es wohnte also doch jemand in diesem Haus. Sie nahm all ihren Mut zusammen und klopfte.

Nichts rührte sich.

»Da ist niemand«, rief Misia in ihrem Rücken. »Lass uns gehen. Mir ist es hier zu unheimlich.«

»Warte noch einen Moment«, bat Gabrielle. Sie ging an der Stirnseite des Hauses entlang bis zu einem großen Fenster. Der

Laden war ebenso alt und reparaturbedürftig wie Haustür, Mauer und Gartentor, und in der Mitte war eine Verstrebung abgebrochen, das Holzstück darunter hing lose herab. Gabrielle stellte sich auf die Zehenspitzen und versuchte die Lamelle abzubrechen. Vergeblich. Als sie sie zur Seite schob, schnellte sie zurück, und Gabrielle musste ausweichen, um nicht getroffen zu werden.

Ob von der Aufregung oder einem schnellen Lauf ein wenig schnaufend, stand Misia neben ihr. »Meine Güte, Coco, willst du einbrechen?«

»Nein …«, antwortete Gabrielle spontan. Dann lächelte sie. »Aber jetzt, wo du es sagst, wäre es sicher eine Möglichkeit.« Als sie das Entsetzen in Misias schönem Gesicht bemerkte, schüttelte sie den Kopf. »Nein. Keine Sorge. Ich möchte nur durch das Fenster hineinsehen.«

»Ich kümmere mich um den Fensterladen, und du guckst durch die Lücke«, bestimmte die Freundin. »Aber mach schnell. Nicht auszudenken, was passiert, wenn uns jemand beobachtet.«

»Du meintest doch eben, hier sei niemand«, gab Gabrielle lakonisch zurück.

Misia stöhnte auf, sagte aber nichts und tat, was sie vorgeschlagen hatte.

Ein paar schnell pochende Herzschläge später spähte Gabrielle durch die Lücke in dem Fensterladen in einen dunklen Raum. Sie musste die Augen vor dem Tageslicht abschirmen, um irgendetwas zu erkennen. Nach einer Weile gewöhnte sie sich daran und erkannte hinter der Scheibe die Umrisse eines großen Zimmers, in dessen Mitte sich ein steinerner Kamin befand. Einen Moment fühlte sie sich an das rauchige, ständig nach Ruß riechende Zimmer erinnert, in dem sie mit ihren Geschwistern und ihrer Mutter aufgewachsen war; nur wenn ihr Vater, ein Hausierer und Tagelöhner, von einer seiner Reisen heimkehrte, roch es zusätzlich noch nach dem Qualm seiner Zigaretten und nach Alkohol. Obwohl sie dann zu sechst in dem Raum lebten, besaßen sie nicht halb so viele Möbel wie Monsieur Lacôste. Dessen Stube war mit reichlich Inventar voll gestellt, Einrichtungsgegenständen, die anscheinend wahllos und bei näherer Betrachtung auch nicht zusammenpassend zwischen Fenster, Kamin und Tür aufbewahrt wurden.

»Das ist ein Lager«, murmelte Gabrielle.

»Warum sollte jemand in einem Bauernhaus ein Lager einrichten? Dafür gibt es Stallungen. Oder nicht?«

»Keine Ahnung«, gab Gabrielle zu. Sie wandte sich von ihrem Aussichtsplatz ab. »Es ist ein wenig merkwürdig. Alles wirkt heruntergekommen und verwahrlost, aber das Türschloss ist neu und gepflegt, und in dem Zimmer hier steht ein Haufen guter Sachen.«

»Vielleicht ist Monsieur Lacôste Möbelhändler«, überlegte Misia. »Es wäre doch möglich, dass Madame Delpierre sich eine neue Einrichtung bei ihm kaufen wollte und deshalb diese Adresse aufhob.«

»Meinst du nicht, dass jemand, der etwas verkaufen möchte, ein Ladenschild in seinem Garten aufstellen würde?«

»Im Warenhandel kennst du dich besser aus als ich.« Mit einem leicht schiefen Grinsen sah sich Misia noch einmal um. »Aber du hast recht, das sieht hier alles nicht sonderlich ansprechend aus. Also ist es wohl doch kein Laden.«

»Mesdames!« Eine Männerstimme wehte über den von Unkraut übersäten Garten. »Suchen Sie etwas?«

Vor Schreck kreischte Misia auf.

Gabrielle biss sich auf die Zunge und wandte sich um. Am Gartentor lehnte ein Mann in Arbeitskleidung, der bedrohlich eine Sense schwang. Da er sich auf der Straßenseite befand, gehörte er wohl nicht hierher, resümierte sie. Sie versuchte ihren aufgeregten Herzschlag mit einem tiefen Atemzug zu beruhigen, was ihr jedoch nicht gelang. Statt nach einer Zigarette in ihrer Handtasche zu kramen, nahm sie Misias Hand. Die Freundin im Schlepptau, ging sie auf den Fremden zu. »Wir wollten Monsieur Lacôste einen Besuch abstatten«, erklärte sie und wunderte sich selbst, dass das der Wahrheit entsprach.

»Der ist nicht da«, gab der Mann das Offensichtliche zurück. »Er kommt ohnehin nur selten hierher, wohnt wohl in einer anderen Stadt.«

»Wissen Sie vielleicht, wo das ist?«, fragte Misia zu Gabrielles größter Überraschung.

»Nein, Madame, der redet nicht viel, wenn er hier ist. Eine gute Nachbarschaft haben wir nicht.«

»Wie schade«, murmelte Gabrielle.

»Das hat die andere Dame auch gesagt.«

Gabrielles Finger schlossen sich fester um Misias Hand. »Welche andere Dame?«

»Na, die, die neulich hier war. Sie war auch eine elegante Dame wie Sie und wollte Monsieur Lacôste einen Besuch abstatten.«

Misia gab den Druck der Hand zurück. Dann fragte sie ruhig: »Hat die Dame ihren Namen genannt? Es könnte nämlich eine Freundin von uns gewesen sein: Madame Delpierre.«

Verblüfft kniff Gabrielle in Misias Daumen.

Der Mann schob seine Mütze zurück und kratzte sich mit der Hand, die die Sense hielt, nachdenklich am Kopf. »Ja. Das könnte wohl Ihre Freundin gewesen sein. Sie wollte, dass ich Monsieur Lacôste Grüße von ihr bestelle. Soll ich ihn auch von Ihnen grüßen?«

»Nein, vielen Dank«, sagte Gabrielle rasch. »Wir müssen jetzt gehen. Danke, dass Sie uns Auskunft gegeben haben, Monsieur.«

»Immer gerne, immer gerne. Ich komme ja regelmäßig hier vorbei, und es ist doch merkwürdig, wenn gleich drei Damen in so kurzer Zeit Monsieur Lacôste einen Besuch abstatten wollen.«

»Vielleicht auch nicht«, entfuhr es Misia.

Gabrielle machte »Psst!« und zog sie energisch mit sich den Weg entlang, über den sie gekommen waren. Sie drehte sich nicht nach dem Nachbarn und dem Anwesen des dubiosen Monsieur Lacôste um, sie sagte nur leise zu Misia: »Jetzt brauche ich ein Glas Calvados und eine Zigarette.«

Eine halbe Stunde später saßen Misia und Gabrielle vor zwei Gläsern Apfelbranntwein an einem kleinen runden Tisch in der Brasserie am Kirchplatz. Das Lokal füllte sich langsam mit Einheimischen, die sich auf ihrem jeweiligen Heimweg zu einem Aperitif trafen: einfache Leute ebenso wie Angestellte in Anzügen, seltener Frauen als Männer. Eine Familie saß an dem Tisch am Fenster und wartete auf ein frühes Abendessen, wahrscheinlich wegen der Kinder, dachte Gabrielle. Mit dem Rauch ihrer Zigarette stieß sie hervor: »Nun wissen wir also, dass Madame Delpierre tatsächlich Interesse an einer Begegnung mit Monsieur Lacôste hatte. Und ich bin sicher, dass sie ihm keine Möbel abkaufen wollte.«

»Das denke ich inzwischen auch«, meinte Misia. »Und es ist offensichtlich, dass die Messieurs Lacôste und Larousse zwei verschiedene Herren sind.«

»Oder auch nicht«, widersprach Gabrielle. »Was wäre, wenn sie Monsieur Lacôste unter dem Namen Larousse kennengelernt hätte und ihn aus irgendwelchen Gründen überprüfen wollte? Das könnte sowohl der Grund für das Versteck der Adresse in der Bibel sein als auch ihres Besuchs hier.«

Diesmal war Misia nicht so rasch zu einer Zustimmung bereit. »Das sind alles nur Vermutungen, Coco, du hast keinen einzigen Beweis, mit dem du zur Polizei gehen kannst.«

»Ich werde auch nicht zur Polizei gehen.«

Misia sah sie scharf an. »Sondern?«

Der ausgestoßene Rauch verschleierte Gabrielles ausdruckslose Miene. »Ich werde nach Beweisen suchen.«

»Bist du verrückt? Womöglich ist Monsieur Lacôste, Larousse oder wie auch immer er heißt, ein Mörder!«

Gabrielle dachte an ihre Begegnung mit dem Pater vorhin und lächelte. »Gott wird mich beschützen.«

»Na, hoffentlich«, flüsterte Misia. »Ich würde IHM jedenfalls nie verzeihen, wenn er es nicht täte.« Sie trank ihren Calvados in einem Zug aus.

19

Die Freundinnen entschieden, in einem Wagen gemeinsam nach Paris zurückzufahren. Misias Auto sollte morgen oder übermorgen von einem Chauffeur, der auf dem Hinweg die Eisenbahn nahm, in Louviers abgeholt werden. Beflügelt durch den Calvados, von dem sie allerdings weniger als ihre Beifahrerin konsumiert hatte, raste Gabrielle in mutigen drei Stunden nach Paris. Die Wiedersehensfreude zwischen Misia und José Sert war groß, anschließend begossen sie die gesunde Heimkehr mit reichlich Champagner und einigen Künstlerfreunden im Le Dôme am Montparnasse. Weit nach Mitternacht lag Gabrielle endlich in ihrem eigenen Bett in der Rue Gabriel und sank in einen erschöpften, traumlosen Schlaf. Als sie sich am nächsten Morgen im Spiegel ihres Badezimmers betrachtete, fand sie ein oder zwei winzige Falten an ihren Mundwinkeln und stellte fest, dass derartige Ausflüge wie in den vergangenen zwei Tagen nichts für ihren Teint waren – und für ihre Nerven auch nicht.

Weitaus unaufgeregter, als sich die Reise nach Deauville und Louviers entwickelt hatte, schien das Treffen mit den Gebrüdern Wertheimer, Monsieur Bader und dem Rechtsanwalt der Wertheimers zu werden. Gabrielle war die Tochter eines Hausierers, niemand konnte ihr etwas vormachen. Sie hielt es nicht einmal für nötig, einen Juristen ihrer Wahl einzuladen. Immerhin besaßen alle Beteiligten dasselbe Interesse daran, Chanel No 5 gewinnbringend auf dem Parfümmarkt zu etablieren, deshalb saßen ihrer Ansicht nach alle künftigen Geschäftspartner im selben Boot. Keiner würde den anderen übervorteilen, dachte Gabrielle. Die Herren waren schließlich kein Gesindel und keine Banditen. Sie wollte ihre Wünsche formulieren, und sie hegte keine Bedenken, dass ihr der charmante Pierre Wertheimer zustimmen würde. Er war ihr ja schon entgegengekommen, indem sie sich im Hôtel Ritz trafen anstatt am Firmensitz von Wertheimers Drogeriewarenwerk Bourjois in Pantin, einer Vorstadt im Nordosten, wo es kaum etwas Erfreulicheres gab als Fabriken, Manufakturen, einen Hafen für Lastkähne und den Schlachthof. Diese Kulisse erschien ihr dann doch zu wenig elegant für einen Vertrag des erwarteten Ausmaßes.

Der Termin lenkte sie von dem geheimnisvollen Mann mit den unterschiedlichen Namen und dessen seltsamem Haus ab. Sie dachte nicht einmal mehr an die toten Frauen in den Hotelbadewannen, als sie das Ritz am Sonntag durch den Hintereingang an der Rue Cambon betrat und zielstrebig zu dem Separee marschierte, in dem sie verabredet war. Sie kannte sich gut aus in diesem Hotel. Nicht nur, weil sie mit Chanel Modes gegenüber quasi eine Nachbarin war, sondern weil sie hier eine Zeit lang gewohnt hatte, bevor sie ihre neue Wohnung bezog.

»Mademoiselle Chanel, es ist mir eine große Freude, Sie zu sehen«, wurde sie von Pierre Wertheimer begrüßt.

Paul Wertheimer verneigte sich. »Dem schließe ich mich an.«

»Messieurs«, erwiderte Gabrielle höflich und nickte jedem zu. Sie wollte nicht zu herzlich auftreten, sondern Distanz wahren. Heute bin ich keine Frau, die auf den wohldosierten Charme eines Herrn mit großer Persönlichkeit hereinfällt, redete sie sich gut zu. Ich bin ein Mann. Ein Geschäftsmann. Und genau so wollte sie denken und handeln, einerlei, was sie in ihrem Innersten dabei fühlte, wenn sie ihr Herzensprojekt in andere Hände legte.

Ihr wurde der Rechtsanwalt vorgestellt, ein großer, gesetzter, nicht mehr junger Mann mit einem Schnauzbart und in einem dunkelgrauen Anzug. Er wirkte durch Zurückhaltung und formvollendetes Benehmen.

Théophile Bader küsste sie auf beide Wangen. »Nehmen Sie bitte hier an der Stirnseite des Tisches Platz. Sie sind schließlich unsere Hauptperson.«

Vor ihrem Platz lagen ein Notizheft und eine Feder mit Tintenfass. Gabrielle benötigte nichts davon, sie hatte ihre Pläne im Kopf entwickelt, und sie besaß überdies ein vortreffliches Gedächtnis, das sich merkte, was ihre künftigen Geschäftspartner sagten. Nachdem sie sich gesetzt hatte, schob sie die Schreibutensilien von sich weg, legte ihre Hände auf den Tisch und faltete sie so artig wie die einstige Klosterschülerin.

»Zunächst möchte ich Ihnen sagen«, hob sie an, »dass ich das Parfümgeschäft von meinem Modehaus trennen möchte.«

Unruhiges Füßescharren, leises Gemurmel und Papiergeknister antworteten ihr.

»Eine Beteiligung an Chanel Modes steht nicht zur Disposition«, fügte sie hinzu. Sie sah sich mit fast rebellischem Blick um. Rechts von ihr hatten Pierre und Paul Wertheimer Platz genommen, links Théophile Bader und der Anwalt.

Pierre Wertheimer blickte kurz zu dem Juristen, dann länger zu Gabrielle. »Da das Parfüm unter dem inzwischen eingeführten Namen produziert werden soll, müssen wir eine eigene Gesellschaft für Chanel-Parfüm gründen. Eine Gesellschaft, die getrennt von Chanel Modes agiert, Mademoiselle Chanel.«

Sie nickte zustimmend. Offenbar hatte er sie verstanden. Das war ein guter Anfang. »Warum nicht? Dann gründen Sie eben eine Firma für Chanel-Parfüm.«

Während die juristischen Begriffe zwischen den Herren rechts und links von ihr hin und her flogen, fragte sich Gabrielle plötzlich, was sie hier eigentlich tat. Sie war im Begriff, sich von dem Liebsten zu trennen, das sie in ihrem Berufsleben hatte. Chanel No 5 war mehr als nur ein Duft. Das Toilettenwasser war aus ihrer Trauer um Boy geboren und wie als Beweis ihrer Liebe zu Großfürst Dmitri entstanden. Kein Hut und kein Kleid waren so sehr ein Teil ihrer selbst wie dieses Parfüm. Andererseits konnte sie allein es nicht zu dem Erfolg führen, den es verdiente. Den ihre Erinnerung an Boy und ihre Zuneigung zu Dmitri verdiente. Chanel No 5 war wie ein Kind, das die Mutter irgendwann loslassen und in die Welt hinausschicken musste, damit es Karriere machte.

»Gründen Sie die Gesellschaft, wenn Sie wollen«, hörte sie sich die Gespräche übertönen, gleichzeitig wunderte sie sich ein wenig über ihren Mut, »aber ich habe kein Interesse daran.«

Die Herren verstummten und sahen sie ebenso verwundert wie eindringlich an.

»Mit Chanel No 5 gebe ich Ihnen meine ganz persönliche Visitenkarte«, fuhr Gabrielle energisch fort. »Dafür erwarte ich einen Anteil von …« Sie überlegte und fügte spontan hinzu: »Zehn Prozent. Ich wünsche einen Anteil von … sagen wir … zehn Prozent an jedem verkauften Flakon. Dafür tragen Sie die Kosten für die Herstellung und Vermarktung.«

»Und Ihr Name?«, fragte Pierre Wertheimer.

»Was ist damit?«

»Chanel No 5 ist noch nicht so eingeführt, wie wir es langfristig wollen, genießt aber immerhin eine gewisse Bekanntheit, auf die ich ungern verzichten möchte.«

Gabrielle zuckte stumm mit den Schultern.

»Wir sollten festlegen, Mademoiselle, dass der Name Chanel Parfumes als gesetzlich geschützte Marke in unsere Gesellschaft eingeht.«

Ich lasse mein Kind los, dachte sie. »Ja«, antwortete Gabrielle, »dem stimme ich zu. Sie machen alles, was notwendig ist, um Chanel No 5 weltberühmt zu machen, und geben mir vom Verkauf zehn Prozent. Dafür erwarte ich allerdings, dass die Qualität erhalten bleibt.« Sie lehnte sich zufrieden auf ihrem Stuhl zurück. Das hatte eloquent geklungen, fand sie.

»Selbstverständlich«, stimmte Paul Wertheimer vorbehaltlos zu.

Wieder begannen die Herren untereinander zu diskutieren. Jeder machte sich Notizen auf den vorliegenden Blättern, nur Gabrielles Papier blieb leer. Geduldig wartete sie, während Zahlen über den Tisch geworfen wurden wie Bälle, aber sie hörte kaum zu. Natürlich schmerzte die Entscheidung ein wenig, deshalb versuchte sie nach vorne zu blicken – sie dachte bereits an ihre nächste Kollektion. Sommer 1924. Sollte sie gerade geschnittene Kleider und wieder lange Jacken bringen? Sie sollte sich umsehen, unabhängige, attraktive Frauen beobachten und deren Bedürfnisse in Mode umsetzen. Viele ihrer Ideen holte sie sich seit Jahren von der Straße und damit aus dem wirklichen Leben, das nur wenig mit eleganten Separees wie diesem zu tun hatte. Sie beschloss, ihre Zeit nicht mehr mit einer Unterhaltung zu verschwenden, deren Beitrag sie bereits geleistet hatte. »Messieurs«, hob sie an und wiederholte die Anrede, als es nicht sofort still wurde. In die einkehrende Ruhe sagte sie dann: »Ich überlasse die detaillierten Ausführungen der Gesellschaftsgründung und des Vertrags Ihnen. Bitte benachrichtigen Sie mich, wenn Sie diesbezüglich weitergekommen sind.«

Zustimmendes Nicken antwortete ihr.

Sie schob ihren Stuhl zurück. »Ich werde mich sehr gerne noch einmal mit Ihnen treffen, aber für heute ist es genug, denke ich.« Bevor sie sich erhob, stand Pierre Wertheimer bereits mit ausgesuchter Höflichkeit und einem charmanten Lächeln neben ihr.

Auch die anderen Herren waren aufgestanden.

Gabrielle nickte zuerst Pierre Wertheimer, dann den anderen, die an ihren Plätzen geblieben waren, freundlich zu. »Ich erwarte Ihre Nachricht. Auf Wiedersehen.« Als sie die Tür hinter sich schloss, atmete sie tief durch. Sie fühlte sich von einer großen emotionalen Last befreit.

20

»Monsieur Sert hat mehrmals nach Ihnen gefragt und bittet um einen Telefonanruf«, meldete Joseph bei Gabrielles Eintreffen in ihrer Wohnung. »Und Monsieur Cocteau wartet schon seit einer Stunde in der Bibliothek auf Sie.«

Hörte sie da einen leichten Tadel, weil sie so spät nach Hause kam? Der einzige Mensch, der sich dergleichen erlauben durfte, war zweifellos ihr langjähriger Diener. Aber Joseph wusste auch, dass sie oft bis in den späten Abend hinein arbeitete. Oder ausging. Nun ja, darüber hätte sie ihn wahrscheinlich informiert. Obwohl sie die Unterredung verlassen hatte, war sie doch länger mit den Herren Wertheimer, Monsieur Bader und dem Anwalt im Ritz gewesen, als ihr bewusst gewesen war. Zurück in ihrem Geschäft, hatte sie sich mit dem Tagesgeschehen beschäftigt und dann noch ein paar Skizzen notiert, die ihr auf dem Weg dorthin eingefallen waren. So war viel Zeit vergangen.

Irgendetwas an Josephs bekümmerter Miene verriet ihr, dass es schlechte Nachrichten gab. »Was ist passiert?«, fragte sie deshalb, während sie ihm ihren Mantel und Hut reichte.

»Das wird Ihnen Monsieur Cocteau sagen, Mademoiselle.«

Sie wäre lieber vorgewarnt, aber sie wusste um Josephs unverbrüchliche Diskretion. Die Hutnadel nervös zwischen den Fingern drehend, ging sie den Flur entlang zu der geschlossenen Tür, hinter der sich ihre Bibliothek befand, ihr Lieblingszimmer in dieser Wohnung. Als sie öffnete, sprang Jean Cocteau von dem Sessel auf, in dem er wohl sinniert, gedöst oder geschlafen hatte, ein Buch hielt er jedenfalls nicht in der Hand.

»Da bist du ja!«, rief der Freund theatralisch aus, als wäre ihre Begegnung eine Bühneninszenierung. Er stürzte auf sie zu und küsste sie auf beide Wangen. »Du musst jetzt sehr tapfer sein, Coco!«

»Um Himmels willen, was ist los?« Flüchtig ging ihr durch den Kopf, welcher ihrer gemeinsamen Freunde als Kandidat für einen tödlichen Unfall infrage kam.

»Misia …«, begann Jean Cocteau, unterbrach sich und zog das blütenweiße Einstecktuch aus der Tasche an seinem Sakko, um sich damit über die Lider zu tupfen.

Gabrielle hatte das Gefühl, der Fußboden bebe unter ihr. Die Erinnerung an den nächtlichen Besuch ihres noch viel älteren Freundes Étienne Balsan vor bald vier Jahren war unvergessen, jede Minute war ihr noch präsent, in der er ihr von dem Unglück berichtete, das Boy das Leben gekostet hatte. Misia hatte sie aus ihrer schlimmsten Trauer geholt, war fürsorglich und unglaublich empathisch gewesen. Die Vorstellung, dass ihrer liebsten Freundin dasselbe Schicksal beschieden war, schnürte ihr die Kehle zu. »Hatte … Misia … einen Autounfall?«, brachte sie stockend über die Lippen.

»Einen Autounfall?« Cocteau sah sie verblüfft an. »Nein, ich glaube nicht. Darüber wäre Sert doch informiert worden, oder?«

»Ja … aber …« Gabrielle brach die Stimme.

»Coco, sie ist verschwunden. Misia ist weg. Wie vom Erdboden verschluckt.«

»Das kann nicht sein«, entfuhr es Gabrielle. Es war unvorstellbar, dass eine so schöne und glanzvolle Erscheinung wie Misia Sert verschwand. Dafür war sie auch viel zu laut und ihr Wesen zu vereinnahmend.

»Sert kann es sich auch nicht erklären. Es ist aber so, dass er sie seit gestern Vormittag vermisst. Er sah sie zum Frühstück und ging anschließend in sein Atelier. Bis heute Abend ist sie nicht wieder aufgetaucht. Er ist am Boden, der Arme.« Wieder benutzte Cocteau sein Einstecktuch, um sich über die Lider zu wischen.

»Wenn Sert gestern Vormittag die Wohnung verlassen hat, kann sie noch eine Weile zu Hause geblieben sein«, resümierte Gabrielle in der stillen Hoffnung, dass Misia doch noch nicht so lange abgängig war, wie Cocteau behauptete. Je kürzer sie weg war, desto plausibler eine Erklärung. Sie trat an den Tisch am Fenster, der unter den zahllosen in Leder gebundenen Folianten bald zusammenzubrechen drohte, schob einen Bücherstapel zur Seite und nahm eine Zigarette aus einer silbernen Dose. Trotz seines Kummers war Cocteau sofort an ihrer Seite, um ihr Feuer zu geben. Nach ein paar hektischen Zügen fragte sie: »Habt ihr sie schon gesucht?«

»Ich war in ihren Stammlokalen, und Sert ist ihre üblichen Wege abgegangen. Er hat mehrmals bei dir angerufen, aber Joseph konnte ihm glaubhaft versichern, dass Misia auch hier nicht aufgetaucht ist. Madame Aubert hat sie auch in der Boutique nicht gesehen.«

»Madame Aubert hat mir gar nicht erzählt, dass sich Sert bei ihr gemeldet hatte.«

Cocteau nahm sich ebenfalls eine Zigarette. »Sert gab wohl alles, um seine Aufregung zu verbergen. Dabei ist er voller Sorge. Er ist sogar in der Dämmerung über Père Lachaise gelaufen, um nach Misia zu suchen. Seine laute Stimme hallte von den Grabsteinen wider.« Er zuckte zusammen wie unter einem heftigen Schüttelfrost. »Das war sicher furchtbar gruselig.«

»Warum hat er denn auf dem Friedhof nach ihr gesucht?«

»Anscheinend entwickelte Misia eine gewisse Begeisterung für Oscar Wilde«, erläuterte Cocteau zwischen zwei Lungenzügen. »Sert nahm an, dass sie an Wildes Grab gegangen ist, nachdem sie sich in ihrer Unterhaltung beim Frühstück sehr für den Ort seines Todes interessierte.«

»Was?« Gabrielle verstand kein Wort, denn nichts von dem, was Cocteau sagte, ergab irgendeinen Sinn oder war mit der Misia in Einklang zu bringen, die sie kannte. Ein besonderer Bücherwurm war ihre Freundin jedenfalls nicht. »Ich bin sicher, Misia hat noch nie eine Zeile von Oscar Wilde gelesen.«

»Das dachte ich auch«, stimmte Cocteau betrübt zu. »Aber plötzlich wollte sie – laut Sert – alles über das Hôtel d'Alsace wissen. Dort verstarb Oscar Wilde im November vor dreiundzwanzig Jahren.«

»Hôtel d'Alsace?«, wiederholte Gabrielle alarmiert. Ihr fiel auf Anhieb nicht ein, was es mit diesem Hotel auf sich hatte. Sie wusste nur, dass irgendwo in ihrem Kopf eine Antwort darauf wartete, hervorgeholt zu werden. Den Namen der Herberge auf den Lippen, wanderte sie in der Bibliothek auf und ab. Plötzlich wurde ihr klar, woher sie den Namen kannte. Sie blieb stehen und wandte sich zu ihrem Freund um. »Du meinst das Hôtel d'Alsace im sechsten Arrondissement?«

»In der Rue des Beaux-Arts in Saint-Germain-des-Prés – ja.«

»Sie wollte nicht in Oscar Wildes Sterbezimmer«, stieß Gabrielle tonlos hervor. »Sie wollte sich nach einer Frau erkundigen, die dort in einer Badewanne ertrunken ist.«

»Wie bitte?« Cocteau sah reichlich verstört aus. »Meinst du, Misia wollte dort Mistinguett besuchen? Soviel ich weiß, hat die wundervolle Chansonette mit den tollsten Beinen der Welt in dem Hotel ihren Wohnsitz.«

»Ich bin schuld …« Gabrielle spürte, wie sie die Nerven zu verlieren drohte. Cocteaus launige Bemerkung überging sie. Die Zigarette in der einen Hand und die Hutnadel in der anderen zitterten. Sie zwang sich zu einem vernünftigen Gedanken und wollte wissen: »Wo ist Misias Wagen?«

»Wieso soll ich wissen, wo Misias Automobil steht?«

Entschlossen legte sie fort, was sie in Händen hielt, dann zog sie sanft die Zigarette aus dem Mundwinkel des überaus verwunderten Jean Cocteau. »Komm! Wir müssen Misia suchen.« Ich habe Angst, dass ihr etwas passiert ist, aber das sagte sie nicht. Sie sagte: »Vielleicht habe ich eine Idee, wo wir sie finden könnten. Aber zuerst müssen wir Sert nach dem Auto fragen.«

»Hast du deinen eigenen Royce nicht mehr?«

»Doch, doch«, antwortete Gabrielle und fügte leise hinzu: »Wahrscheinlich ist genau das der Grund für Misias Verschwinden.«

21

Es war berührend zu sehen, wie verletzlich ein so kräftiger Mann wie José Sert in seiner Verzweiflung wirkte. Er erwiderte Gabrielles Umarmung, und es schien, als wollte er sie nicht mehr loslassen, weil er eine Freundin brauchte, an der er sich festhalten konnte. Sein Schlapphut fiel dabei herunter, und sein dichter Haarschopf schien zerzauster als sonst. Erst nach einer Weile löste er sich von Gabrielle, um den Hut entgegenzunehmen, nach dem Cocteau sich zuvor gebückt hatte und den er ihm nun reichte.

Sert erzählte Gabrielle noch einmal mit rauer Stimme, was Cocteau ihr weitgehend bereits berichtet hatte. Nach ihrer späten Rückkehr aus Louviers war es Misia gut gegangen, sie hatte gut geschlafen und sich bei ihrem späten Frühstück frisch und gut gelaunt gefühlt. In ihrer Unterhaltung war sie immer wieder auf das Hôtel d'Alsace zu sprechen gekommen, einen Grund für ihr Interesse nannte sie nicht, und Sert nahm – entgegen der üblichen Gewohnheit seiner Frau – an, sie sei neuerdings literaturbegeistert und ein Fan von Oscar Wilde. Als Sert in sein Atelier aufgebrochen war, hatten sie Pläne für den Abend gemacht, aber Misia hatte kein Wort darüber verloren, was sie bis dahin zu tun gedachte. Ihr Freundeskreis war riesig, Sert nahm an, dass sie irgendjemanden treffen oder auf einen Sonntagsbesuch bei Gabrielle vorbeischauen wollte. Er küsste Misia zum Abschied – und hatte sie bis jetzt nicht wiedergesehen. Nicht einmal eine schriftliche Nachricht hatte sie hinterlassen. Er hatte die ganze Wohnung danach abgesucht.

»Und wo ist ihr Auto?«, wollte Gabrielle wissen.

»Soviel ich weiß, ist sie dir nach Deauville hinterhergefahren.« Sert wirkte verwirrt. »Ist sie denn nicht mit ihrem Wagen zurückgekommen?«

»Wir haben ihren Royce in Louviers stehen lassen, und sie ist dann mit mir gefahren. Es war schon spät, und wir dachten, das sei eine gute Lösung.«

»Ich habe gar nicht bemerkt, dass ihr nur mit einem Wagen zurückgekommen seid«, murmelte Sert.

»Was wolltet ihr denn in Louviers?«, erkundigte sich Cocteau.

Gabrielle legte ihren Kopf ein wenig schief. »Wir wollten die Kirche besichtigen.«

»Tatsächlich?« Cocteau sah sie misstrauisch an.

»Tatsächlich«, versicherte Gabrielle. Sie wollte Serts Sorge um Misia nicht verschlimmern, indem sie von Frauen in ihrem Alter erzählte, die in Hotels ertranken und von denen zumindest eine Spur zu einem Monsieur Lacôste in Louviers führte. Ihr war klar, warum Misia sich für das Hôtel d'Alsace interessiert hatte. Dort war eine Besucherin genauso zu Tode gekommen wie im Hôtel de la Plage in Deauville – Gabrielle hatte sie selbst darauf hingewiesen. Möglicherweise hatte Misia dem Portier einen Besuch abgestattet und einen Hinweis auf Monsieur Larousse oder Lacôste erhalten. Wenn sie mit diesem Wissen nach Louviers gefahren war, wollte sie dort gewiss nicht nur ihr Auto abholen. Ach, liebste Misia, Gabrielle seufzte in Gedanken, du hast mich von weiteren Recherchen abzuhalten versucht, warum setzt du dich dann der Gefahr aus? Sie will mich übertrumpfen, dachte sie einen Moment später. Misia will Heldin und Siegerin zugleich sein. So ist sie.

»Lasst uns ins Hôtel d'Alsace fahren und fragen, ob Misia dort gesehen wurde«, schlug Gabrielle vor.

Sert winkte ab. »Da war ich schon. Auf keine Besucherin, die das Zimmer von Oscar Wilde besichtigen wollte, passt ihre Beschreibung.«

»Ich würde mich dort trotzdem gerne noch einmal erkundigen.«

»Vielleicht hat jetzt anderes Personal Dienst«, half Cocteau nach.

Beide blickten Sert auffordernd an, doch der schüttelte den Kopf. »Ich gehe hier nicht weg. Schließlich muss ich da sein, wenn Misia zurückkommt. Fahrt ihr in das Hotel und kommt bitte gleich wieder, um mir die Neuigkeiten zu berichten.«

»Ich hoffe sehr, dass Misia in der Zwischenzeit wieder zu Hause ist«, erwiderte Gabrielle. Sie umarmte Sert und hauchte einen Kuss auf seine Wange. »Ansonsten werde ich sie finden. Das verspreche ich dir, mein Freund.«

Als sie später nebeneinander auf der Rückbank eines Taxis auf dem Weg über die Seine ans linke Ufer saßen, bemerkte Cocteau: »Deine Worte klangen salbungsvoll. Weißt du mehr über Misias Verschwinden?«

»Ich weiß nicht sicher, wo sie sein könnte, aber ich fürchte, wir haben heute Abend noch einen weiten Weg vor uns.« Gabrielle sah Cocteau nicht an. Sie blickte aus dem Seitenfenster auf den Eiffelturm, an dem sie vorbeifuhren. Die Stahlkonstruktion glitzerte im

Licht unzähliger Gaslampen, und Gabrielle dachte, dass der Glanz aus ihrem Leben getilgt würde, wenn Misia etwas zustieß.

*

Das Hôtel d'Alsace befand sich in einem unspektakulären schmalen, hohen Gebäude in der Rue des Beaux-Arts, einer Gasse, die zur Kunsthochschule führte. Durch den schmalen Hauseingang drängten sich zwei offenbar angetrunkene Herren im Abendanzug, ohne darauf zu achten, ob ihnen jemand folgte. Nach einigem Gerangel gingen sie schließlich nacheinander in das Foyer, Gabrielle und Cocteau folgten ihnen an die Rezeption, wo ein ziemlich müde wirkender Portier seinen Dienst verrichtete. Unter herabhängenden Lidern sah er zu den Gästen auf.

»Guten Abend«, grüßte Gabrielle freundlich.

Der Portier sah Cocteau an. Der hochgewachsene, gut aussehende und vorbildlich gekleidete Mann schien ihm als Gesprächspartner wohl geeigneter als die elegante Dame. »Wünschen Sie ein Zimmer, Monsieur?«

»Wir brauchen kein Zimmer«, wehrte Cocteau indigniert ab, »wir wollen uns nur ein wenig umsehen.«

»Dann möchten Sie sicher die Suite des verstorbenen Monsieur Wilde besichtigen.«

»Nein«, warf Gabrielle schnell ein.

»Jeder Besucher, der sich hier im Haus nur umsehen will, möchte dorthin, wo Oscar Wilde gestorben ist«, protestierte der Portier.

»In der Tat«, stimmte Cocteau zu, »da würde ich mich gerne umschauen.«

»Nein«, wiederholte Gabrielle streng. »Wir sind hier, weil wir uns nach einer Freundin erkundigen möchten.«

Cocteau stöhne leise, widersprach aber nicht.

»Es geht um den Todesfall neulich«, begann Gabrielle. Sie spürte Cocteaus erstaunten Blick. »Die Dame, die in der Badewanne ertrunken ist …«

»Die arme Madame Lacôste«, unterbrach der Portier. Sein schläfriger Gesichtsausdruck veränderte sich zu Betroffenheit und Aufmerksamkeit, sogar seine Lider hoben sich.

Gabrielle starrte ihn an. Ihr Mund klappte auf, es kam jedoch kein Ton über ihre Lippen.

»Worum geht es?«, wollte Cocteau wissen. »Wer ist das?«

»Madame Lacôste ist … ist … war … eine Freundin …«, stammelte Gabrielle.

»Zuerst kümmert sich außer dem armen Gatten niemand, und jetzt kommen ihre Freundinnen«, sagte der Mann hinter dem Tresen. »Erst gestern war eine Dame hier, die sich nach Madame erkundigte.«

Gabrielle schluckte. »Blond, bildschön, elegant?«, fragte sie und fügte hinzu: »Die Dame von gestern, meine ich.«

»Ja, Sie haben recht, so sah die Dame aus. Ist sie auch eine Freundin von Ihnen, Madame?«

Gabrielle korrigierte den Portier nicht, sie beantwortete auch seine Frage nicht. Stattdessen wandte sie sich zu Cocteau um. »Mehr brauche ich nicht zu wissen. Komm, wir gehen!«

»Aber ich wollte mir doch noch das Sterbezimmer von Oscar Wilde ansehen. Wenn wir schon einmal hier sind.«

Gabrielle nahm Cocteaus Hand. Ohne eine Erklärung oder einen an den Portier gerichteten Abschiedsgruß zog sie ihn mit sich zur Tür. »Bitte, komm mit. In Erinnerungen an Oscar Wilde kannst du schwelgen, nachdem wir Misia gefunden haben. Oder du richtest deine Gedanken auf ihn. Dafür hast du auf der Autofahrt, die uns jetzt bevorsteht, viel Zeit.« Hoffentlich endet unsere Reise nicht in einem Badezimmer, fügte sie in stillem Entsetzen hinzu.

22

Es war nicht einfach, einen Taxifahrer zu finden, der bereit war, Gabrielle und Cocteau um Mitternacht nach Louviers zu bringen. Sie wollte weder selbst fahren noch Joseph aus dem Bett holen und hinter das Steuer setzen. Mit einem großzügigen Vorschuss und dem Versprechen, bei ihrer Ankunft eine ordentliche Summe draufzulegen, fanden die beiden am Ende einen jungen Mann, der sie in einem ungewöhnlich großen Peugeot durch die Nacht chauffierte. Gabrielle war dankbar für den Fahrer, aber auch für sein Fahrzeug, denn die meisten Autodroschken in Paris waren inzwischen weit weniger bequeme Kleinwagen und nur für kurze Strecken geeignet.

Auf dem Weg vom Hôtel d'Alsace zu José Sert hatte sie Cocteau die Geschichte ihrer Begegnung mit Madame Bonnet, der beiden in Badewannen zu Tode gekommenen Frauen, der Namensgleichheit und der Adresse in der Normandie erzählt. Anfangs hatte sie sich vorsichtig ausgedrückt, doch dann war ihr Cocteaus durchaus vorhandener Hang zum Morbiden eingefallen, und sie hatte offen mit ihrem Freund gesprochen. Er zeigte daraufhin eine Mischung aus Entsetzen, Neugier und Sorge, aber auch eine gewisse

Begeisterung, in die Recherche über mehrere mögliche Morde eingebunden zu sein. Und er warnte Gabrielle: »Wir sollten Sert nicht zu viel verraten. Ein Mann, der vor Angst um seine Frau zum Wahnsinnigen wird, ist sicher nicht hilfreich. Vor allem könnte er Misia mehr schaden als ihr Leben retten.« Zum ersten Mal sprach er aus, wie groß die Gefahr war, in der sich Misia wohl befand, und Gabrielle schauderte beim Klang der vertrauten Stimme.

Erwartungsgemäß war Misia in der Zwischenzeit nicht nach Hause gekommen, und Cocteau überließ Sert ein wenig Opium, damit der Maler Ruhe fand. Weder er noch Gabrielle erzählten von ihrem Vorhaben, Misia in Louviers zu suchen und notfalls aus den Fängen eines Monsieur Lacôste zu befreien. Beide versprachen lediglich, weiter nach der Freundin zu suchen und kein Auge zuzutun, bevor sie nicht wenigstens eine Spur gefunden hatten. Im Auto wurden Gabrielles Lider dann allerdings doch schwer, und sie schlief an Cocteaus Schulter ein.

Sie erreichten ihr Ziel bei Sonnenaufgang. Da es inzwischen zu regnen begonnen hatte, war das Taxi nur langsam vorangekommen. Als sie das Ortsschild passierten, fragte der Chauffeur, wohin genau er Mademoiselle und Monsieur bringen solle.

»Zum Bahnhof«, entschied Cocteau. An Gabrielle gewandt fügte er hinzu: »Jede französische Kleinstadt hat ein Bahnhofshotel, und da wir keine andere Unterkunft in Louviers kennen, ist das erst einmal die beste Adresse für uns.«

»Was sollen wir in einem Hotel?«, fragte Gabrielle matt. »Wir müssen zum Haus von Monsieur Lacôste …«

»Eine halbe Stunde früher oder später macht keinen Unterschied, wohl aber die Tatsache, ob wir uns frisch machen konnten.

Misia würde dir nie verzeihen, wenn du sie mit verlaufener Wimperntusche befreist. Sie legt immer Wert auf Stil.«

Gabrielle war anderer Meinung, aber sie ließ ihm seinen Willen. Sie dachte, dass ihr zumindest ein Kaffee guttun würde, um ihre Gedanken zu sortieren und einen Plan zu entwickeln. Dafür war das Hôtel de la Gare sicher auch ein guter Ort.

Eine halbe Stunde später standen sie beide vor einem Portier und baten um zwei Einzelzimmer. Während der Empfangschef zwei Schlüssel von dem Brett hinter sich nahm, hatte Gabrielle plötzlich eine Eingebung. Ohne sonderlich darüber nachgedacht zu haben, fragte sie: »Wohnt Madame Sert eigentlich auch hier?«

Der Portier legte die Schlüssel auf den Tresen. »Ich weiß nicht genau«, erwiderte er gedehnt. Er drehte sich noch einmal zu dem Schlüsselbrett um. Dann: »Es war eine Dame dieses Namens hier, aber ich kann mich nicht entsinnen, sie wiedergesehen zu haben.«

In Gabrielles Kopf dröhnten Alarmglocken.

»Welche Zimmernummer hat Madame Sert?«, wollte Cocteau wissen.

»Zimmer Nummer fünf, Monsieur. Madame Sert bestand darauf.«

Unter anderen Umständen hätte der Hinweis auf ihre Glückszahl Gabrielles Herz erwärmt. Im Moment fürchtete sie jedoch, dass Misia die Fünf aus Angst gewählt hatte. So fühlte sie sich mit Gabrielle verbunden und wahrscheinlich auch beschützt. Wieso aber hatte sie überhaupt ein Hotelzimmer gemietet und sich nicht gleich mit ihrem Wagen auf den Rückweg nach Paris gemacht? Gabrielle schüttelte über sich selbst und die Folgen ihrer Müdigkeit den Kopf. Wenn sie doch nur nicht so begriffsstutzig wäre!

»Verfügt Zimmer Nummer fünf über eine Badewanne?«, hörte sie Cocteau fragen.

»Ja, Monsieur, das tut es.«

Cocteau schraubte seine sonst sehr hohe Stimme eine Oktave tiefer, als er energisch forderte: »Bitte nehmen Sie den Zimmerschlüssel und schauen Sie sofort nach, ob alles in Ordnung ist.«

»Was sollte denn nicht in Ordnung sein, Monsieur?«

»Das werden wir dann schon herausfinden.« Cocteau griff nach Gabrielles Hand, und sie war sich nicht sicher, ob er sie einfach nur mit sich ziehen oder sich an ihr festhalten wollte.

Zu dritt liefen sie die Treppe hinauf in den ersten Stock. Gabrielle und Cocteau folgten dem Portier, der die Dringlichkeit natürlich nicht verstand und sich in seiner Verwunderung langsamer bewegte, als den beiden lieb war. Jeder Schritt hallte durch das Haus. Es war noch still, für die anderen Gäste und Angestellten war es anscheinend noch zu früh am Morgen. Schließlich standen sie vor einer weiß lackierten Tür, auf der die Zahl 5 in Messing gegossen prangte. Der Portier klopfte.

Unwillkürlich hielt Gabrielle den Atem an. Es war eine Geduldsprobe.

Nachdem auch auf sein zweites Klopfen niemand antwortete, drehte der Portier den Schlüssel im Schloss. Die Tür schwang auf.

Gabrielle machte sich von Cocteaus Hand frei, schob den Portier zur Seite und stürzte in das Hotelzimmer. Ihr erster Blick suchte die Badewanne, die auf zierlichen Löwenfüßen in einer Ecke stand. Darin war kein Wasser und natürlich auch keine Tote. Ein tiefer Seufzer entrang sich ihrer Kehle.

Hinter ihr jauchzte Cocteau leise auf. Vielleicht war es aber auch ein erleichtertes Schluchzen. Sie wusste es nicht, weil sie nicht ihn ansah, sondern nun das Zimmer in Augenschein nahm.

Offensichtlich hatte niemand diesen Raum benutzt. Das Bett war gemacht, nirgendwo lag etwas herum, das Rückschlüsse auf eine Mieterin zuließ. Misia war anscheinend nur hinein- und wieder hinausgegangen, ohne auch nur eine Tasche zu deponieren.

»Madame Sert war wohl überhaupt nicht hier«, stellte der Portier irritiert fest. »Warum hat sie wohl das Zimmer gemietet, wenn sie nicht hier schlafen wollte?« Unschlüssig sah er sich um.

»Das frage ich mich auch«, murmelte Cocteau.

»Ihr muss etwas dazwischengekommen sein«, erwiderte Gabrielle. Sie schluckte und fügte leise hinzu: »Oder jemand hat sie daran gehindert.«

Cocteaus Hand flog an seine Stirn. Sein Enthusiasmus von zuvor schien sich in Luft aufgelöst zu haben wie eine Staubwolke. »Sag nicht so etwas, Coco, davon bekomme ich Kopfschmerzen.«

»Ein Spaziergang wird dir guttun«, behauptete sie.

»Ich dachte, wir machen uns erst ein wenig frisch …«

»Komm, mein Prinz«, sie benutzte bewusst den Kosenamen, mit dem seine Freunde Cocteau zuweilen schmeichelten, »machen wir uns auf die Suche nach Misias Royce.« Sie wusste selbst nicht, warum sie hoffte, den Wagen zu finden, aber er schien ihr der nächste Anhaltspunkt zu sein.

Er ließ sich von ihr aus dem Zimmer führen, aber auf dem Flur blieb er trotzig stehen. Während der Portier die Tür wieder verschloss, bemerkte Cocteau: »Ich kann nicht glauben, dass du um diese Uhrzeit durch die Stadt laufen und nach einem bestimmten Auto Ausschau halten willst.«

»Versuchen wir es zunächst einmal bei der Kirche«, schlug Gabrielle vor.

»Willst du für Misia beten?«

»Ich hoffe nicht, dass das nötig ist«, behauptete sie, obwohl sie sich dessen nicht so sicher war. »Und falls ihr Auto nicht dort steht, wo wir es geparkt haben, gibt es in der Nähe sicher einen Kaffee, der unsere Lebensgeister zurückbringt.«

»Mir wäre es am liebsten, wenn irgendetwas Misia zurückbringen würde.«

Ohne weiter auf den Portier zu achten, verließen Gabrielle und Cocteau das Hotel. Die Stimme des Portiers wehte ihnen hinterher, doch keiner der beiden hörte zu, als er fragte, was er denn nun mit den Zimmern machen solle.

23

Offensichtlich war heute Markt in Louviers.

Gabrielle hatte ihr Zeitgefühl inzwischen verloren und erinnerte sich erst daran, dass der für die Landbevölkerung arbeitsreiche Alltag längst angebrochen war, als sie die vielen Leiterwagen, Karren und Pferdefuhrwerke bemerkte, die, ebenso wie sie und Cocteau, zu dem Platz im Schatten der imposanten Kirche strömten. Dort wurden im feinen Nieselregen Tische und Buden aufgebaut, überall duftete es nach Äpfeln, und aus einem Fass drang das Aroma eines gut gereiften Rohmilchkäses, der sicher aus den nicht weit entfernten Orten Camembert oder Pont-l'Évêque stammte. Die Bauern waren nicht sonderlich leise, es herrschte reichlich Lärm, in einem Käfig gackerte ein Huhn. Und dann läuteten die Glocken zur Morgenandacht.

Um einen Ort am Rande des Platzes scharte sich eine Gruppe wild gestikulierender diskutierender Männer. Offensichtlich störten die sich an einem Automobil, das genau dort parkte, wo einer von ihnen seinen kleinen, stinkenden Lastwagen abstellen wollte, einen der wenigen motorisierten Lieferwagen weit und breit. Der Fahrer beugte sich aus dem offenen Fenster und stieß wütende Schimpftiraden aus.

»Das ist Misias Auto«, sagte Gabrielle. »Anscheinend ist sie keinen Meter gefahren. Wir haben hier am Sonnabend gemeinsam gehalten und sind dann mit meinem Royce nach Paris zurück.«

Irgendjemand rief nach der Polizei.

»Was für eine gute Idee!«, meinte Cocteau trocken.

»Ich fahre den Wagen weg«, schlug Gabrielle vor.

»Dann bezahlst du aber auch die Strafe für das Falschparken.«

Gabrielle ignorierte seinen spöttischen Kommentar. Sie drängte sich durch die Fremden, die Misias Auto umstanden. Von einem Ordnungshüter war nichts zu sehen. Sie entschuldigte sich höflich bei den Männern, und langsam ebbte der Protest ab und wurde durch Staunen angesichts der resoluten Dame und einzelne abfällige Bemerkungen wie »Typisch Frau« oder »Frauen sollten nicht Auto fahren dürfen« ersetzt. Gabrielle gab sich gelassen, obwohl sie innerlich bebte. Sie biss die Zähne zusammen. Selbstbewusst öffnete sie den Wagenschlag. »Die Kurbel befindet sich am Kühler«, rief sie Cocteau zu, bevor sie sich auf den Ledersitz sinken ließ.

»Ich weiß«, gab er zurück.

Die Menge hatte sich vor ihm geteilt. Skeptisch beobachteten die Männer, wie sich der mittelgroße Herr in dem eleganten Anzug mit dem üppigen Einstecktuch am Jackett bückte, um den Wagen anzulassen.

Gabrielle konzentrierte sich auf die Anzeigen und Instrumente am Armaturenbrett. Sie stellte den Schalthebel auf »neutral«, schloss die Kühlerjalousien, die den Motor auf die richtige Betriebstemperatur brachten, und betätigte den »Start-Jet«, der den Vergaser aktivierte. Ihr war bewusst, dass sie von den Männern auf der Straße genau beobachtet wurde. Deshalb führte sie die an sich gut eingeübten Handgriffe besonders sorgfältig und überlegt durch. Ein stotternder Antrieb war das Letzte, was sich ihr Stolz in diesem Umfeld leisten wollte. Das endlich einsetzende gleichmäßige Schnurren und Brummen belohnten sie für ihre Vorsicht.

»Und jetzt?«, wollte Cocteau wissen, als er auf dem Beifahrersitz Platz nahm. »Was machen wir jetzt, Coco?«

»Wir fahren natürlich zu dem Haus von Monsieur Lacôste.«

»Das Auto verursacht zu großes Aufsehen. Sollten wir uns nicht lieber zu Fuß auf den Weg …« Er unterbrach sich und fügte einen Atemzug später mit gesenkter Stimme hinzu: »Ich meine, falls Misia dort festgehalten wird, wäre es vielleicht besser, wir würden nicht auffallen.«

»Egal«, widersprach Gabrielle und legte den ersten Gang ein. »Wir wirken hier ohnehin wie zwei Bressehühner in einem Stall voller Haushühner.«

Sie wartete einen Moment, in dem sie sich vergewisserte, dass der Motor warm lief, dann trat sie das Gaspedal herunter. Mit dem für dieses Fahrzeugmodell typischen ruhigen Rhythmus setzte sich der Wagen in Bewegung. Es verschaffte ihr eine gewisse Erleichterung, dass sie so elegant gestartet war. Ein gutes Omen, dachte Gabrielle.

Cocteau schwieg, während sie sich in den schmalen Straßen zu orientieren versuchte. Sie rumpelten über eine Brücke, und Gabrielle bog rechts ab, folgte dem Fußweg von neulich. Wahrscheinlich war Misia hier entlanggelaufen, bevor sie verschwand. Warum hatte sie sich nicht in der Gemeinde oder sonst wo nach Monsieur Lacôste erkundigt, bevor sie eigenmächtig noch einmal das Haus inspizierte? Nachdem Misia im Hôtel d'Alsace gewesen war, musste ihr doch klar gewesen sein, dass Monsieur Lacôste ein Mörder war. Wie auch immer er es angestellt hatte, mindestens eine Frau zu ertränken, ohne dass irgendjemand etwas davon bemerkte und auch keine Spuren von Gewalt zurückblieben. Gabrielle wünschte, sie könnte herausfinden, mit welchem Ergebnis die Leichen untersucht worden waren, wenn dies überhaupt geschehen war. Anscheinend hatte aber nichts für ein Verbrechen gesprochen, als die Toten aufgefunden worden waren. Dann hatte es auch keine Untersuchungen gegeben.

Es hatte aufgehört zu regnen, und die letzten Tropfen fielen vom Strohdach des Gehöfts auf den wild wuchernden Vorgarten. Gabrielle spürte, wie Cocteau die Nase rümpfte, als sie vor dem Haus von Monsieur Lacôste anhielt. Stumm blieben sie beide im Auto sitzen und blickten hinaus. Nichts rührte sich. Das Anwesen wirkte ebenso still und unbewohnt wie bei Gabrielles erster Besichtigung.

Gabrielle öffnete den Wagenschlag. »Komm, lass uns nachsehen gehen.«

»Da ist niemand«, antwortete Cocteau.

Sie blickte über die Schulter zurück. In ihren Augen lag ein stummer Vorwurf. »Ob niemand da ist, wissen wir erst, nachdem wir nachgesehen haben.«

»Wie du meinst«, seufzte er, vor ihrem Mut und ihrer Zielstrebigkeit kapitulierend.

Ohne sich die Mühe zu machen, sonderlich leise aufzutreten, marschierte Gabrielle voraus zur Eingangstür. Wieder fiel ihr das neue Schloss in dem verwitterten Eichenholz auf. Bevor sie die Hand hob, um zu klopfen, vergewisserte sie sich, dass Cocteau ihr gefolgt war. Sie war sich zwar nicht sicher, ob eine so zarte Person wie ihr Freund dazu geeignet war, zu ihrem Schutz einen

Ringkampf durchzustehen, womöglich genügte es aber, wenn er aufschrie. Seine schrille Stimme klang im Notfall gewiss ebenso durchdringend wie eine Sirene. Tief durchatmend klopfte sie.

Nichts.

Gabrielle klopfte noch einmal, diesmal energischer.

Keine Antwort.

»Wenn du unbedingt in das Haus einbrechen willst, solltest du die Tür öffnen«, schlug Cocteau vor.

Was für eine dumme Bemerkung von einem so klugen Kopf! »Sieh dir das neue Schloss an«, zischte sie verärgert. »Das hat jemand mit einem hohen Bedürfnis nach Diskretion eingebaut.«

»Auf dem Land schließt niemand ab.«

»Ja, aber …«

Cocteau langte an ihr vorbei und drückte die Klinke herunter. Die Tür schwang auf. »Voilà!« Er verbeugte sich leicht, wies mit einer Geste in das dunkle Haus. »Sie zuerst, Mademoiselle.«

Warum baut jemand ein nagelneues Schloss ein, das er nicht benutzt?, wunderte sich Gabrielle, aber sie behielt ihre Frage für sich. Zögernd trat sie in einen winzigen Flur, von dem mehrere Türen abgingen. Eine Leiter lehnte an der Wand.

Cocteaus Absätze klapperten auf dem Dielenboden. Er öffnete eine Tür rechts vom Eingang. »Das Schlafzimmer«, stellte er sachlich fest. »Und es gehört anscheinend einer außerordentlich akkuraten Person ohne Chichi. Jedenfalls liegen keine persönlichen Sachen rum, nicht einmal ein Buch!« Er ließ offen und wandte sich der Tür linker Hand zu. »Es sieht aus wie in einer Hundehütte. Schau mal, da sind Decken und Fressnäpfe …« Er schnüffelte laut. »Aber es riecht nicht nach Hund. Hier war schon lange kein Vierbeiner mehr zu Hause.«

»Es wirkt nicht so, als würde hier überhaupt jemand wohnen«, meinte Gabrielle. Sie öffnete die mit Streben verzierte Glastür in der Mitte der Längswand. Erwartungsgemäß führte diese in den größten Raum des Hauses, der sich über die Hälfte des Untergeschosses erstreckte und nur von einem Kamin unterteilt wurde. Eigentlich sollte er wohl gleichzeitig als Wohn-, Esszimmer und Küche genutzt werden – er glich jedoch mehr einem Möbellager. Aber dieses wenig sinnvoll zusammengestellte Sammelsurium an unterschiedlichsten Möbelstücken hatte Gabrielle ja bereits neulich durch das Fenster bemerkt.

Ratlos ließ sie die Schultern hängen. Ihr war nicht klar, was sie hier zu finden gehofft hatte, aber sie wusste, dass sie am Ende ihres Plans war. Einen anderen hatte sie nicht.

Wo sollte sie nach Misia suchen, wenn sich in diesem Haus keine Spur von ihr fand? Ihre geliebte Freundin war in Louviers angekommen, das stand fest, sie hatte aber weder ihr Hotelzimmer benutzt noch ihr Auto bewegt. Wo also war sie zwischen Sonntagnachmittag und heute Morgen abgeblieben?

Gabrielle drehte sich zu Cocteau um. »Und nun?«

Zu ihrer größten Überraschung begann er zu singen.

»Was soll das?«

Er lächelte tiefgründig. »Als Orpheus in die Unterwelt kam, sang er, um seine Frau wiederzufinden«, erklärte er, bevor er fortfuhr, einen Walzer zu intonieren.

Unwillkürlich zuckte sie zusammen. »Du weißt, dass es sich dabei um das Totenreich handelte …« In beredtem Schweigen brach sie ab.

Ohne sich stören zu lassen, nickte er und trällerte weiter.

Natürlich wusste er es.

»Misia ist nicht Eurydike«, erwiderte Gabrielle. In der griechischen Mythologie blieb Orpheus' Liebste schließlich im Hades zurück. Das war genau das, was sie zu verhindern suchte. Plötzlich fiel ihr auf, wie modrig es in dem Haus roch. Offenbar war schon lange nicht mehr gelüftet worden. »Ich muss hier raus. Und hör bitte mit dieser albernen Musik auf.«

»Maurice Ravel hat Misia einen Walzer gewidmet, sie wird mich verstehen, wenn sie hier ist.« Und dann sang Cocteau mit einer Stimme weiter, die nicht annähernd der Legende von Orpheus entsprach, sondern eher an Sirenen erinnerte. Nicht einmal die vielen Möbel konnten seine Töne dämpfen.

Gabrielle drehte sich auf dem Absatz um und machte ein paar energische Schritte in die Diele.

Plötzlich hielt Cocteau sie am Arm fest. Er war verstummt und neigte den Kopf. »Hörst du das?«, fragte er leise.

»Nein.«

»Da klopft jemand.«

»Das ist der Klang unserer Absätze auf dem Holzboden.«

»Psst!« Er legte seinen Zeigefinger auf die Lippen.

Mehr um ihm einen Gefallen zu erweisen als aus einem anderen Grund, bewegte sich Gabrielle nicht und schwieg. Sie hielt sogar kurz den Atem an, lauschte, doch sie hörte – nichts.

Cocteau begann wieder zu singen, unterbrach sich, wartete, sang wieder.

Der Griff um ihren Arm war ungewöhnlich fest. »Du tust mir weh«, tadelte sie und schüttelte ihn ab. Doch plötzlich hielt sie in der Bewegung inne.

Ein Pochen, so dumpf wie ihr Herzschlag, drang durch die Wände. Als sie versuchte, es zu orten, hörte es auf.

»Da ist jemand auf dem Dachboden«, rief Cocteau triumphierend aus.

Gabrielle wagte nicht, ihm zu widersprechen, obwohl sie nicht die geringste Ahnung hatte, aus welchem Teil des Hauses sie das Geräusch erreicht hatte. Sie konnte nicht einmal sicher sagen, dass es nicht aus dem Garten kam.

»Wo ist der Zugang nach oben? Irgendwo muss hier eine Dachluke sein.«

Sie erinnerte sich an eine Beobachtung im Flur, die sie für unwichtig gehalten hatte. »Lass uns bei der Leiter nachsehen.« Noch während sie redete, war sie schon auf dem Weg.

Den Kopf bis zur Schmerzgrenze in den Nacken gelegt, suchte Gabrielle im Flur nach der Öffnung zum Boden. Tatsächlich fand sie nach einer Weile im Schatten eines von einem Fleischerhaken herabhängenden Kupferkessels den Griff an der Decke. »Hier«, rief sie Cocteau atemlos vor Aufregung zu. »Nimm rasch die Leiter.«

Er stand bereits hinter ihr.

Nachdem sie mit einem Blickkontakt geklärt hatten, dass sie nach oben klettern sollte, schickte sich Gabrielle an, die Sprossen zu erklimmen. Es war eine ziemlich wackelige Angelegenheit, vor allem, weil sie unsicher war, ob die Holzverstrebung fest war, und sie ihren Knien, die jeden Moment nachzugeben drohten, den Aufstieg nicht mehr zutraute. Doch sowohl die Leiter als auch ihre Beine hielten durch. Gabrielle zitterte am ganzen Leib, als sie an der Schlaufe zog, mit der die Luke geöffnet werden konnte. Doch sie war nicht stark genug. Ihr erster Versuch scheiterte. Tief durchatmend legte sie noch einmal all ihre Kraft in den Griff. Sie fiel fast nach hinten, als sich der Klappmechanismus nach unten öffnete.

In der Öffnung erschien ein zerzauster blonder Bubikopf. »Da bist du ja endlich! Wie lange wolltest du mich denn noch warten lassen?«

*

Cocteau umfasste Misias Taille und hob sie von der Leiter. Nach dieser Umarmung fiel sie Gabrielle um den Hals. »Mein erster Mann hat mich einmal vier Tage in eine Wäschekammer gesperrt«, erklärte sie, als sie sich von der Freundin löste, »da habe ich gelernt, mit einer schwierigen Situation zurechtzukommen.«

»Glücklicherweise ist dir nichts geschehen«, antwortete Gabrielle. »Ich mag mir gar nicht vorstellen, was ich tun würde, wenn wir dich nicht gefunden hätten.«

Misias Hände fuhren zu ihrem Gesicht. »Sag mir die Wahrheit, Coco: Habe ich ein blaues Auge? Er hat mich ins Gesicht geschlagen, um mich außer Gefecht zu setzen. Dieser Kretin!«

»Es ist kaum etwas zu sehen«, versicherte Cocteau an Gabrielles Stelle. »Aber nun sollten wir dieses grässliche Haus auf dem schnellsten Wege verlassen. Wenn ich dich nicht stützen soll, Misia, könntest du mich halten, bitte.« Er bot ihr seinen Arm. »Im Gegensatz zu dir kenne ich mich mit Situationen wie dieser nicht aus, und mich nimmt, was dir geschehen ist, sehr mit.«

»Wer ist ›er‹?«, wollte Gabrielle wissen.

Misia klammerte sich an Cocteaus Arm. »Ich nehme an, es war Monsieur Lacôste. Er hat sich nicht vorgestellt, und ich habe ihn nicht nach seinem Namen gefragt.«

»Ihr Lieben, wir sollten gehen, bevor er zurückkommt, wie immer er heißt.« Cocteau zog Misia zur Haustür, die er und

Gabrielle vorhin nicht wieder verschlossen hatten, und spähte hinaus. Da sich offensichtlich niemand im Garten befand oder dem Haus näherte, wedelte er ungeduldig mit der Hand. »Lauft rasch zum Auto!«

»Wieso steht mein Wagen hier?«, wunderte sich Misia, nachdem sie sich in Bewegung gesetzt hatte.

»Steig ein«, forderte Gabrielle und fügte hinzu: »Ich fahre.« Ihr fiel zwar ein, dass sie seit vierundzwanzig Stunden fast ununterbrochen auf den Beinen war, aber sie nahm an, dass ihr Verstand dennoch besser funktionierte als der von Misia, die immerhin einen Tag länger eingesperrt gewesen war. Misia widersprach auch nicht und setzte sich auf den Beifahrersitz, rutschte in die Mitte dicht neben Gabrielle.

Wieder drehte der Freund die Kurbel. Nachdem der Rolls-Royce angesprungen war, ließ sich Cocteau an Misias rechter Seite nieder und zog den Wagenschlag zu. »Du kannst fahren, Coco. Es ist sicher nicht weit bis zur nächsten Polizeistation.«

»O nein, nein«, widersprach Misia hastig. »Ich will nicht zur Polizei.«

Gabrielle trat auf die Bremse. »Wie bitte?«

»Nun ja, ich will nicht hier in Louviers zur Polizei. Wir kennen uns hier nicht aus und wissen doch gar nicht, wer mit dem unter einer Decke steckt. Ich möchte mit Cocos nettem Kommissar in Paris sprechen. Mit niemandem sonst.«

»Aber ein Kommissar aus Paris ist in der Normandie meines Wissens nicht zuständig«, protestierte Cocteau.

»Das ist mir egal, Jean. Ich möchte mit diesem … diesem Monsieur …« Misia schnippte mit den Fingern. »Wie hieß er doch gleich?«

»Hollande«, erwiderte Gabrielle. »Kommissar Hollande.«

»Genau. Fahre mich bitte direkt zu Kommissar Hollande.«

Ergeben trat Gabrielle das Gaspedal durch. Sie teilte Misias Argumentation zwar nicht und wäre gerne gleich zur örtlichen Polizeistation gefahren, aber sie besaß nicht mehr die Kraft für eine Diskussion mit ihrer Freundin.

»Moment!« Cocteau stützte sich am Armaturenbrett ab, als könnte er auf diese Weise die Weiterfahrt verhindern. »Es warten drei Zimmer im Hôtel de la Gare auf uns. Lasst uns erst einmal ein wenig ausruhen, bevor wir nach Paris zurückkehren. Ich glaube, wir brauchen alle etwas Schlaf.«

»Das kommt überhaupt nicht infrage. Ich würde kein Auge zutun in derselben Stadt, in der sich dieser Kretin herumtreibt«, versicherte Misia. »Bitte fahr direkt nach Paris zurück. Ich bitte dich, Coco. Wenn du es nicht tust, bekomme ich doch noch einen Nervenzusammenbruch.«

Wenn sie es recht bedachte, war auch Gabrielle nicht wohl bei dem Gedanken, noch eine Weile in der Stadt zu bleiben. Irgendwo hier hielt sich ein Wahnsinniger versteckt, der, wenn er kein Mörder war, so doch Misia geschlagen und eingeschlossen hatte. Vielleicht hatte er sogar Gabrielles und Cocteaus Befreiungsaktion beobachtet. Es war nicht ausgeschlossen, dass er sich rächen oder Mitwisser aus dem Weg räumen wollte. Die Autofahrt nach Hause würde zwar lange dauern, kräftezehrend und ermüdend sein, aber Gabrielle hielt sie für die sicherere Option. »Mach dir keine Sorgen«, sagte sie sanft, »ich bringe uns alle nach Hause.«

Cocteau stöhnte gequält auf, aber er widersprach nicht. Als sie die Stadt längst verlassen hatten und auf der Landstraße in östlicher Richtung dahinglitten, fragte er: »Warum hat dich dieser

Mistkerl eigentlich auf dem Dachboden versteckt und nicht umgebracht?«

»Weil er die Schecks aus meiner Handtasche einlösen will«, antwortete Misia, ohne mit der Wimper zu zucken.

24

Auf dem Weg zur Pariser Préfecture fuhr Gabrielle an Serts Atelier vorbei, was nicht einmal einen großen Umweg bedeutete. Misia und José küssten und herzten sich, drängten aber darauf, die Fahrt unverzüglich zur Île de la Cité fortzusetzen. Das Polizeipräsidium befand sich auf der Insel in der Seine, flankiert von der mittelalterlichen Conciergerie, einem Verwaltungsgebäude und Gefängnis während der Französischen Revolution, und der Kathedrale Notre-Dame. Es war kühl und sonnig in der Stadt, Lastkähne schwammen gemächlich über das Wasser, und bunte Herbstblätter wehten von den Bäumen am Ufer über das Kopfsteinpflaster, die an den Buden der Bouquinistes aufgehängten Zeitungsseiten flatterten in der Brise, irgendwo spielte ein Leierkasten melancholische Chansons.

Der Pförtner erklärte, dass Kommissar Hollande zum Mittagessen ausgegangen und noch nicht zurückgekommen sei. »Sie können auf dem Flur warten.«

»Wir warten in einem Bistro«, entschied Cocteau, bevor einer der anderen dem Vorschlag des Polizeibeamten zustimmen konnte.

»Misias Auge sollte in der Zwischenzeit von einem Arzt angesehen werden«, warf Sert besorgt ein.

»Ein Glas Wein und ein Steak wären mir im Moment lieber«, wehrte Misia ab.

Dafür war Gabrielle ausgesprochen dankbar. Trotz des Kaffees und eines mit gekochtem Schinken belegten Baguettes, das Cocteau in einem Landgasthof irgendwo in einem Dorf auf dem Weg nach Paris gekauft hatte, hatten sie alle noch nichts zu sich genommen. Eigentlich hätte sie aber ihren Arbeitsalltag aufnehmen und in ihr Geschäft oder wenigstens nach Hause fahren müssen, doch Misia bestand auf Gabrielles Begleitung bei dem bevorstehenden Gespräch mit dem Kriminalkommissar. Außerdem verspürte sie riesigen Hunger. Das war nicht nur ein Hinweis ihres Magens, sondern auch ein Zeichen ihrer Müdigkeit. Als Cocteau sagte, er kenne ein Bistro am linken Ufer im Quartier Latin, widersprach sie nicht, obwohl sie bei der Betrachtung ihrer Freunde nicht sicher war, ob ein Lokal, in dem einer von ihnen bekannt war, im Moment der geeignete Ort zum Verweilen war. Sie sahen alle übernächtigt aus, und selbst ihr Jerseykostüm hatte die Strapazen nicht ohne Knitter überstanden. Der als unverwüstlich geltende Stoff, registrierte die Modeschöpferin missmutig, hielt also doch nicht allen Unwägbarkeiten stand.

Eine Stunde später kehrten die vier äußerlich unverändert, aber im Inneren gestärkt, zur Préfecture zurück. Man ließ sie in einem unprätentiösen Flur vor dem Büro von Kommissar Hollande warten. Die Wände waren ebenso wie die Türen von einem undefinierbaren Beigegrau und der Holzboden abgeschabt von unendlich vielen Schritten. In irgendeinem Zimmer wurde auf einer Schreibmaschine gehämmert, in einem anderen klingelte ein Telefon.

Cocteau tupfte mit seinem Einstecktuch über seine Stirn. »Wenn es noch lange dauert, bekomme ich Migräne.«

»Wir hätten zur Polizei in Louviers gehen sollen«, insistierte Gabrielle.

»Auf gar keinen Fall«, fuhr Misia auf, fügte dann aber etwas kleinlaut hinzu: »Wenn es hier eine Sitzgelegenheit gäbe, wäre es angenehmer zu warten.«

»Stütz dich auf mich«, schlug Sert vor.

Ein Mann, der dich liebt und umsorgt, ist ein großes Glück, sinnierte Gabrielle, während sie das Ehepaar beobachtete. Sie lehnte mit dem Rücken gegen die Wand und dachte, dass sie sich nichts sehnlicher wünschte als einen Partner, der für sie da war, wenn sie Schwäche zeigen wollte. Sie hatte so viel allein erreicht, und doch war es nicht vollkommen mit den großen und kleinen Lieben, die alle damit geendet hatten, dass sie auf die eine oder andere Weise verlassen wurde. An Heirat hatte keiner ihrer Verehrer gedacht, aber Gabrielle träumte von einer Ehe wie der der Serts

»Mademoiselle Chanel!«

Sie zuckte zusammen. War sie im Stehen eingeschlafen, sodass sie nicht bemerkt hatte, wie sich die Bürotür öffnete und Kommissar Hollande heraustrat? Ausgerechnet als sie über einen Gatten nachdachte, stand er vor ihr. Wie peinlich! Sie sah ihn verwirrt an und murmelte: »Guten Tag, Monsieur le commissaire.«

»Offenbar kommen Sie mit großem Gefolge zu Besuch. Was verschafft mir die Ehre?«

Alle hoben gleichzeitig zu einer Antwort an: Cocteau kreischte aufgeregt, Misia plapperte ohne Punkt und Komma, Serts durchdringende Stimme hallte von den kahlen Wänden wider, und Gabrielle sagte, was selbst in ihren eigenen Ohren unnötig klang: »Ich habe kein Gefolge, das sind meine besten Freunde.« Gehör verschaffte sich keiner.

»Ruhe!«, brüllte Hollande.

Eine Zimmertür ging auf, und eine junge Frau, wahrscheinlich eine Sekretärin, spähte erschrocken durch den Spalt.

Gabrielle, Cocteau, Misia und Sert schwiegen verblüfft. Als Erste fand Gabrielle die Sprache wieder: »Meine Freundin hier, Madame Sert, möchte eine Aussage machen.« Zustimmendes Gemurmel folgte von den anderen.

»Dann kommen Sie bitte herein.« Hollande deutete mit der gesunden Hand in sein Zimmer. Als sich Sert sofort anschickte, Misia zu folgen, trat er ihm in den Weg. »Ich habe nur die Dame hereingebeten.«

»Sie ist meine Frau!«

»Warten Sie bitte hier draußen auf sie.« Hollande nickte Gabrielle zu. »Sie dürfen Ihre Freundin begleiten, Mademoiselle Chanel. Die beiden Herren bleiben so lange im Flur.«

Nachdem Gabrielle und Misia in sein spartanisch eingerichtetes Büro gegangen waren, schloss Hollande die Tür. Mithilfe eines Fußes schob er zwei Stühle vor seinen Schreibtisch. »Nehmen Sie bitte Platz, Mesdames.«

Einen Moment wurde es still, als wüsste Misia nicht mehr, was sie hier eigentlich sollte. Hilfesuchend blickte sie zu Gabrielle, doch die betrachtete den Ausblick aus dem Fenster auf den tristen Innenhof des Polizeipräsidiums. Wenn sie es recht bedachte, hatte Hollande ein besseres Panorama verdient. Er war ein guter Kriminalkommissar – das hatte sie vor Jahren selbst herausgefunden –, und er diente schon lange in dieser Funktion, soviel sie wusste. Kam man in seiner Welt nicht nach oben, wenn man gute Arbeit leistete? Offensichtlich nicht, dachte sie mitfühlend.

»Mademoiselle Chanel?«

Sie wandte sich ihm zu.

»Wenn Ihre Freundin mir nicht verraten möchte, was sie hierherführt, können Sie uns sicher weiterhelfen.«

Misia und Gabrielle begannen gleichzeitig zu sprechen und unterbrachen sich, als sie es bemerkten. Sie sahen einander an und schwiegen.

»Sie machen es mir nicht leicht«, stellte Hollande fest.

»Nun gut.« Gabrielle räusperte sich, tauschte einen weiteren Blick mit Misia. »Sie werden es nicht gerne hören, aber meine Freundin ist überfallen und eingesperrt worden.«

»Ich höre dergleichen in der Tat nicht gerne, aber ich erlebe es leider fast täglich. Können Sie mir bitte genau sagen, was Ihnen wann und wo geschehen ist, Madame Sert?«

Misia setzte sich gerader hin und reckte ihr Kinn. »Ich vermute, ich wurde von Monsieur Lacôste niedergeschlagen.« Sie hob die Hand zu ihrem Auge und wartete auf Hollandes Nicken als Zeichen seines Verstehens. »Es geschah, als ich in sein Haus einsteigen wollte.«

»Habe ich das richtig verstanden, Madame Sert? Sie wollten in das Haus eines Monsieur Lacôste einsteigen – meinen Sie, einbrechen?«

»Uns kam das Anwesen schon bei unserem ersten Besuch reichlich dubios vor«, mischte sich Gabrielle ein. Sie hatte das Gefühl, Misia beistehen zu müssen, denn natürlich hatte ihre Geschichte auf den ersten Blick einen Beigeschmack.

Die Kieferknochen von Kommissar Hollande bewegten sich ungewöhnlich heftig. Er starrte die Freundinnen an. Dann schüttelte er unwillig den Kopf. »In welcher Beziehung stehen Sie zu diesem Monsieur Lacôste?« Er ließ bei seiner Frage offen, welche der beiden er meinte.

»Sacre bleu«, stieß Gabrielle entsetzt hervor. »Keine von uns hat ein Verhältnis mit Monsieur Lacôste. Wir kennen ihn ja nicht einmal.«

»Warum wollten Sie dann bei ihm einbrechen, Madame Sert?« Hollandes Ton war sehr ungehalten.

Gabrielle sah zu Misia und sprach wieder als Erste: »Wir vermuten, dass es sich bei diesem Mann um einen Frauenmörder handelt. Wissen Sie, Monsieur le commissaire, es sind zwei Frauen auf identische Art und Weise ums Leben gekommen. In beiden Fällen tauchte der Name Lacôste auf. Das hat uns auf seine Spur gebracht.«

Zu ihrer größten Überraschung brach kein Tobsuchtsanfall aus Hollande heraus. Er betrachtete sie und dann Misia mit ruhigem Blick, seine Miene wirkte verschlossen. Schließlich wollte er sachlich wissen: »Wo befindet sich das besagte Haus, Madame Sert?«

»In Louviers, Rue …«

»Das ist im Département Eure, wenn ich nicht irre«, unterbrach er Misia. »Haben Sie die örtliche Polizei verständigt?«

»Meine Freundin wollte nur mit Ihnen sprechen«, antwortete Gabrielle.

»Es tut mir leid, Louviers ist nicht mein Zuständigkeitsbereich.« War Hollande etwa erleichtert? »Ich darf dort nicht tätig werden.«

»Pah!«, machte Gabrielle. Es war eine Mischung aus »Ich habe es ja gleich gesagt« und Ärger über Hollandes ablehnende Haltung.

»Da es sich in einer Sache um einen Todesfall handelt, der hier in Paris geschehen ist, dürften Sie für die Ermittlungen eingesetzt werden, Monsieur le commissaire«, erklärte Misia mit plötzlich kühler Stimme. Sie klang, als würde sie einem Untergebenen eine Anweisung erteilen.

Hollande blinzelte irritiert. Misias Ton passte ihm nicht, das war ihm deutlich anzusehen. »Mir ist kein Mord mit einem Verdächtigen namens Lacôste bekannt«, schnaubte er.

»Sie sind mit dem Fall sicher nicht belastet worden, weil es sich angeblich um einen Unfall handelte«, sagte Gabrielle milder, als sie sich fühlte. »Madame Sert und ich haben jedoch herausgefunden, dass es sich bei dem Unglück hier in Paris und einem weiteren Tod in Deauville um absolut vergleichbare Vorgänge handelt. Das kann kein Zufall sein, zumal in beiden Angelegenheiten der Name Lacôste auftaucht. Aber das sagte ich bereits.« So ganz konnte sie ihren Unmut dann doch nicht zurückhalten.

»Sie wollten bei einem Mann einbrechen, den Sie für einen Mörder halten?« Jetzt zeigte sich Hollande doch recht fassungslos. »Sind Sie von allen guten Geistern verlassen, Madame Sert? Sie hätten mit schwerwiegenderen Verletzungen rechnen müssen als mit einem blauen Auge.«

»Ich hatte ja keine Ahnung, dass plötzlich jemand hinter mir steht«, gab Misia wie ein kleines Kind zurück, das sich wehrt, weil es bei einem Streich ertappt wurde.

»Aha«, murmelte Hollande. »Aber damit ich die Zusammenhänge richtig verstehe, sollten Sie mir bitte von Anfang an erzählen, in welche Sache Sie da unbefugt schon wieder Ihre Nase gesteckt haben, Mademoiselle Chanel.«

Unter Aussparung ihres Parfümtests mit Madame Bonnet berichtete Gabrielle von den beiden Unglücksfällen in den Hotelbadewannen. Sie warf Misia immer wieder einen warnenden Blick zu, damit diese nicht zu viel ausplauderte. Doch die Freundin hielt sich zurück, als Gabrielle von der Zeitungsnotiz über die ertrunkene Frau im Hôtel d'Alsace berichtete und von dem Klatsch, der sie zufällig aus Deauville erreicht hatte. Obwohl sie Hollandes Aufstöhnen fast wie eine körperliche Züchtigung spürte, gestand sie, dass sie und Misia im Hôtel de la Plage vorstellig geworden waren und dann auch hier noch einmal. Schließlich öffnete sie ihre Handtasche und zog den Zettel mit dem Namen und der Adresse in Louviers heraus. »Das ist das Papier, das uns auf die Spur brachte.« Mit einer fast feierlichen Geste übergab sie die Notiz an den Kriminalkommissar. Es kam ihr vor, als trennte sie sich von dem letzten Andenken einer Toten, mit der sie sich verbunden gefühlt hatte. Als wäre es noch nötig, fügte sie hinzu: »Ist es nicht seltsam, dass uns dieser Monsieur Lacôste in beiden Hotels begegnet ist? Es ist ja kein so häufiger Nachname wie Dubois oder Martin oder so.«

»Man kann nie genau sagen, ob etwas Zufall oder Absicht ist«, versetzte Hollande. »Aber ich danke Ihnen, Mademoiselle, für den Hinweis. Ich werde mir die Akte über den Todesfall im Hôtel d'Alsace aus dem Archiv holen. Sicher gab es eine polizeiliche Untersuchung, die erklärt, warum der Tod der Dame als Unfall bestätigt wurde.«

»In dem Haus in Louviers sieht es aus wie in einem Möbellager«, brach es aus Misia heraus. »Das ist keinesfalls die Wohnung eines ehrenwerten Mannes. Das ist verdächtig, Kommissar Hollande, da geht es nicht mit rechten Dingen zu.«

Hollandes Blick richtete sich auf Misias blaues Auge. »Ganz offensichtlich nicht, Madame.«

Als würde mit seinem Verständnis die Anspannung von ihr weichen und die lange überbrückte Müdigkeit zurückkehren, konnte Gabrielle ein herzhaftes Gähnen nicht verhindern.

»Sie sollten sich ein wenig ausruhen«, schlug Hollande prompt vor. »Ich werde jemanden zu Ihnen schicken, der Ihre Aussagen aufnimmt. Wenn ich mir dafür Ihre jeweiligen Adressen notieren dürfte, Mesdames?« Er nahm einen Stift aus einer Halterung auf seinem Schreibtisch und sah erwartungsvoll von einer Besucherin zur anderen. Als erst Gabrielle und dann Misia ihm Auskunft erteilten, schrieb er auf der Papierunterlage auf seiner Schreibtischplatte mit.

Natürlich gab Kommissar Hollande den Freundinnen mit auf den Weg, dass sie sich von den jeweiligen Hotels in Paris und Deauville und vor allem von dem Bauernhaus in Louviers fernhalten sollten.

Während Misia aus dem Zimmer eilte, um ihrem ungeduldig wartenden Mann in die Arme zu fallen, blieb Gabrielle in der Tür stehen. Auch wenn sie Hollande nichts von ihrem Treffen mit Madame Bonnet erzählt hatte, so hielt sie eine zusätzliche Information für nützlich. »Gibt es Neuigkeiten im Fall dieses Monsieur Valéry?«, erkundigte sie sich.

»Dazu kann ich Ihnen keine Auskunft geben, Mademoiselle.«

»Falls Sie meinen, dass mich diese Sache nichts angeht, muss ich Ihnen leider sagen, dass ich nun einen für eine bestimmte Kundin geänderten Hut in der Boutique habe, der bestellt, aber nicht abgeholt wurde und auch nicht auszuliefern ist und der deshalb unverkäuflich ist. Ich denke, dass mich der Verbleib von Monsieur Valéry durchaus etwas angeht.« Es stimmte zwar nicht ganz, dass sie die Cloche nun nicht mehr verkaufen konnte, aber vorläufig würde sie sie aufbewahren, falls die glückliche Braut doch noch irgendwann auftauchen sollte.

Hollande kannte sich mit den Gepflogenheiten einer Modistin anscheinend nicht so gut aus. Er nickte. »Unter diesen Umständen darf ich Ihnen verraten, dass Monsieur Valéry leider unauffindbar ist.«

»Glauben Sie, Madame Bonnet hat sich geirrt?«

Cocteaus Stimme wehte herein, der ungeduldig nach Coco rief.

»Ich werde nicht für meinen Glauben bezahlt«, erwiderte Hollande. Er schob sie sanft aus seinem Zimmer. »Leben Sie wohl, Mademoiselle Chanel.«

Sie nickte ihm stumm zu, ziemlich sicher, dass sie sich wiedersehen würden. Die Fragen von Madame Bonnet waren schließlich noch nicht geklärt.

Nachdenklich ging Gabrielle an Cocteaus Arm in Richtung Ausgang, gefolgt von Misia und Sert. Da die Mittagszeit wohl für alle Angestellten der Préfecture vorüber war, herrschte mehr Betrieb als vorhin bei ihrem Eintreffen. Mitarbeiter und Mitarbeiterinnen in Zivil sowie Polizisten in Uniform eilten von Raum zu Raum, mal in Gruppen und diskutierend, mal allein. Zwei Wachleute kamen ihr und Cocteau entgegen, einen elegant gekleideten Mann in ihrer Mitte. Offenbar wurde der Herr abgeführt.

Gabrielle erstarrte.

»Was ist los?«, fragte Misia hinter ihr.

Der offensichtlich Verdächtige wurde nicht einfach nur abgeführt, Gabrielle entdeckte, dass er Handschellen trug.

»Baron de Mougève«, hauchte sie fassungslos.

Misia stieß ihren Atem aus, und es klang wie ein Pfiff.

Ihr Verehrer aus Deauville hatte Gabrielle bemerkt. Er suchte ihren Blick. »Mademoiselle Chanel! Es ist ein Irrtum«, rief er ihr verzweifelt zu. »Es ist nicht so, wie es aussieht.«

»Woher kennst du den?«, zischte Cocteau.

»Kommen Sie weiter!« Die Polizisten zerrten Baron de Mougève unerbittlich an der kleinen Gruppe vorbei.

»Ich bin unschuldig!«, hallte es von den beigegrauen Wänden.

»Oje«, murmelte Misia.

»Kennst du den etwa auch?«, wollte Sert wissen.

Gabrielle sah dem Baron nach, der von den Polizisten in einen Raum geführt wurde. Wahrscheinlich hatte jemand anderer nicht so geduldig seine Hotelrechnung beglichen, fuhr es ihr durch den Kopf.

»Ich glaube, wir müssen euch beiden etwas erzählen«, hob Misia an. »Aber das würde ich gerne zu Hause mit einem Glas Champagner in der Hand tun.«

Cocteau und Sert grummelten zustimmend, und Gabrielle dachte, dass sie wahrscheinlich noch lange nicht in ihr eigenes Bett kommen würde.

25

Sert war entsetzt über Misias Barbekanntschaft, und Cocteau fand die Begegnung mit dem Baron de Mougève amüsant. »Die Pointe ist ja nun wirklich, dass Coco seine Hotelrechnung bezahlt hat«, kicherte der Dichter. »Jetzt wüsste ich natürlich zu gerne, warum er verhaftet wurde. Was meint ihr: Ist Heiratsschwindel ein Delikt, um in Handschellen abgeführt zu werden?«

Die Freunde lümmelten in Misias mit Topfpflanzen, Kristallvasen, Marmorbüsten und Gemälden üppig dekoriertem Salon und diskutierten die Geschichte, die ihnen Misia und Gabrielle im Wechsel erzählt hatten. Eine zweite Flasche Champagner war längst geöffnet worden, und der Rauch aus der einen oder anderen Zigarette roch leicht süßlich, was Gabrielles Schläfrigkeit beförderte. Nach Cocteaus Frage war sie jedoch hellwach. »Wie kommst du auf Heiratsschwindel? Baron de Mougève hatte keine Gelegenheit, mir die Ehe anzutragen.«

Cocteau tätschelte ihre Hand. »Liebelein, das habe ich nicht einmal gedacht. Aber ein Mann, dessen Rechnungen von Frauen beglichen werden, ist nun einmal in der Regel ein Heiratsschwindler.«

»Jedenfalls scheint er nicht der brutale Monsieur Lacôste zu sein«, resümierte Sert.

Misia hatte ihren Kopf auf eine Sessellehne gebettet und kühlte ihr Auge mit einem Eisbeutel. Sie richtete sich auf, und die kalte Kompresse fiel in ihren Schoß, wurde aber von ihr nicht mehr beachtet. »Natürlich sind Baron de Mougève und Monsieur Lacôste nicht identisch«, erklärte sie mit Bestimmtheit. »Da war nicht einmal eine geringe Ähnlichkeit.«

»Aber du hast deinen Peiniger nicht genau gesehen, oder?«, forschte Sert nach.

»Das sagte ich doch schon«, gab Misia ärgerlich zurück. »Monsieur Lacôste trug seinen Hut tief ins Gesicht gezogen. Und ich hatte auch gar nicht so viel Zeit, ihn mir genau anzusehen. Aber du kannst versichert sein, dass ich zwischen Klasse und Primitivität unterscheiden kann, selbst wenn ich blind wäre.«

»Wenn der Baron Stil hat, ist er nur ein armer Teufel«, stellte Cocteau fest. »Wahrscheinlich ist er durch den Krieg verarmt und auf der Suche nach einer Erbin, die reichen Amerikanerinnen schnappen ihm die Russen vor der Nase weg, und er kann sich nur noch mit Taschenspielertricks über Wasser halten.«

»Findest du, dass eine unbezahlte Hotelrechnung ein Taschenspielertrick ist?«, wunderte sich Gabrielle.

»Nein, Coco, das nenne ich Verzweiflung.«

Er war offenbar tatsächlich verzweifelt gewesen, als sie ihm vorhin auf dem Flur der Kriminalpolizei begegnet war. Und wenn sie darüber nachdachte, fühlte sie endloses Mitleid. Was immer Baron de Mougève getan haben mochte, sie wollte ihn nicht vorverurteilen. Die Sache mit der Hotelrechnung war dreist gewesen, aber durfte sie ihn verurteilen, weil er verarmt war? Sie selbst wusste am besten, wie hart ein Leben ohne Geld war, und deshalb griff sie vielen ihrer Freunde unter die Arme, wenn dies notwendig wurde, Igor Strawinsky und Sergei Diaghilew gehörten dazu, und von denen erwartete Gabrielle – wie von allen anderen auch – keinen Dank, sondern Loyalität. Und die Anerkennung, dass es die kleine Modistin, die unehelich geborene Tochter einer Wäscherin und eines fahrenden Händlers, so weit gebracht hatte. Im Grunde hatte sich Baron de Mougève die Aufmerksamkeit bezahlen lassen, die er ihr schenkte. Etwas, was sie in dem Moment gebraucht hatte, um nicht in der Dunkelheit ihrer Einsamkeit zu versinken. Es war ein Geben und Nehmen, fast wie bei einem guten Geschäft.

»Wenn ich ein Mann wäre und die Hotelrechnung einer jungen Dame bezahlt hätte, würde sich kein Mensch wundern«, sagte sie trotzig. »Ich mache Geschäfte wie ein Mann, warum sollte ich nicht in anderen Bereichen ebenso handeln?«

»Bravo!«, murmelte Misia. Ihr Kopf sank, nachdem sie ihr gut gefülltes Glas in einem Zug ausgetrunken hatte, zurück auf die Sessellehne. Dann griff sie nach dem Eispaket und legte es sich auf das Auge, das Monsieur Lacôste mit der Faust getroffen hatte.

»Warum fragst du deinen Kommissar nicht, was der Baron angestellt hat?«, wollte Cocteau wissen. »Dann kannst du seine Strafe bezahlen, und wir erfahren alle, wobei er ertappt wurde.«

»Sei nicht albern«, gab Gabrielle zurück.

»Neugierig bin ich schon«, meldete sich Misia.

»Ich wüsste auch gerne, was dem Mann zur Last gelegt wird, mit dem meine Frau bekannt ist«, grummelte Sert. »Diese ganze Sache gefällt mir nicht. Erst die Begegnung in Deauville und der

Zettel mit der Adresse, dann euer Ausflug nach Louviers mit den bekannten Folgen. Das war alles unglaublich töricht von euch. Und gefährlich!«

»Das weiß ich besser als jeder andere«, erwiderte Misia mit der Hand an ihrem Gesicht. »Willst du behaupten, es besteht ein Zusammenhang zwischen dem Baron und Monsieur Lacôste, auch wenn es sich nicht um dieselbe Person handelt?«

»Nach dem, was ihr uns hier präsentiert habt, meine liebste Misia, halte ich alles für möglich.«

Unvermittelt schlug sich Cocteau auf den Schenkel und fragte: »Warum seid ihr eigentlich so sicher, dass die beiden Todesfälle beabsichtigt waren? Die Polizei ist doch wohl hinzugezogen worden und geht von Unfällen aus.«

Ein entnervtes Stöhnen entfuhr Misia, als wüsste sie gerade nicht, wie sie ein bockiges Kind tadeln sollte.

»Es gibt eine Menge Gründe, an einen Mörder zu glauben«, erwiderte Gabrielle. Sie hob ihren Zeigefinger: »In beiden Fällen taucht der Name Lacôste auf ...«

»Du weißt nicht, ob der Zettel nicht schon früher in die Bibel gelegt wurde«, warf Cocteau ein.

Ungeachtet seines Einwands fuhr Gabrielle fort: »Das Alter der beiden Opfer scheint identisch. Und drittens waren deren Lebensumstände ähnlich. Die eine Frau hatte gerade geheiratet, die andere sich verlobt.«

»Zufall«, verkündete Cocteau.

»Aber es kann kein Zufall sein«, protestierte Misia, »dass beide Frauen auf dieselbe Weise ums Leben kamen.«

»Das ist in der Tat bemerkenswert«, stimmte Cocteau zu. Ein liebenswürdiges Lächeln streifte seine angespannte Miene. »Ich sage ja gar nicht, dass ihr unrecht habt, aber ich versuche alle Eventualitäten im Auge zu behalten. Warum, um alles in der Welt, glaubte die Polizei an ein Unglück, nachdem eine Frau in der Badewanne ertrunken ist? Das verstehe ich nicht. Sind die Polizisten in Paris wirklich ebenso blind wie die in Deauville?«

»Kaum vorstellbar«, stimmte Sert zu. »Irgendetwas scheint die Gendarmerie hier ebenso übersehen zu haben wie ihre Kollegen in Deauville. Oder wir alle machen einen Gedankenfehler.«

»Unmöglich«, ließ sich Misia schläfrig vernehmen.

»Kommissar Hollande will sich die Akte des Falls im Hôtel d'Alsace kommen lassen«, sagte Gabrielle. »Ich bin sicher, ihm wird auffallen, wenn etwas nicht mit rechten Dingen zugegangen ist.«

»Danach musst du ihn auch unbedingt fragen«, forderte Cocteau.

»Mach dir keine falschen Hoffnungen – er wird mir nichts verraten.«

»Wir können doch aber nicht weiter im Dunkeln tappen!«, protestierte Cocteau empört.

»Der nette Kommissar kommt vorbei, um meine Aussage aufzunehmen«, murmelte Misia. »Wenn er erst einmal hier ist, kann ich ihn alles fragen.«

»Er hat gesagt, er schickt jemanden vorbei, der unsere Aussagen notiert«, korrigierte Gabrielle.

Misia richtete sich wieder auf. Nachlässig spielte sie mit dem inzwischen aufgetauten Eisbeutel, ihre Augen glänzten. »So wie er dich angesehen hat, Coco, wird er garantiert persönlich zu dir kommen.«

»Quatsch!«

»Hört, hört!«, rief Cocteau aus. »Da zeigen sich ja die bemerkenswertesten Verbindungen auf. Ich scheine etwas verpasst zu haben. O Coco, du musst uns alles erzählen. Wirklich alles!«

»Wenn es etwas zu erzählen gibt, bist du der Erste, der es erfährt«, versicherte Gabrielle. Sie zündete sich eine Zigarette an und blickte nachdenklich in den Rauch. Meine Güte, dachte sie, ich weiß ja nicht einmal, ob Hollande verheiratet ist. Und er hatte so gar nichts, was sie anzog. Ganz anders als der charmante, bemitleidenswerte Baron de Mougève …

26

Misia irrte. Nicht Kommissar Hollande persönlich meldete sich bei Gabrielle an, um ihre Zeugenaussage aufzunehmen, sondern ein ehrgeizig und strebsam wirkender junger Mann in Polizeiuniform. Pierre Roger schien kurz eingeschüchtert von der eleganten Umgebung, in der er sie antraf, und gewiss war er nie zuvor in einer Boutique für exklusive Damenmoden gewesen. Doch nach dem ersten Schrecken arbeitete Lieutenant Roger seinen Auftrag mit verbissenem Eifer ab. Gabrielle war froh, als er ihr Büro verließ.

Die Gedanken an den Kriminalkommissar verblassten unter der Arbeit, die nach ihrer Abwesenheit auf sie wartete. Der Ausflug nach Deauville und seine Folgen hatten sie viel zu viel Zeit gekostet. Neben ihren üblichen Aktivitäten erreichte sie nun auch ein erstes Angebot der Gebrüder Wertheimer durch deren Anwalt. Pierre und Paul Wertheimer erhielten demnach siebzig Prozent Gewinn aus der Markenentwicklung von Chanel Parfumes und dem daraus resultierenden Verkauf, Théophile Bader wurde mit zwanzig Prozent für seine Rolle als Vermittler zwischen den Wertheimers und Coco Chanel sowie als künftiger Vertriebspartner beteiligt, Gabrielle erhielt zehn Prozent aus dem Verkauf ihres

Signaturparfüms. Der Jurist schrieb ihr, dass sie nur am Gewinn beteiligt sei und keine Risiken zu tragen oder Eigenkapital in die Gesellschaft einzubringen habe. Klang das nach einem guten Geschäft? Sie wusste es nicht. Aber sie hatte dem auch nichts entgegenzusetzen. Deshalb war sie geneigt, den Vorschlägen zuzustimmen. Ein schmerzliches Ende, aber ein schnelles, dessen Schmerz umso rascher heilen würde. Dennoch sollte sie irgendeinen Passus hinzufügen, um ihre Geschäftstüchtigkeit zu dokumentieren. Nur: Was bot sich dafür an? Zweifellos hatte der Rechtsanwalt alle Eventualitäten bedacht.

Sie zerbrach sich den Kopf über die Möglichkeiten, die ihr blieben, ohne die grundsätzliche Übereinkunft infrage zu stellen. Chanel No 5 wird nie schlecht, dachte sie, während sie in ihrer Bibliothek saß und die Standuhr Mitternacht schlug. Ihr fiel der Teller mit Austern, die ihr Joseph zum Diner serviert hatte, ins Auge. Angewidert schob sie das Gedeck von sich. Die Muscheln lagen schon seit Stunden in der Wärme des Kamins herum, ohne dass Gabrielle eine einzige angerührt hatte, zu beschäftigt mit ihren Gedanken, um zu essen.

Austern hatten ein Verfallsdatum, sinnierte sie weiter, ein Toilettenwasser hatte das nicht. Ihr Parfüm würde noch lange verkauft werden, es würde sogar jede ihrer Modekollektionen überdauern. Es würde bei Galeries Lafayette und anderen großen Häusern angeboten werden, nicht mehr nur in ihren Boutiquen in Deauville, Biarritz und Paris. Es war vermutlich richtig, dass sie dafür neunzig Prozent am Gewinn abgab, ohne auch nur einen Centime der Kosten tragen zu müssen. Oder?

Sie brauchte unbedingt eine Zigarette. Nervös griff sie nach der schwarzen Dose aus chinesischem Lack. Sie fasste ins Leere. Zu ihrem Erstaunen war die Zigarettendose auf dem Tisch leer. Hatte sie im Laufe des Abends so viel geraucht? Oder hatte Joseph vergessen, das Behältnis aufzufüllen? Zweifellos wurde ihr treuer Diener älter und wohl auch betagter und damit vergesslicher. Damit musste sie sich abfinden. Sie konnte ihn im Moment aber weder rufen noch nach seinem möglichen Versäumnis fragen, da sie ihm freigegeben hatte. Heute erwartete sie keine Gäste, und manchmal genoss sie es, ganz allein in ihrer Wohnung zu sein, auch wenn diese eigentlich viel zu groß für eine alleinstehende Frau war. Allerdings war es der völlig falsche Zeitpunkt, dass ihr die Zigaretten ausgingen. Nikotin schärfte ihren Verstand – und beides brauchte sie für ihre weiteren Überlegungen. Dummerweise hatte sie nicht die geringste Ahnung, wo Joseph Ersatz aufbewahrte.

Sie erinnerte sich an das Päckchen in ihrer Handtasche. Seufzend erhob sie sich aus dem Sessel und ging schnellen Schrittes ins Schlafzimmer. Überall brannten Wand- und Tischlampen, deren weiches gelbes Licht ihr den Weg wies. Auf ihrem Toilettentisch lag die Clutch, die sie meistens unter den Arm klemmte, wenn sie keinen kleinen Beutel als Accessoire für eine große Robe auswählte. Eine Unterarmtasche war nicht sonderlich praktisch für eine berufstätige Frau – oder eine Raucherin, die es dringend nach Nikotin verlangte. Bei diesen Modellen hatte sie immer nur eine Hand frei. Warum gab es eigentlich keine Taschen für Damen, die an einem langen Riemen über die Schulter gehängt wurden wie etwa die Tornister von Soldaten oder wie die aus meist rautenförmig geprägtem Leder hergestellten Reitertaschen? Fast wütend über die Behinderung, die ihr die Mode auferlegte, fingerte sie mit der Rechten zwischen Lippenstift, Puderdose, Taschentuch, Geldbeutel, dem Mäppchen mit den Stiften, ihrem Notizbuch und einigen Streichholzbriefchen, die sie irgendwo eingesteckt hatte, nach den Zigaretten. Dabei wurde sie immer hektischer.

Als sie endlich fand, wonach sie gesucht hatte, beförderte sie neben dem Etui auch eine kleine zerdrückte Karte heraus. Gabrielle ließ ihre Tasche fallen und hantierte zunächst mit den Zigaretten, bevor sie das Billett einer Begutachtung unterzog. Im Rauch des ersten Lungenzugs betrachtete sie den eleganten Schriftzug.

Es war die Visitenkarte, die Baron de Mougève ihr in Deauville aufgedrängt und die sie danach vergessen hatte.

Bevor ihre Augen die dort eingeprägte Adresse wahrnahmen, schrillte in ihrem Kopf bereits ein Alarm. Dann sah sie sie zum ersten Mal genau an, die Anschrift des Baron de Mougève, und ihre Knie gaben nach. Unwillkürlich sank sie auf das Bett.

Sie las den Straßennamen und die Hausnummer wieder und wieder, mal in der Hoffnung, sich geirrt zu haben, dann wieder an ihrer eigenen Wahrnehmung zweifelnd. Schließlich war sie sich dessen, was dort in elegant geschwungenen Lettern auf dickem Karton geprägt war, absolut sicher, so erstaunlich die Entdeckung auch war.

Bei Baron de Mougève handelte es sich offensichtlich um einen Nachbarn des mysteriösen Monsieur Valéry. Die Adresse, die der Kunde bei der Bestellung des Huts für seine Braut angegeben hatte, war identisch. Ein Irrtum war ausgeschlossen. Sie erinnerte sich genau.

War es etwa auch derselbe Mann?

Unmöglich, dachte Gabrielle.

Warum nicht?, fragte eine innere Stimme.

Sie hatte Monsieur Valéry nicht gesehen, als er sich mit seiner Verlobten in der Boutique aufgehalten hatte. Und als Cécile

Bonnet den Tumult auslöste, hatte Gabrielle ihre Aufmerksamkeit auf Madame gerichtet statt auf die Personen, die ihr Geschäft gerade verließen. Er dürfte Gabrielle auf der Treppe ebenso wenig bemerkt haben. So weit, so gut. Der Baron indes hatte so getan, als sagte ihm der Name Chanel nichts. Allerdings hielt er sie für liquide genug, um ihr die Rechnung für sein Hotelzimmer anzudienen. Nun, sie wirkte wohlhabend, daran bestand kein Zweifel, mit geringer Menschenkenntnis konnte er einschätzen, dass sie nicht arm war. Andererseits hätte er natürlich auch nur vortäuschen können, dass ihm der Name Chanel unbekannt war. Es wäre also durchaus möglich, dass er sich zuvor Valéry genannt hatte. Doch ein entscheidendes Indiz sprach gegen diese Theorie: Baron de Mougève roch nicht nach Mouchoir de Monsieur. Und warum hätte er wegen der zufälligen Begegnung in Deauville seinen gewohnten Duft ablegen sollen?

Dem werde ich nachgehen, entschied Gabrielle. Sie würde dem Baron morgen einen Besuch abstatten. Zwar war er möglicherweise noch im Gewahrsam der Polizei, doch diesmal würde sie sich nicht so leicht von der Concierge abwimmeln lassen. Morgen würde sie herausfinden, ob die Visitenkarte die tatsächliche Adresse eines Mannes war, der Philippe Baron de Mougève hieß.

Aber erst einmal sollte sie sich wieder dem Vertrag über den Verkauf von Chanel No 5 widmen.

27

Unglaublich, dachte Gabrielle in einer Mischung aus Entsetzen und Empörung, als sie am frühen Morgen ein in sich zusammengekauertes Wesen auf der Schwelle zur Rue Cambon 31 sitzen sah. Die Person drängte sich gegen die schmiedeeisernen Tore, die den Eingang der Boutique vor Einbrechern schützten, nicht aber vor dem herrschenden Nieselregen. Die Obdachlose war anscheinend zu schwach oder krank, um sich unter eine Überdachung zu retten. Erstaunlicherweise war sie anscheinend nicht arm, denn sie trug einen eleganten Regenmantel. Nach weiteren Schritten bemerkte Gabrielle die von stillem Schluchzen zuckenden Schultern. Das Gesicht der Frau war von ihren Händen und Haaren bedeckt, doch Gabrielle erfasste plötzlich ein tiefes Erschrecken. Sie ging schneller.

»Anastasia?«, fragte sie vorsichtig, obwohl sie eigentlich sicher war, ihre Verkäuferin zu erkennen. »Anastasia!«

Die Angesprochene hob den Kopf. Ihre irgendwann perfekt geschminkten Augen schwammen in Tränen, die Wangen ähnelten einem Malkasten im Regen. Ihre Lippen zitterten, kein Wort kam darüber.

»Anastasia, was machen Sie hier?«

»Ich weine«, schluchzte die junge Frau.

»Das sehe ich. Aber der Eingang meiner Boutique ist nicht dafür geeignet.«

In diesem Moment tauchte Gabrielles Portier vor den Schaufenstern auf. Ihr Zerberus auf dem Weg zu seinem Dienstbeginn. Graf Sergej Kutuzow war früher Gouverneur des Zaren auf der Krim gewesen, inzwischen führte er als Empfangschef von Chanel Modes ein ebenso eisernes Regiment. Er trug einen dunklen Mantel und hielt den Schlüssel für das Tor in der Hand. »Bonjour, Mademoiselle Chanel«, grüßte er zuerst seine Chefin und lüftete den Hut. Daraufhin verfinsterte sich seine Miene. »Anastasia, was soll das? Sie bringen uns alle mit Ihrem Benehmen in Verruf.«

»So früh am Morgen sind noch keine Kundinnen unterwegs«, beschwichtigte Gabrielle. Sie ließ ihren Blick über die schmale Straße schweifen, die noch von Lieferwagen und Handkarren beherrscht wurde. »Aber wir sollten hineingehen und hier keinen Auflauf veranstalten.«

Anastasia ließ sich von Graf Kutuzow aufhelfen und stützte sich auf seinen Arm, als könnten ihre Beine sie nicht tragen.

Während er umständlich mit seinem Schlüssel hantierte, redete er leise auf Russisch auf sie ein.

»Lassen Sie nur«, sagte Gabrielle. »Ich schließe auf, und Sie bringen Anastasia bitte in mein Büro.« Dort sollte sie sich aber wieder beruhigen, fuhr es ihr durch den Kopf.

Tatsächlich schien der Aufenthalt im Zimmer ihrer Chefin weitere Schleusen bei Anastasia zu öffnen. Hatte sie zuvor noch still geweint, so schluchzte sie, in einem der Sessel kauernd, ungehemmt laut auf. Gabrielle überlegte, ob die in Strömen fließenden Tränen

Flecken auf dem hellen Bezug hinterlassen würden. Um Anastasia abzulenken, reichte sie ihr die Zigarette, die sie eben eigentlich für sich selbst angezündet hatte. Als die junge Frau beherzt zugriff, nahm sich Gabrielle eine neue. »Nun?«, fragte sie durch den Rauch. »Was ist passiert?« In Gedanken versuchte sie eine Wette mit sich selbst abzuschließen, aber sie schwankte zu sehr zwischen einem Herzeleid, einem tätlichen Angriff oder einem Todesfall in der Familie, um sich festzulegen. Bei den zu Dramen neigenden Russinnen wusste man nie genau, was sie gerade umtrieb.

Anastasia heulte auf wie ein waidwundes Reh. »Es geht um meine Ehre!«

Also kein Todesfall in der Familie, resümierte Gabrielle. Sie wartete, dass Anastasia erzählte, was ihre Reputation zu beschädigen drohte, doch die junge Frau paffte schweigend und mit leerem Blick. Wenigstens verebbte der Tränenstrom etwas.

Es klopfte an die Tür. Auf Gabrielles »Ja, bitte« rauschte Madame Aubert herein. »Ich habe gehört …« Sie unterbrach sich und musterte das heulende Elend in Gabrielles Sessel. »Was ist passiert?«

»Das wüsste ich auch gerne«, antwortete Gabrielle. Sie wandte sich wieder der jungen Frau zu. »Wenn Sie es mir nicht sagen wollen, Anastasia, respektiere ich das natürlich, aber dann kann ich Ihnen nicht helfen. Also sprechen Sie – oder gehen Sie und stehlen Sie mir nicht länger meine Zeit.«

Anastasia schniefte. »Es geht um meinen Freund. Ich … Ich habe für ihn Geld geliehen.« Kaum hatte sie es ausgesprochen, weinte sie wieder heftiger.

Gabrielle nahm die Information mit einem eigentümlichen Schauern zur Kenntnis. Besteht Paris nur noch aus Heiratsschwindlern, die sich von Frauen aushalten lassen?, sinnierte sie grimmig. »Wie viel?«, wollte sie wissen.

»Bei dem Kredit handelt es sich um dreißigtausend Franc.«

»Warum haben Sie einem Mann denn so viel Geld gegeben?«, entfuhr es Madame Aubert. »Geld, das Sie ja offenbar gar nicht hatten.«

»Er hat gesagt, er liebt mich«, schluchzte Anastasia.

»Dann hat er wahrscheinlich gelogen«, gab Madame Aubert trocken zurück.

Anastasia strafte sie mit einem überraschend bösen Blick. »Niemals. Er lügt nicht.«

»Woher wollen Sie das wissen?«

»Er ist Russe!«

Ja, die Russen sind charmant, bestätigte Gabrielle still. Die Erinnerung an Dmitri Romanow traf sie wie eine warme Sommerbrise, die wundervoll einlullend war und sie wehmütig zurückließ. Mit keinem anderen Mann hatte Gabrielle so viel Zeit verbracht wie mit dem Großfürsten, nicht einmal mit Boy war sie so intensiv zusammen gewesen. Sie war bis heute überzeugt, dass Dmitri Pawlowitsch nicht gelogen hatte, als er sagte, dass er sie liebte. Er hatte ihr das wertvollste Geschenk gemacht, das er vor den Bolschewiken gerettet hatte. Sein Thron war es nicht, der war verloren, auch wenn er und manche unverbesserlichen Exilanten nicht an die Realität glauben mochten. Das Pfand seiner Liebe hing buchstäblich an Gabrielles Hals, es waren die kostbaren Perlenschnüre seiner Großmutter. Den Mann hatte sie verloren, die Kette der Zarin Maria Alexandrowna begleitete nun ihr Leben. Sie stieß einen tiefen Seufzer aus.

»Dreißigtausend Franc also«, wiederholte Gabrielle, während sie mit den Perlen spielte. »Wem schulden Sie diese Summe?«

Anastasia wischte sich mit dem Handrücken über die Augen und verschmierte die restliche noch verbliebene Wimperntusche. »Ich konnte mir das Geld von einem persischen Geschäftsmann leihen, Mademoiselle Chanel. Der Mann handelt mit Öl und hat viel Geld. Er sagte mir, er würde mir alles geben, was ich brauche. Da habe ich ihn um den Kredit gebeten.«

»Zu welchen Sicherheiten?«, mischte sich Madame Aubert sachlich ein.

Statt einer vernünftigen Antwort schluchzte Anastasia wieder auf.

»Und wie geht es nun weiter?«, fragte Gabrielle.

»Er hat das Geld zurückgefordert«, antwortete Anastasia in ihrer Aufregung kaum verständlich. »Wenn ich es nicht auftreibe, verlangt er, dass ich mich ihm hingebe.«

»Sacre bleu!«, stieß Madame Aubert aus. »Dieser persische Geschäftsmann will mit Ihnen schlafen? Was für ein Narr. Ich vermute, dass er nicht gerade Rudolph Valentino ist, richtig?«

»Ich stürze mich vom Eiffelturm, wenn er mich anrührt.«

Gabrielle nickte. Es hatte eine Zeit gegeben, da hatte sie sich unter Männern, die für Liebe bezahlten, durchaus ausgekannt. In einer von Männern dominierten Gesellschaft kam eine Frau manchmal gar nicht darum herum. »Was sagt Ihr russischer Freund zu alldem?«

»Natürlich habe ich ihm nichts gesagt!« Anastasias Protest klang erstaunlich kräftig. »Wenn er es wüsste, würde er einen Mord begehen. Das kann ich ihm doch nicht antun.«

»Vermutlich nicht.« Gabrielle drückte ihre Zigarette in einem Aschenbecher aus. Sie trat vor und nahm Anastasia die Kippe aus der Hand, bevor die ein Brandloch in ihrem Sessel hinterließ, und legte sie ebenfalls in die Porzellanschale. »Waschen Sie Ihr Gesicht, Anastasia, machen Sie sich frisch und gehen Sie wieder an die Arbeit. In der Zwischenzeit regle ich Ihr Problem.«

Zwei Augenpaare sahen sie erstaunt an.

Gabrielle zuckte mit den Achseln. »Ich stelle Ihnen einen Scheck über dreißigtausend Franc aus.«

Einen Moment herrschte Stille. Dann sank Anastasia mit einem Aufschrei auf die Knie. »O Mutter Gottes, ich danke dir, dass du meine Gebete erhört hast.«

»Ein Danke für Mademoiselle Chanel reicht aus«, zischte Madame Aubert.

»Es ist schon gut«, behauptete Gabrielle. Sie wedelte mit der Hand. »Nun gehen Sie bitte. Alle beide. Haben Sie denn gar nichts zu tun?«

Als sie allein war und an ihrem Schreibtisch über einem Scheckformular saß, dachte sie, dass sie die Verantwortung für ihre Angestellten trug. Für fast dreitausend Menschen. Das war eine enorme Aufgabe. Sie konnte sich nicht noch mehr Verantwortung durch eine höhere Beteiligung an Chanel Parfumes aufladen. Zehn Prozent am Gewinn ohne ihr Zutun erschienen ihr ausreichend. Insofern hatten die Wertheimers wohl recht. Sie musste nur dafür sorgen, dass ihr Name durch den Rückzug aus diesem Geschäftszweig keinen Schaden nahm. Genauso wie sie dafür sorgte, dass die Menschen in ihrem Umfeld die ärgsten Krisen überstanden, sofern diese finanziell zu lösen waren. Ja, dachte sie plötzlich, das ist der Passus, der noch in dem Vertrag fehlt.

*

Am Nachmittag wurde Gabrielle ein ungewöhnlicher Besucher gemeldet: Jean Cocteau. Üblicherweise kamen ihre Freunde nicht uneingeladen in ihr Büro – es sei denn, sie hatten einen äußerst triftigen Grund. In Gabrielles Kopf schrillten sämtliche Alarmglocken, als sie in Cocteaus Gesicht blickte: Er war blasser als sonst, seine Augen tief umschattet, offenbar hatte er sich noch nicht von ihren schlaflosen Nächten und der Aufregung in Louviers erholt. Nachdem sie sich auf beide Wangen geküsst hatten, fragte Gabrielle statt einer Begrüßung besorgt: »Geht es Misia schlechter?«

»Misia?«, wiederholte Cocteau irritiert. »Wie kommst du auf Misia? Ich habe keine Ahnung, aber ich denke, es geht ihr den Umständen entsprechend gut.«

Erleichtert atmete Gabrielle tief durch. »Ich hatte mir Sorgen gemacht, weil …«

»Raymond Radiguet«, stieß Cocteau hervor, und es klang wie eine Mischung aus Aufschrei und Schluchzen.

Im ersten Moment stieg Ärger in Gabrielle hoch. Warum, um alles in der Welt, störte Cocteau sie bei der Arbeit wegen eines jungen Mannes, der nicht zu ihrem engeren Freundeskreis gehörte? Weil Raymond Radiguet in den vergangenen Jahren immer mal wieder der Busenfreund von Cocteau gewesen war, erinnerte sie sich. Radiguet war ein hübscher, intelligenter Kerl, der halb so alt wie der Dichter war und selbst Belletristik und Lyrik verfasste. Wahrscheinlich war seine sich wandelnde Beziehung zu Cocteau wieder einmal sehr intim. Facetten der Liebe, dachte Gabrielle innerlich seufzend, noch eine Variante nach dem tränenreichen Morgen. Vielleicht sollte sie sich glücklich schätzen, derzeit keinen Mann an ihrer Seite zu wissen. Oder zumindest zufrieden. Doch es stellte sich kein Hochgefühl ein.

Sie versuchte, Cocteau eine gute Freundin zu sein und fragte, obwohl sie nun wirklich keine Zeit für seinen Liebeskummer hatte: »Was ist mit Radiguet?«

»Raymond ist krank. Ich bin sicher, er ist schwer erkrankt, aber ich möchte ihn nicht einem Quacksalber ausliefern, und alle vernünftigen Ärzte, die ich kenne, weigern sich, ihn zu behandeln.«

»Ich kann mir kaum vorstellen, dass du niemanden findest, der ...«

»Es ist sein Roman«, stöhnte Cocteau. Er fuhr sich in einer Geste absoluter Verzweiflung durchs Haar. »Seitdem *Den Teufel im Leib* in einer Neuauflage erschienen ist, redet alle Welt über Raymonds angeblich unmoralisches Werk. Die einen verspotten ihn, die anderen stehen ihm feindselig gegenüber, und der kleine Rest feiert ihn. Du weißt, dass sein Roman nichts anderes als eine Beschreibung der Realität ist, zumal er autobiografische Züge besitzt.«

Gabrielle neigte den Kopf. Sie mochte ihm nicht zustimmen, aber sie hatte auch nichts dagegenzusetzen. Raymond Radiguet schilderte die Liebe eines fünfzehnjährigen Knaben zu der jungen Frau eines Soldaten, der an der Front im großen Krieg kämpfte. Noch eine Facette. Dergleichen war zweifellos geschehen, aber eine Romanze, die sich über alle geltenden moralischen Regeln hinweg entwickelte, wurde lieber totgeschwiegen als öffentlich breitgetreten. Genauso wie die Notwendigkeit für viele Frauen, ihre Körper weniger aus Lust zu verschenken denn aus Not zu verkaufen. Gabrielle rang die Hände, sie begann die Geduld zu verlieren. »Was soll ich tun?«

Offenbar hatte Cocteau ihre Frage nicht gehört, denn er murmelte in sich hinein: »Die große Aufmerksamkeit, die ihm plötzlich zuteilwird, ist für einen so sensiblen Menschen wie Raymond schwer zu verkraften. Er leidet unter ständiger Müdigkeit und klagt inzwischen auch über Kopfschmerzen und Bauchdrücken.« Nun sah er sie aus seinen dunklen Augen flehend an. »Er braucht dringend einen fähigen Arzt, Coco, der über alle moralischen Angriffe erhaben ist.«

Ihr fiel sofort jemand ein. »Warum fragst du nicht Doktor Fraenkel?«

»Théodore Fraenkel ist Schriftsteller«, erwiderte Cocteau leicht abfällig, als wäre das dichterische Talent des Mediziners ein Makel.

»Er ist Arzt«, gab Gabrielle nüchtern zurück.

»Er braucht immer Geld«, murrte Cocteau.

»Wenn es nur das ist, helfe ich gerne aus.« Mit zwei Schritten stand Gabrielle an ihrem Schreibtisch. Sie hatte das Gespräch auf der kleinen Sitzgruppe geführt. Nun kramte sie zwischen ihren Papieren nach den Schecks, die sie heute Morgen schon einmal für einen sozialen Einsatz genutzt hatte. Die Investition in Anastasias Ehre war zweifellos geschäftlicher Natur, denn die junge Russin war eine unverzichtbare Verkäuferin in der Boutique. Bei der Übernahme der Kosten der medizinischen Behandlung von Raymond Radiguet handelte es sich dagegen um eine private Ausgabe. Es ist ein Freundschaftsdienst, sagte sich Gabrielle und reichte Cocteau, der neben sie getreten war, das Formular. »Du kannst die Summe eintragen, wenn du weißt, was Doktor Fraenkel verlangt und was seine Medikamente kosten. Aber nur du darfst das, Jean, ich vertraue dir!«

Cocteau küsste das Papier. »Ich bitte dich, Coco, du weißt, dass ich dich niemals hintergehen würde.«

»Ja, mein Freund, das weiß ich.« Als Gabrielle in sich hineinhorchte, fühlte sie nichts als Bestätigung.

»Gibt es eigentlich Neuigkeiten von deinem Freund, dem Kommissar?«, erkundigte sich Cocteau beiläufig. Die Art, wie er die Frage stellte, war eine List.

Gabrielle sah ihm deutlich an, wie neugierig er war, und einen Moment fürchtete sie, seine Sorge um Raymond Radiguets Gesundheit sei vorgeschoben. »Nein«, behauptete sie, »ich weiß nicht mehr als das, was wir bei Misia besprochen haben.«

»Sei nicht so schnippisch«, erwiderte er. »Ich höre an der kleinen Nuance in deinem Ton, dass dir etwas an meiner Frage nicht passt. Aber gut, es gibt für mich im Moment einen wichtigeren Menschen, um den ich mich kümmern muss, als einen Heiratsschwindler, so amüsant der auch sein mag.« Er hauchte ihr einen Kuss auf die Wange. »Danke. Ich liebe dich.«

»Ich liebe dich auch.« Während sie es aussprach und auch aus ganzem Herzen so meinte, dachte sie, dass Freundschaft eine weitere Seite zwischenmenschlicher Zuneigung war. Und sie beschloss, Misia zu besuchen, anstatt einem Mann nachzulaufen, den sie kaum kannte – auch wenn ihre Recherche am Wohnort des Baron de Mougève gewiss auch durch die Sensationslust ihrer Freunde befeuert wurde. Nein, entschied Gabrielle, Misias Wohl ist mir wichtiger.

28

Misia ging es täglich besser. Sie hatte eine Wunderheilerin aufgetrieben, die kühlende Moose und Arnika auf ihrer Verletzung auftrug und eine Wärmebehandlung vorschlug, was recht effizient zu sein schien. Unabhängig von den Heilmitteln trieb allein die Betulichkeit der Person Misias Genesung voran. Der Bluterguss veränderte seine Farbe, aber Misias Augen strahlten, und ihre Wangen nahmen einen gesunden rosigen Ton an. Ausgestreckt auf einem Diwan wie einst Madame Récamière empfing sie eine Reihe von Besuchern, die ihr Aufmerksamkeit schenkten, sich nach ihrem Befinden erkundigten, sie unterhielten und umsorgten. Gabrielle kam es vor, als würde sie sich in eine Schlange unterschiedlichster Künstler und Gesellschaftsdamen auf Visite einreihen.

Beruhigt über diese Fürsorge, wandte sich Gabrielle einem ihrer anderen Probleme zu. Es schien ihr vordringlicher, sich mit Pierre Wertheimer zum Mittagessen zu verabreden, als eventuelle Nachforschungen über den Baron de Mougève anzustellen. Sie traf den Geschäftsmann wieder im Hôtel Ritz und begann ihre Zusammenkunft ohne Umschweife: »Ich hätte Ihnen natürlich einen Brief schreiben können, aber es schien mir sinnvoller, Ihnen meine Wünsche persönlich darzulegen.«

»Es ist mir ein Vergnügen, Sie wiederzusehen, Mademoiselle Chanel«, erwiderte Wertheimer charmant.

Gabrielle wartete, bis der Kellner ihre Bestellung aufgenommen hatte. Sie orderte eine Platte mit Austern. Das war nicht nur ein Imbiss, der ihr schmeckte und dank des geringen Fettgehalts half, ihre Figur zu halten. Sie glaubte fest daran, dass Austern gut für den Teint waren und den Alterungsprozess aufhielten. Den Champagner bestellte sie für ihren Kreislauf. Nachdem dies erledigt war, erklärte sie: »Ich möchte sichergehen, dass die Firma Chanel Parfumes in demselben Luxussegment bleibt, in dem sich Chanel No 5 noch gemeinsam mit Chanel Modes befindet. Das heißt, auch wenn Sie einen neuen Duft kreieren lassen, erwarte ich ein Toilettenwasser für höchste Ansprüche. Eine eventuelle Billigproduktion sollte in jedem Fall ausgeschlossen sein.« Andernfalls würde sie ihren Ruf als Modeschöpferin riskieren, aber das fügte sie nicht hinzu.

»Ich wüsste nicht, was dagegenspricht.«

»Dann sollten wir diesen Passus in unserem Vertrag festhalten.«

Wertheimer lächelte freundlich. »Wissen Sie, Mademoiselle Chanel, Ihre Forderung … Oder nennen wir es eine Bitte … Es ist eine Selbstverständlichkeit. Deshalb haben wir Chanel Parfumes gegründet. Diese Firma soll das Besondere verkaufen.«

»Das freut mich zu hören«, erwiderte Gabrielle und hob ihr Glas. Innerlich gratulierte sie sich bereits zu ihren Vorsätzen. Sie war forsch gewesen wie ein Mann – oder? Jedenfalls war sie erfolgreich.

Ihr Geschäftspartner stieß mit ihr an. »Wir sind aus demselben Holz geschnitzt, Mademoiselle Chanel, das war mir vom ersten

Augenblick klar. Wir lieben beide unsere Arbeit über alles, nicht wahr?«

»Es gibt eine Zeit für die Arbeit und eine Zeit für den Luxus«, meinte Gabrielle. Sie behielt für sich, dass es ihrer Ansicht nach auch eine Zeit für die Liebe gab. Das gehörte nicht hierher. »Suchen Sie sich aus, was Ihnen im Moment lieber ist.«

»Wir sind nicht auf der Welt, um zu genießen und glücklich zu sein«, sagte Wertheimer, »sondern um unsere Schuldigkeit zu tun, einerlei in welcher Zeit.«

Das Wort »Schuldigkeit« löste in Gabrielle unendlich viele Erinnerungen an das Kloster aus, in dem sie erzogen worden war. Sie hätte diesen religiös besetzten Begriff niemals während eines geschäftlichen Mittagessens gewählt. Aber wenn sie darüber nachdachte, begriff sie, was Pierre Wertheimer damit meinte: Es ging ihm um Verantwortung. Genau um jene Verantwortung, die sie gegenüber ihren Mitarbeitern spürte. Ja, sie dachten beide ähnlich. Über der Platte mit den Austern, die ihr gerade serviert wurde, erwiderte sie sein Lächeln.

Mit einem ausgesprochenen Hochgefühl verließ sie eine Stunde später das Hôtel Ritz. Pierre Wertheimer hatte ihr versprochen, die ausgehandelten Verträge – so rasch sein Anwalt sie auszuarbeiten in der Lage war – zuzuschicken. Mehr konnte sie nicht verlangen, fand sie. Nicht einmal mehr als zehn Prozent vom Gewinn. Ohne Einlage und ohne Verantwortung. Ohne Schuld.

Kurz zögerte sie, war sich ihrer schnellen Zustimmung nicht mehr so sicher. Doch im nächsten Moment wusste sie, dass sie den Vertrag unterschreiben würde, der wie abgemacht nur noch die zu ergänzenden Punkte enthielt und ansonsten der vorherigen Abstimmung entsprach. Was sollte schon passieren? Es war alles so, wie sie es wünschte. Dass sie mit Chanel No 5 ihr Herz verkaufte, spielte keine Rolle, sie behielt mit ihrer Mode schließlich ihre Seele.

Auf Gabrielles Schreibtisch lagen ein paar Zettel mit den Nachrichten, die während ihrer Abwesenheit eingegangen waren. Nachlässig fächerte sie die Notizen auf: Die Herzogin von Polignac wünschte einen persönlichen Termin zur Anprobe mit Mademoiselle Chanel, den Gabrielle gewähren würde, weil es sich um eine hochnoble Kundin und um eine Nachfahrin der Favoritin von König Ludwig XIV. handelte. Außerdem hatte sich die Schriftstellerin Colette gemeldet – und dann lag da noch die Nachricht, dass Madame Bonnet zweimal angerufen hatte.

Verblüfft starrte Gabrielle auf den Namen. Nicht dass sie Cécile Bonnet vergessen hätte, sie hatte die Erinnerung an sie und das Schicksal ihrer Schwester lediglich eine Weile beiseitegeschoben. Ebenso das Versprechen, das sie ihr in Deauville gegeben hatte.

Es war weder ihrer Vergesslichkeit noch ihrer Überarbeitung geschuldet, sondern ihrer Ratlosigkeit. Genau genommen wusste sie nicht, wie sie nach einem Mann suchen sollte, nach dem selbst die Kriminalpolizei vergeblich fahndete. Wo sollte Gabrielle den Mann auftreiben, der sich Monsieur Valéry nannte, eine falsche Adresse angab, und ihn als möglichen Mörder von Madeleine, Madame Bonnets Schwester, identifizieren? Das überschreitet meine Verantwortung, fuhr es Gabrielle durch den Kopf, ich habe meine Schuldigkeit getan. Warum, um alles in der Welt, war sie sich dessen nur nicht so sicher wie vorhin bei ihrem Gespräch mit Pierre Wertheimer?

»Madame Aubert, wer hat die Anrufe von Madame Bonnet angenommen?«, fragte sie ihre Geschäftsführerin.

»Das war ich selbst, Mademoiselle Chanel. Die Dame fragte zunächst nur nach Ihnen und bat darum, dass Sie sich schriftlich melden per Adresse des Hauptpostamtes in Le Havre, postlagernd. Das ist seltsam, nicht wahr?«

Gabrielle nickte stumm.

»Jedenfalls rief sie später noch einmal an und erklärte, dass alles nicht so gemeint gewesen sei, sie leide unter einer seelischen Krise, deshalb bringe sie vieles durcheinander. Sie möchte sich bei Ihnen entschuldigen.« Madame Aubert seufzte. »Die arme Frau schien vollkommen verwirrt. Es war ihr anzuhören, dass sie kränkelt.«

»Verwirrt war sie von Anfang an«, erwiderte Gabrielle, wenig überzeugt von dem eigenen trockenen Einwand. Sie konnte sich nicht erklären, was sie mit einem Mal dazu brachte, Madame Bonnet ernster zu nehmen als bei ihren vorherigen Begegnungen. Nicht einmal bei ihrem Treffen in Deauville war sie so überzeugt gewesen, dass sich hinter Cécile Bonnets Verdacht eine viel größere Sache verbarg. Welche, wusste sie jedoch nicht. Es war nur ein Gefühl. Du hast deine Schuldigkeit nicht getan, meldete sich eine innere Stimme.

»Dieser eine Hut hat für mehr Aufregung gesorgt als die meisten anderen«, meinte Madame Aubert. »Erst der falsche Monsieur Valéry, dann die Beschuldigung von Madame Bonnet und schließlich Anastasia, die die Cloche eigentlich verkaufte. Das ist schon ein merkwürdiges Zusammentreffen vieler Menschen und deren Geschichten.«

»Und immer spielt die Liebe eine Rolle«, sinnierte Gabrielle. »Und Schuld.«

»Vielleicht ist alles nur ein denkwürdiger Zufall.«

»Vielleicht«, murmelte Gabrielle wenig überzeugt.

»Kann ich noch etwas für Sie tun, Mademoiselle Chanel?«

»Ja. Vereinbaren Sie bitte mit der Herzogin von Polignac einen Termin, mit Colette rede ich nachher selbst. Und sagen Sie meine Verabredungen heute Abend bitte ab«, fügte sie in plötzlicher Entschlossenheit hinzu. »Ich muss einen Besuch machen. Das hatte ich leider vergessen.«

Noch immer war sie sich sicher, dass kein Zusammenhang zwischen dem Baron de Mougève und dem geheimnisvollen Monsieur Valéry bestand. Dennoch war es an der Zeit, die Anschrift in der Rue Tocqueville noch einmal aufzusuchen. Nach Feierabend würde sie sich in ihr Auto setzen und dort hinfahren. Es war die Zeit der Nachforschung, auf gewisse Weise sogar die Zeit der Liebe. Und danach war es an der Zeit, sich wieder bei Madame Bonnet zu melden.

29

Es wurde später als beabsichtigt, als Gabrielle in den Feierabend aufbrechen konnte. Sie nahm ihren eigenen Wagen, um später nicht lange nach einem Taxi suchen zu müssen, und das erwies sich als gute Entscheidung. Während auf den großen Boulevards das Nachtleben tobte, war es in dieser Wohngegend im siebzehnten Arrondissement bereits sehr ruhig. Hinter vielen Fenstern brannte Licht, aber die kleinen Geschäfte waren geschlossen und die üblichen Passanten anscheinend bereits nach Hause gegangen. Die wenig auskunftsfreudige Concierge an Gabrielles Ziel in der Rue Tocqueville schien bereits zu schlafen, die Vorhänge ihrer Loge waren zugezogen und dahinter offensichtlich keine Beleuchtung eingeschaltet.

Enttäuscht stand Gabrielle vor dem Haus und blickte an der Fassade hinauf. In welcher der fünf Etagen mochte Baron de Mougève wohnen? Lebte er in der Beletage hinter den herabgelassenen Rollläden? Oder wohnte er weiter oben, wo eine Art Festbeleuchtung herrschte? Gabrielle legte den Kopf in den Nacken. In Anbetracht der wohl wirtschaftlich schwierigen Situation des Herrn bestand natürlich auch die Möglichkeit, dass er in einem der einstigen Dienstbotenzimmer unter dem Dach hauste. Ach, sie wünschte, sie könnte bei der Concierge klopfen und sich erkundigen.

Vielleicht half ihr ja die Tafel mit den Wohnungen und deren Mietern weiter, die sich in der Regel irgendwo in einem der Fenster der Hausmeisterin befand. Doch Gabrielle konnte in der Dunkelheit nichts erkennen. Womöglich hatte die Concierge das Schild abgenommen oder durch den Vorhang verborgen. Wer um diese Uhrzeit einen Besuch machte, wusste in der Regel, wohin er sich wenden sollte.

In diesem Moment bemerkte sie, dass die Haustür nicht abgeschlossen war. Ein Band war zwischen den beiden Klinken über das Schloss gewunden. Es war kaum zu sehen, dass jemand auf diese Weise Zugang bekommen sollte, ohne dass die Concierge oder die anderen Bewohner es merkten. Ohne sonderlich darüber nachzudenken, drückte Gabrielle die Tür auf und trat in den finsteren Flur.

Erst als sie auf der Treppe stand, machte sie sich die Unsinnigkeit ihres Vorhabens klar. Was wollte sie hier? Sie würde vor verschlossenen Wohnungen stehen und nichts weiter herausfinden, als dass irgendein Bewohner – oder eine Bewohnerin – einen Gast zu empfangen wünschte, der inkognito bleiben sollte. Heutzutage luden nicht nur Herren ihre Mätressen ein, sondern auch Damen ihre Gigolos. Immerhin scheint ein Mann aus dieser Gruppe bereits eingezogen zu sein, dachte Gabrielle. Und da sie nun schon einmal hier war, konnte sie auch nachsehen, ob an irgendeiner Tür ein Namensschild oder ein anderer Hinweis auf den jeweiligen Mieter angebracht war. Was sie danach tun wollte, würde sich schon noch ergeben.

Zunächst überlegte sie, ob sie die Beleuchtung einschalten sollte, entschied sich aber dagegen. Sie hangelte sich am Treppengeländer entlang aufwärts. Doch dann wurde ihr bewusst, dass sie im Dunkeln kein einziges Namensschild entziffern konnte, sofern vorhanden. Und wenn der Läufer auf den Stufen nicht richtig verlegt war, würde sie stolpern und sich womöglich ernsthaft verletzen. Deshalb schaltete sie, angekommen in der Beletage, die Lampen an, die auf jedem Stockwerk für bleiches Licht sorgten.

Auf jeder Etage befanden sich zwei Wohnungen, deren Zugang dunkelrot lackierte und glänzend polierte Flügeltüren waren. Es gab tatsächlich kleine Messingschilder, die auf die eine oder andere Familie hinwiesen, die hier logierte. Die Namen sagten Gabrielle nichts, offenbar handelte es sich um eine bürgerliche französische Klientel. De Mougève hieß hier niemand. In der zweiten Etage dachte sie daran aufzugeben. Womöglich benutzte der Baron Visitenkarten mit einer falschen Anschrift. Genauso wie Monsieur Valéry. Gab es also doch eine Gemeinsamkeit zwischen diesen beiden Männern? Der Gedanke daran trieb sie voran. Im dritten Stockwerk angekommen, atmete sie erst einmal tief durch.

In diesem Moment begann die Birne in der Lampe über ihr zu flackern. Unwillkürlich blickte sie zur Decke. Plötzlich ging das Licht vollständig aus, im dritten Stock ebenso wie in allen anderen Etagen. In dem Haus herrschte tiefe Finsternis. Einen Moment ratlos, hielt Gabrielle den Atem an. Die Dunkelheit bewies ihr, dass ihr erster Gedanke, ohne Licht durch das Haus zu schleichen, keine gute Idee gewesen war. Sie fühlte sich wie gefangen, da sie nicht wusste, wohin sie treten sollte. Das Treppengeländer bot ihr den einzigen Halt.

Ein Knarzen ließ sie aufhorchen.

War da jemand mit ihr auf der Treppe?

»Bonsoir«, rief sie in die Dunkelheit. Mit höflich gesenkter Stimme zwar, aber doch so vernehmlich, dass sich jeder Anwesende angesprochen fühlen musste.

Niemand antwortete.

Sie versuchte trotz der Dunkelheit etwas zu sehen. Ihre Augen hatten sich an das fehlende Licht gewöhnt, und sie meinte einen Schatten auf der Wand des Treppenhauses wahrzunehmen. Bewegte sich da jemand langsam vorwärts? Auf sie zu?

Ein Windhauch streifte sie.

Gabrielles Herzschlag beschleunigte sich. Sie war allein in diesem unheimlichen Treppenhaus, fühlte sich wie gelähmt und befürchtete in einem albtraumhaften Moment, die Stufen hinuntergestoßen zu werden. Ein kräftiger Stoß würde genügen. Ebenso wie ein kurzer Druck unter Wasser tödlich endete. Angst schlich durch ihren Körper. Warum öffnete sich keine der Wohnungstüren? Eine für sie ungewöhnliche Hysterie ergriff sie.

»Merde!« Der Fluch wehte aus dem Erdgeschoss nach oben. »Schon wieder ist die Sicherung kaputt!« Eine Frau regte sich auf, wahrscheinlich ging die Concierge wieder ihrer Arbeit nach.

Gabrielle zählte still die Sekunden. Sicherlich reparierte die Hausmeisterin jetzt irgendetwas, und gleich würde das Licht wieder brennen. Dieser Gedanke beruhigte Gabrielles Nerven. Vor allem aber – sie war nicht mehr ganz auf sich gestellt. Die Anwesenheit der anderen Frau schenkte ihr Sicherheit. Niemand würde wagen, sie die Treppe hinunterzustoßen, während sich noch eine Person im Hausflur aufhielt.

Das Knarzen hallte unnatürlich laut durch das nun wieder stille Haus.

Gabrielle begann zu zittern.

Mit einem Klick ging das Licht auf allen Etagen wieder an.

Unwillkürlich blinzelte Gabrielle. Sie sah hinter sich, doch vor ihren Blicken tanzten Sterne. Es dauerte eine Weile, bis sich ihre Augen an die Veränderung gewöhnten.

Inzwischen klang die Stimme der Concierge wieder herauf: »Guten Abend, Monsieur, wie gut, dass Sie von Ihrer Reise zurück sind. Werden Sie diesmal länger zu Hause bleiben?«

»Das hoffe ich sehr, Madame, mein letzter Aufenthalt war recht unbequem.«

Gabrielle lauschte. Sie war sich nicht sicher, aber hatte nicht genau so Baron de Mougève geklungen? Außerdem passte seine Ausführung zu einem Aufenthalt im Gefängnis.

»Dann ruhen Sie sich aus«, riet die Concierge dem Mieter.

»Vielen Dank«, antwortete er freundlich, diesmal schien er schon weiter entfernt vom Erdgeschoss zu sein. Offenbar bewegte er sich aufwärts; der auf den Treppen verlegte Teppich dämpfte seine Schritte. Schließlich stand er unterhalb des Absatzes, auf dem Gabrielle ausharrte. »Mademoiselle Chanel, wenn ich nicht irre«, stellte er in einem Ton fest, der einen Irrtum eigentlich ausschloss.

»Guten Abend«, antwortete sie kühl. Obwohl sie ja hierhergekommen war auf der Suche nach Baron de Mougève, bereitete ihr das Wiedersehen Unbehagen. »Sie wohnen also hier in diesem Haus.«

»Warum sollte ich eine falsche Adresse auf meine Visitenkarte drucken lassen?«, gab er verwundert zurück.

Sie zuckte mit den Achseln und schwieg.

Baron de Mougève stieg die Stufen zu ihr hinauf und reichte ihr die Hand. Als sie einschlug, führte er ihre Rechte an seine Lippen.

»Ich bin froh, dass Sie gekommen sind. So kann ich Ihnen unser unerfreuliches Treffen auf der Préfecture neulich erklären.«

»Ich bin ganz Ohr.«

Demonstrativ beugte er sich über das Geländer und blickte nach unten, dann sagte er mit einem schiefen Lächeln: »Kommen Sie bitte in meine Wohnung, da spricht es sich leichter.«

Natürlich wollte er nicht, dass die Concierge erfuhr, warum er verhaftet worden war. Gabrielle bezweifelte allerdings, dass er ihr die Wahrheit anvertrauen würde. Aber selbst eine Lüge war wohl nicht für die Hausmeisterin geeignet. Sie folgte ihm deshalb zu seiner Wohnungstür und wartete geduldig, als er in seiner Manteltasche nach dem Schlüssel kramte und diesen nach einer Weile benutzte. Ihr Blick wanderte von seinem Hinterkopf zu dem in Augenhöhe befindlichen Namensschild. Es war eine handschriftliche Notiz, die in die Vorrichtung geschoben war. Offenbar wollte sich Baron de Mougève nicht für länger unter dieser Adresse einrichten.

Die Wohnungstür schwang auf. »Ich gehe vor«, sagte der Mieter und trat ein, um das Licht in der Diele einzuschalten.

Gabrielles Augen weiteten sich. Mit einiger Verzögerung hatte sie begriffen, dass nicht nur ein Name auf dem Schild stand. Im Vorbeigehen blickte sie mit größerer Konzentration darauf. Es war keine Einbildung. In geschwungener Schrift stand dort:

Baron de Mougève
Larousse

Sie schnappte nach Luft. Ein Monsieur Larousse war mit der Toten in Deauville verlobt gewesen, jener unglücklichen Madame Delpierre, die wohl einen Zettel mit der Anschrift in Louviers hinterlassen hatte. Wie häufig kam dieser Name vor, dass das Zusammentreffen ein Zufall sein konnte?

»Mademoiselle Chanel, treten Sie bitte näher!«

Zögernd folgte sie seiner Aufforderung. »Sie leben nicht allein?«, fragte sie, während er die Tür hinter ihr schloss.

»Doch, eigentlich schon. Ein Freund von mir benutzt nur regelmäßig das Gästezimmer, wenn er aus der Provinz nach Paris kommt.«

Sie nickte still, als würde sie seiner Erklärung Glauben schenken. Vielmehr befürchtete sie, dass es sich bei den Messieurs de Mougève und Larousse um denselben Mann handelte. Aber wie passte das zu dem mysteriösen Monsieur Lacôste? Das war garantiert eine andere Person als Gabrielles Gastgeber, Misia hätte ihn erkannt.

Unsicher blickte sie sich um. In dem langen Korridor standen verschiedene Koffer an der Wand aufgereiht. Modelle aus Leder, neue wie alte, einer aus Pappe, ein anderer aus einem in leuchtenden Farben gewirkten Gobelin. Der Flur war lang, und die Zahl der vielen Koffer kaum abzuschätzen. Es wirkte wie mehr als nur ein Hausstand. »Wollen Sie umziehen?«, entfuhr es ihr, bevor sie sich daran erinnerte, dass die Concierge hatte anklingen lassen, Baron de Mougève befinde sich oft auf Reisen.

Er lächelte sie arglos an. »Das ist das Gepäck meines Freundes Larousse. Er ist Handelsvertreter und deponiert seine Proben gerne hier, um nicht ständig von dem vielen Zeug belastet zu sein. Aber Sie haben recht, die Koffer nehmen ein wenig überhand.«

»So sieht es aus – ja.«

»Möchten Sie nicht ablegen und in den Salon kommen? Ich würde gerne eine Flasche Champagner für uns öffnen.«

Unglücklicherweise fiel Gabrielle in diesem Moment ein, dass die Concierge nichts von ihrem Aufenthalt hier wusste. Niemand hatte eine Ahnung, wo sie sich befand. Was immer den Baron mit seinem Freund Larousse verband, sie musste vorsichtig sein. Ihr Blick flog zu der geschlossenen Eingangstür, und sie fühlte eine seltsame Enge im Hals. Sie stopfte Halt suchend die Hände in die Taschen ihrer Jacke. »Ich bleibe nicht lange.«

»Ich hole uns trotzdem etwas zu trinken«, verkündete er und lächelte wieder. »Wenn Sie lieber hier warten, können Sie das natürlich tun. Ich bin gleich wieder da.« Mit schwingendem Schritt verschwand er in einem Raum, der wahrscheinlich die Küche war.

Gabrielle stand keinen halben Meter von einem der Koffer entfernt. Ihr fiel ein lederner Anhänger auf, einer der Sorte, die man gewöhnlich für die Angabe einer Adresse nutzte. Intuitiv bückte sie sich danach, drehte die Lederseite nach unten und blickte auf die handschriftlichen Notizen. Es war der ihr unbekannte Name einer Frau und eine Anschrift in Pacy-sur-Eure, einem kleinen Ort in der Normandie. Baron de Mougève hatte gelogen. Zumindest bei diesem Gepäck handelte es sich offenbar nicht um den Warenkoffer eines Handelsvertreters. Was für eine merkwürdige Entdeckung!

Rasch richtete sie sich wieder auf – und blickte auf die scharf geschliffene schmale Schneide eines auf sie gerichteten Küchenmessers.

Wann war Baron de Mougève wieder in den Korridor getreten? Gabrielle hatte seine Rückkehr nicht wahrgenommen. Er musste sich leise wie eine Katze bewegt haben. Und er hatte ihre Neugier gewiss beobachtet.

Raus hier, dachte sie, ich muss sofort hier raus!

Mit einer gewissen Erleichterung registrierte sie, dass der Mann vor ihr stand und sich die Wohnungstür hinter ihr befand, er war ihr bei ihrem Rückzug also nicht im Weg. Langsam und bedacht machte sie einen Schritt nach hinten.

»Verzeihung«, sagte ihr Gastgeber, »ich wollte Sie mit dem Messer nicht erschrecken. Es ist mein Lieblingswerkzeug, um eine Flasche Champagner zu öffnen ...«

Mehr hörte sie nicht. Sie hatte die Tür aufgerissen und stürmte hinaus auf die Treppe. Zwei Stufen auf einmal nehmend, lief sie hinunter, sie schwebte mehr über die Etagen und war sich sicher, dass sie im Erdgeschoss auf den Fliesenboden schlagen würde, wenn sie dort ankam. Aber das war einerlei. Ein paar blaue Flecken waren nicht so schlimm wie die Attacke eines möglichen Mörders, der auf alle Ungereimtheiten eine wohlklingende, charmante Antwort fand.

»Mademoiselle Chanel!« Sein Ruf klang plötzlich gefährlich nah.

30

Prompt stolperte Gabrielle auf der letzten Stufe und fiel schmerzhaft auf die Knie. Ihre Seidenstrümpfe und der Saum ihres Rocks rissen ein, der Absatz des rechten Schuhs brach ab, aber sie rappelte sich auf und eilte, so schnell sie konnte, aus dem Haus. Obwohl hinter den Vorhängen der Hausmeisterwohnung gelbes Licht schimmerte, fühlte sich Gabrielle erst in ihrem eigenen Wagen wieder sicher. Sie startete das Automobil und war dankbar für die Zuverlässigkeit, mit der es sofort ansprang. Ohne noch auf das Eingangsportal des Hauses zu blicken, fuhr sie los. Sie wollte nicht wissen, ob ihr Baron de Mougève bis auf die Straße folgte. Sich auf den Verkehr konzentrierend, verbat sie sich die Erinnerung an das Messer. So schaffte sie es nach Hause.

Ihr Diener empfing sie mit einem bestürzten Blick. »Mademoiselle Chanel, um Gottes willen, hatten Sie einen Unfall?«

»Ich bin unglücklich gefallen«, wehrte sie ab, während sie die kaputten Schuhe abstreifte. »Es ist nicht so schlimm, ich muss mich nur von dem Schreck erholen.« Allerdings verriet sie Joseph nicht, dass der Anblick des Messers weit Furcht einflößender gewesen war als der Sturz von der Treppe.

»Soll ich Ihnen ein Bad einlassen?«

Josephs Frage löste eine Alarmglocke in Gabrielles Kopf aus. »O nein, keine Badewanne. Ich werde gleich zu Bett gehen.«

»Möchten Sie noch einen Imbiss? Soll ich Ihnen ein Glas Champagner in Ihr Zimmer bringen?«

Das Messer trat so deutlich in ihr geistiges Blickfeld, als hielte es nun Joseph. »Nein. Vielen Dank. Ein Tee wäre wohl die bessere Wahl.« Jetzt hatte ihr Baron de Mougève auch noch den Appetit auf Schaumwein verdorben!

Gabrielle fühlte sich, als müsste sie unter der Last ihrer Eindrücke zusammenbrechen. Oder weil ihre Knie so wehtaten. Am liebsten hätte sie sich auf den Teppich vor Josephs Füße geworfen. Reiß dich zusammen!, dröhnte eine innere Stimme. Stolz hob sie das Kinn und humpelte an ihrem Diener vorbei. Aus dem Augenwinkel nahm sie wahr, wie er sich nach ihren Schuhen bückte. Und dann sah sie noch, wie Joseph den Kopf schüttelte.

In dieser Nacht schlief sie schlecht. Wenn sie sich bewegte, wachte sie von den Schmerzen auf. Sie träumte von Wasserleichen und Messerstechereien, von roten Rosen, die sich in Blut verwandelten, und von allerlei Hüten. Im Halbschlaf fiel ihr ein, dass Baron de Mougève keinen Hut getragen hatte. Offenbar war er ohne Kopfbedeckung ausgegangen, die Polizei hatte ihn auch barhäuptig verhaftet, jedenfalls fehlte der Fedora bei ihrer Begegnung im Kommissariat. Und die Wohnung hatte nicht nach Mouchoir de Monsieur geduftet. Auch das fiel ihr erst jetzt, mitten in der Nacht, im Nachhinein auf. Sie wälzte sich auf ihrem Laken herum und biss die Zähne zusammen, um nicht aufzuschreien.

Als der Morgen graute, war sie sich bewusst, dass sie ihr Erlebnis mit einer Vertrauensperson teilen musste. Am naheliegendsten war es wohl, Kommissar Hollande zu informieren. Doch Gabrielle fürchtete sowohl seinen Ärger über ihre eigenmächtige Recherche als auch seine Zweifel an dem, was sie ihm erzählen wollte. Letztlich trieben sie nur Indizien um, Beweise hatte sie keine. Deshalb zog sie es vor, sich zunächst mit Misia zu besprechen. Die Freundin hatte sich von Anfang an sogar weniger von Baron de Mougève täuschen lassen als Gabrielle. Außerdem kannte Misia Teile der Geschichte, die Gabrielle dem Kommissar bislang verheimlicht hatte. Es war auf jeden Fall einfacher, sich mit ihr zu beraten. Denn eines stand für Gabrielle fest: Sie konnte die Angelegenheit keinesfalls auf sich beruhen lassen.

Das sah Baron de Mougève offenbar ebenso.

Da Misia vor der Mittagszeit nicht ansprechbar war, ging Gabrielle auf etwas wackeligen Beinen zunächst in ihr Geschäft. Erstaunt betrachtete sie den Strauß weißer Rosen, der am frühen Morgen geliefert worden war. Ein kleines Billett steckte zwischen den Blumen, das sie ebenso verwundert wie neugierig auseinanderfaltete. Die Schrift war ihr unbekannt, die Wörter weckten jedoch sofort düstere Erinnerungen:

Verehrte Mademoiselle Chanel!

Bitte nehmen Sie meine Entschuldigung an. Nichts lag mir ferner, als Sie zu erschrecken. Es tut mir unendlich leid, dass dies geschehen ist. Bitte vergeben Sie mir!

Ihr ergebener Philippe de Mougève

War er vielleicht doch aufrichtig? Genau genommen würde ein Verbrecher doch eher das Weite als weiterhin den Kontakt zu ihr suchen. Oder? Woher wusste er überhaupt, wohin er die Rosen liefern lassen sollte? Sie hatte sich nur als Geschäftsfrau, nicht als Modeschöpferin zu erkennen gegeben. Das bedeutete, dass er sich nach ihr erkundigt hatte. Was mochte dieses Interesse bedeuten?

Nachdenklich fächerte sich Gabrielle mit seiner Karte Luft zu.

Es dauerte eine Weile, bis sie den feinen Duft registrierte, der bei jeder Bewegung stärker zu ihr wehte. Das Papier hatte anscheinend das Aroma der Blumen angenommen. Doch einen Atemzug später wurde sich Gabrielle bewusst, dass sie vor allem Lavendel und Bergamotte wahrnahm, keine Rosen. Sie hielt den kleinen Brief direkt unter ihre Nase, bewegte ihn hin und her. Ein Irrtum war ausgeschlossen. Die Nachricht von Baron de Mougève roch nach Mouchoir de Monsieur.

Gabrielle schob entschlossen ihren Schreibtischstuhl zurück. Egal ob sich Misia schon passabel genug für einen Besuch fühlte, sie musste umgehend mit ihr sprechen.

*

Während Gabrielle von dem gestrigen Abend erzählte, rieb sich Misia schlaftrunken die Augen. Gabrielle hatte bei ihrem Eintreffen in der Wohnung der Serts darauf bestanden, dass ihre Freundin geweckt wurde. Inzwischen war es Vormittag, und Misia würde ohnehin bald aufstehen, befand Gabrielle. Nun saß sie ihrer Freundin, die noch ein mit Straußenfedern besetztes Negligé trug und deren Haare bezaubernd zerzaust waren, in deren Salon gegenüber. Das Hausmädchen hatte Kaffee, Tee und herzhaft belegte Brote serviert, die in Polen traditionell zum Frühstück gereicht wurden, nicht aber in Frankreich. Gabrielle knabberte an einem Croissant.

»Du machst mir Konkurrenz«, stellte Misia fest. Sie tupfte mit den Fingerspitzen über die Stelle, die nur noch leicht violett umrandet war. »Deine Geschichte klingt fast ebenso dramatisch wie mein Abenteuer in Louviers.«

»Baron de Mougève hat mich nicht niedergeschlagen …«, warf Gabrielle ein.

»Und auch nicht erstochen«, fügte Misia hinzu. »Ich kann die Vorstellung kaum aushalten, dass du jetzt mit einem Messer in der Brust in einer Wohnung im siebzehnten Arrondissement liegen könntest.«

»Es fällt mir bei Tageslicht sehr schwer anzunehmen, dass mich der Baron umbringen wollte. Vielleicht wollte er wirklich nur den Champagner öffnen.«

»Mit einem Messer?«, fragte Misia süffisant. »Wenn du das wirklich glaubst, bist du verrückt, Coco.«

Tatsächlich hatte sich Gabrielle die Szene wieder und wieder durch den Kopf gehen lassen. »Er muss das Messer schon in der Hand gehabt haben, als ich mir den Kofferanhänger ansah«, murmelte sie. »Wie sollte er ahnen, dass ich nicht tatenlos auf ihn warten würde?«

Misia stöhnte wie gequält auf. »Er ist ein Heiratsschwindler, Coco, ein Mann, der Frauen in Bars anspricht. Ich wette, der kennt unser Innenleben besser als wir beide zusammen. Außerdem ist es kein Geheimnis, dass Frauen neugierig sind. Dieser Wesenszug geht schon auf Kleopatra zurück.«

»Hm«, murmelte Gabrielle.

Einen Moment schwiegen die Freundinnen, jede in ihre eigenen Gedanken versunken, dann resümierte Misia in sachlichem Ton: »Jedenfalls haben wir es hier mit einem Heiratsschwindler zu tun, der die Koffer seiner Opfer mitgehen lässt, und mit einem Mörder, der sich als Vertreter ausgibt.«

Gabrielle starrte sie an. »Du glaubst nicht, dass Baron de Mougève und Monsieur Larousse ein und dieselbe Person sind?«

»Natürlich sind sie das nicht«, protestierte Misia. »Dieser Larousse tauchte im Hôtel de la Plage als Verlobter der Toten auf, er räumte sogar ihr Zimmer aus. Die Hotelangestellten hätten doch sofort erkannt, wenn es sich dabei um ihren anderen Gast, den Baron de Mougève, gehandelt hätte. Ich bin ganz sicher, dass wir es hier mit zwei verschiedenen Männern zu tun haben.«

Im ersten Moment war Gabrielle erleichtert, dass ihr Kavalier wohl doch keine Frau ertränkt hatte. Bei näherer Betrachtung fand sie seine Freundschaft zu diesem Larousse aber nicht sonderlich entlastend. »Nehmen wir also an, Baron de Mougève und Monsieur Larousse sind nicht dieselbe Person, was ist mit deinem Monsieur Lacôste?«

Misia verzog das Gesicht. »Was soll mit ihm sein? Das ist definitiv nicht der Baron.«

»Ja. Ich weiß. Aber könnte das nicht Monsieur Larousse sein? Ich meine, vielleicht hatte die arme Madame Delpierre herausgefunden, dass ihr Verlobter noch einen weiteren Namen trägt und unter diesem ein Anwesen in Louviers bewohnt. Es könnte doch sein, dass das ihr Todesurteil war.«

»Möglich.« Anscheinend lief ein Schauer durch Misias Körper, denn sie schlang die Arme um ihren Leib. »Umso weniger gefällt mir die Freundschaft der Herren de Mougève und Larousse. Übrigens, sag mir bitte noch einmal, wo die Besitzerin des Koffers, den du gestern entdeckt hast, wohnt.«

»Ich hatte die Anschrift noch gar nicht erwähnt«, antwortete

Gabrielle erstaunt. »Es handelte sich um Pacy-sur-Eure, einen kleinen Ort in der Normandie, soviel ich weiß.« In dem Moment, in dem sie es ausgesprochen hatte, fiel ihr der Zusammenhang wie Schuppen von den Augen.

»Alles hängt irgendwie zusammen und findet irgendwo in der Normandie statt«, sprach Misia aus, was Gabrielle plötzlich dachte. »Es ist wie ein Muster. Als wäre die Normandie eine Art Einzugsgebiet. Alles, was wir inzwischen über die beiden angeblichen Unfälle in den Hotelbadezimmern wissen, führt uns dorthin. Das betrifft auch den Baron, wobei sein Freund Larousse ja in Deauville aktiv war, während er im selben Hotel übernachtete, wie du ja durch die Zimmerrechnung weißt. Hattest du nicht angenommen, er wüsste nichts von dem Todesfall in der Badewanne?«

Gabrielle nickte bedrückt.

»Das war definitiv eine Lüge, da der Verlobte in seiner Wohnung nächtigt. Und wir nehmen nicht an, dass es sich um einen anderen Monsieur Larousse als den Bräutigam handelt, nicht wahr?«

»Natürlich.«

»Erstaunlicherweise«, fuhr Misia fort, »wohnt deine Madame Bonnet ebenfalls in der Gegend. Und der Koffer mit der Anschrift in Pacy-sur-Eure ist ein weiteres Puzzleteil. Das ist alles kein Zufall, Coco, sondern ein Muster.«

»Das sagtest du schon.« Gabrielle schwirrte der Kopf. »Ich sehe lauter Fäden, aber ich finde keinen Anhaltspunkt, wo ich sie entwirren könnte.«

Misia schmunzelte. »Das sollten wir den netten Kommissar fragen.«

Bloß nicht, dachte Gabrielle entsetzt. Kommissar Hollande würde uns für zwei überspannte Frauen halten, die sich vor lauter

Langeweile alberne Fälle ausdenken. »Du hast ihn gehört«, antwortete sie mit gepresster Stimme. »Er ist in der Normandie nicht zuständig.«

»Aber er ist für eine Wohnung im siebzehnten Arrondissement zuständig.«

Gabrielle verdrehte die Augen. »Was nutzt das? Wir haben keinen einzigen Beweis, den wir dem Kommissar präsentieren können.«

»Ich denke, dass er an Monsieur Larousse und an dem Kofferanhänger ein gewisses Interesse haben dürfte. Es ist wohl ausgeschlossen, dass es sich bei dem Gepäckstück um den Besitz eines Handlungsreisenden handelt. Also wurde der Koffer gestohlen, und wahrscheinlich hat die Dame den Diebstahl zur Anzeige gebracht. Damit ist die Wohnung relevant für Kommissar Hollande.« Misia strahlte Gabrielle an, als hätte sie höchstselbst einen schwierigen Fall gelöst. »Warte bitte auf mich, ich ziehe mich nur schnell an, dann können wir in die Préfecture fahren. Der nette Kommissar freut sich bestimmt, uns zu sehen. Hach, ist das aufregend!«

31

Kommissar Hollande freute sich nicht annähernd so, wie Misia vermutet hatte. Mit mürrischem Gesichtsausdruck blickte er seine Besucherinnen an. »Ich kann Ihnen nichts berichten, das für Sie von Interesse ist, Mesdames«, verkündete er nach einem flüchtigen, der Höflichkeit geschuldeten »Guten Tag« bei ihrem Eintreten. Er bot ihnen keinen Platz an.

»Wir sind gekommen, weil wir Ihnen etwas erzählen müssen, das für Sie von Belang ist«, erwiderte Misia kühl. Ihr Ton bewies Gabrielle, wie verärgert sie über die ablehnende Haltung des Kriminalkommissars war. »Oder besser gesagt: Meine Freundin Coco Chanel hat wichtige Informationen für Sie.«

»Haben Sie Ihre Nase wieder in Dinge gesteckt, die Sie nichts angehen, Mademoiselle Chanel?«

Nach allem, was sie durchgemacht hatte, ging ihr seine Überheblichkeit auf die Nerven. »Haben Sie einen Vorgesetzten, Monsieur le commissaire?«, fragte Gabrielle zurück. »Ich bin sicher, Ihr Chef wird uns mit besseren Manieren begegnen.«

Misia warf ihr einen anerkennenden Blick zu und lächelte still.

»Setzen Sie sich«, brummte Hollande.

Beide ließen sich auf den Stühlen vor seinem Schreibtisch nieder, überschlugen die Beine, drückten den Rücken durch und sahen ihn erwartungsvoll an.

Hollande betrachtete Gabrielle mit deutlicher Skepsis, dann Misia und wieder Gabrielle. Schließlich nickte er seufzend. »Also?«

Bevor Gabrielle antwortete, konnte Misia anscheinend nicht mehr an sich halten und stieß aufgeregt hervor: »Meine Freundin wurde gestern Abend mit einem Messer bedroht!«

»Wie bitte? Von wem? Wo?«

»In der Rue Tocqueville«, sagte Gabrielle mit einer Ruhe, die ihre Angst von gestern Lügen strafte. »Sie kennen das Haus, Monsieur le commissaire, es ist die Adresse, die der mysteriöse Monsieur Valéry in meiner Boutique angab.«

»Warum waren Sie denn schon wieder dort? Ich hatte Ihnen doch gesagt …«

»Ich war zu Besuch bei einem Bekannten«, unterbrach Gabrielle den ärgerlichen Wortschwall. Genau vor dieser Reaktion hatte sie sich gescheut. Sie reckte ihr Kinn und beschloss, es bei Hollande mit falscher Schmeichelei zu versuchen. »Sie haben natürlich recht, ich hätte nicht dort hingehen sollen. Wie recht Sie haben, bewies sich im Laufe des Abends. Aber ich konnte nicht ahnen, dass es sich bei dem Kavalier um keinen Ehrenmann handelte.« Das war eindeutig zu dick aufgetragen. Denn genau das hatte sie spätestens nach der Begegnung mit dem in Handschellen gefesselten Baron de Mougève auf dem Flur der Kriminalpolizei annehmen müssen. Sie strahlte Hollande an und legte all die Hilflosigkeit einer Frau ihrer zarten Statur in ihre Miene.

Er reagierte wie die meisten Männer – er fiel auf ihr Spiel herein.

»Wie ist der Name Ihres Bekannten, Mademoiselle Chanel? Was hat er Ihnen angetan?«

»Baron de Mougève hat …«

»Wer?«, unterbrach Hollande überrascht. »Baron Philippe de Mougève?«

»Genau der«, mischte sich Misia ein, all ihren Charme in ihre Frage legend: »Kennen Sie ihn?«

»Allerdings. Und das wissen Sie genau Mademoiselle Chanel traf den Baron sogar hier im Präsidium in Ihrer Gegenwart. Er nannte den Namen Coco Chanel später bei seinem Verhör als Leumund. Da Sie eine bekannte Persönlichkeit sind, glaubte mein Kollege vom zuständigen Ressort dem Baron die angeblich tiefe Verbundenheit. Nun weiß mein Kollege, dass wir uns kennen, deshalb fragte er mich nach meiner Meinung. Ehrlich gesagt, ich konnte mir bis jetzt nicht vorstellen, dass Sie sich mit einem Gauner einlassen, Mademoiselle Chanel, auch wenn der von Adel ist.«

Misia öffnete ihren Mund, doch es kam kein Ton heraus.

Auch wenn verschiedene Einzelheiten nicht sonderlich ruhmreich waren, entschied sich Gabrielle, dem Kommissar ohne Auslassungen die Wahrheit zu erzählen. »Wir«, hob sie an und nickte in Misias Richtung, »wir haben die Bekanntschaft des Barons in Deauville gemacht. Er war nett, unterhaltsam, charmant. Seine Gesellschaft war angenehm, und er benahm sich angemessen. Dennoch habe ich mich nicht mit ihm eingelassen, Monsieur Hollande«, fügte sie energischer hinzu.

»Weiter«, forderte er sie auf.

Sie dachte, dass sie die Bezahlung der Hotelrechnung doch besser für sich behielt. »Er gab mir seine Visitenkarte, und als ich nach Tagen zufällig darauf blickte, entdeckte ich die Adresse, die bekanntlich Monsieur Valéry angegeben hatte. Das machte mich neugierig. Deshalb wollte ich dem Baron einen Besuch abstatten.«

»Roch der Baron auch nach diesem Herrenparfüm? Wie hieß es doch gleich?«

»Mouchoir de Monsieur«, antwortete Gabrielle. »Nein, er benutzte in meiner Gegenwart kein Toilettenwasser. Aber …« Sie stockte, dann: »Als ich heute Morgen einen Blumenstrauß von ihm erhielt, war eine Karte dabei, die schwach nach dem bekannten Parfüm duftete.«

Hollande nickte bedächtig. »Wenn ich mich recht erinnere, sagten Sie aus, dass Sie diesen Monsieur Valéry in Ihrer Boutique nicht genau gesehen hatten, richtig? Könnte er Sie wiedererkennen, Mademoiselle Chanel?«

»Nein. Ich stand verborgen auf der Treppe, als Monsieur Valéry den Hut für seine Braut bestellte.«

»Coco hat dort den perfekten Platz, um ihr Geschäft zu überblicken, aber ungesehen zu bleiben«, erklärte Misia eifrig.

Der Kommissar achtete nicht auf sie. »Könnte es sich bei Monsieur Valéry und Baron de Mougève um dieselbe Person handeln, Mademoiselle Chanel?«

»Ich habe mir diese Frage auch schon gestellt, aber ich weiß es nicht. Bis heute Morgen dachte ich, das sei ausgeschlossen. Aber inzwischen …« Sie brach in beredtem Schweigen ab.

Hollande nickte noch einmal. »Die glückliche Braut mittleren Alters, das vorgegaukelte Luxusleben und ein gewisses charmantes Auftreten passen zu einem Heiratsschwindler. Baron de Mougève verführte einsame Damen mit seiner Noblesse dazu, ihm größere

Geschenke zu machen. Geld und Schmuck etwa. In manchen Fällen griff er auch selbst zu. Er ist polizeibekannt. Ich frage Sie nur ungern, Mademoiselle Chanel, aber ich muss es wissen: Kam er auch bei Ihnen zum Zuge?«

»Nein. Natürlich nicht.«

Misia stieß zischend die Luft aus.

»Wissen Sie, er wurde nach der Anzeige einer Frau verhaftet, die ihn des schweren Raubes bezichtigte. Er soll ihre Juwelen unrechtmäßig an sich genommen haben. Nach ein paar Tagen zog sie ihre Anzeige jedoch zurück und bestand darauf, dass es sich um ein Geschenk handele. Deshalb konnte Baron de Mougève die Untersuchungshaft gestern wieder verlassen.«

Gabrielle fiel auf, dass Hollande etwas übersehen hatte. Oder er hatte den Fall des Monsieur Valéry bereits zu den Akten gelegt und damit auch die Zeugenaussage von Madame Bonnet. »Ist Ihnen seine Adresse bei der Verhaftung nicht aufgefallen?«

»Ich wusste bis eben nicht, dass er in der Rue Tocqueville wohnt«, gab Hollande zu. »Heiratsschwindler gehören nicht zu meiner Klientel, der Fall wurde von der zuständigen Abteilung bearbeitet. Mein Kollege zog mich nur Ihretwegen hinzu, Mademoiselle Chanel, Details über den Täter erfuhr ich nicht. Aber was hat er Ihnen denn nun angetan?«

»Er ging mit einem Messer auf Coco los!«, rief Misia in dramatischem Ton. Offensichtlich fühlte sie sich bei dem Gespräch zwischen Gabrielle und Hollande etwas zurückgesetzt. »Ist das nichts?«

Gabrielle zögerte, dann: »Er behauptete, er wolle mit dem Messer eine Flasche Champagner öffnen. Aber ich habe mich fürchterlich erschrocken und bin weggelaufen.«

»Da war doch noch etwas«, insistierte Hollande. »Wegen eines Missverständnisses wären Sie nicht hier, Mademoiselle Chanel. Was ist noch passiert?«

»Ich fürchte, ich habe etwas gesehen, was nicht für meine Augen bestimmt war. Und dann ist da noch dieser Monsieur Larousse …« Noch einmal zögerte sie, dann atmete Gabrielle tief durch und erzählte dem Kommissar im Detail, was sich gestern Abend zugetragen hatte.

»Das ist in der Tat alles recht merkwürdig«, stimmte Hollande zu, nachdem sie geendet und er einen Moment gegrübelt hatte, wobei er mit der gesunden Hand seinen Armstumpf massierte. »Ich habe die Polizeiakte aus Deauville erhalten und auch die Unterlagen zu dem Todesfall im Hôtel d'Alsace gelesen. In beiden Fällen spricht nichts für einen Mord. Man könnte doch meinen, dass sich eine Frau wehrt, die ertränkt wird, aber es befand sich nicht einmal eine Pfütze des Badewassers neben der Wanne. Das Umfeld ließ keinen anderen Schluss als einen Unfall zu. Die Kollegen haben ordentliche Arbeit geleistet, ich habe die Fotografien von den Badezimmern und den Leichen genau studiert.«

Gabrielle blickte ihm in die Augen. »Glauben Sie an ein Unglück?«

»Nein, Mademoiselle Chanel, ich glaube, dass da etwas nicht mit rechten Dingen zugegangen ist. Letztlich haben Sie beide hier die Verbindung zwischen den Fällen hergestellt. Deshalb rate ich Ihnen dringend, Mesdames, sich herauszuhalten. Ich weiß nicht, was in den Badezimmern geschehen ist, aber ich weiß, dass es gefährlich für eine Frau ist, sich mit den falschen Männern einzulassen.«

»Ich habe nicht …«, protestierte Gabrielle, wurde jedoch von Misias liebenswürdiger Stimme unterbrochen: »Coco, der Kommissar meint es nur gut mit dir.«

Ein breites Grinsen erschien auf Hollandes Gesicht. Es verschwand jedoch viel zu rasch, um ihn sympathisch wirken zu lassen. »Ich werde mir den Baron de Mougève vorknöpfen. Und diesen Larousse werde ich auch ausfindig machen. Von den vielen Koffern in der Wohnung gehört sicher nicht nur der eine einer unbekannten Frau. Ich kümmere mich darum. Verlassen Sie sich auf mich, Mesdames, aber halten Sie sich da raus. Haben wir uns verstanden?«

Misia und Gabrielle nickten eifrig.

32

»Und nun?«, wollte Misia wissen. »Was unternehmen wir nun?«

Nach dem Verlassen des Polizeipräsidiums lehnten die beiden Frauen an der Brüstung, die den Vorplatz des Gebäudes von der tiefer gelegenen Promenade an der Seine trennte. Ein voll beladener Lastkahn glitt langsam über den Fluss, er wirkte, als würde ihn das Gewicht an Deck unter Wasser drücken, ihm folgte ein kleineres Boot. Es war ein vertrauter und deshalb beruhigender Anblick.

Zur weiteren Linderung ihres Nervenkitzels halfen Zigaretten. Gabrielle formte mit den Händen einen Trichter, um Misias »Simon Arzt« vor der heraufwehenden Brise zu schützen, während die Freundin sich Feuer nahm. Danach griff sie in ihr Etui. »Vermutlich werde ich in mein Geschäft gehen und neben allem anderen, das zu tun ist, zwei Briefe aufsetzen«, sinnierte sie laut nach dem ersten Lungenzug. Gedankenverloren blickte sie dem Rauch nach, der sich rasch auflöste.

»Wem willst du schreiben?«

»Ich sollte mich bei Madame Bonnet melden. Immerhin kann ich ihr nun mitteilen, dass sich Kommissar Hollande der Angelegenheit weiterhin annimmt. Vielleicht schreibe ich ihr auch, dass er eine Spur verfolgt. Das wird sie beruhigen.«

Misia drehte sich um, sodass sie mit dem Rücken zum Fluss stand. »Ich kann nicht auf das Wasser sehen, ohne dabei an zwei ertränkte Frauen zu denken«, meinte sie mit einem etwas schiefen, entschuldigenden Lächeln.

»Wäre ich nicht mit Madame Bonnet in Deauville verabredet gewesen, hätte ich die Duplizität der Ereignisse gar nicht bemerkt.«

»Und ich hätte Baron de Mougève nicht kennengelernt. Es war wie eine Kettenreaktion, nicht wahr?« Misia erwartete offenbar keine Zustimmung, denn sie fuhr fort: »Da aber nun auch der Kommissar daran zu glauben scheint, dass die beiden Frauen umgebracht wurden, müssen wir sehr vorsichtig sein. Wer weiß, was sich der Mörder noch für Unglücksfälle ausdenkt, die erst einmal nur tragisch, aber harmlos wirken. Was machst du heute Abend, Coco?«

»Ich werde versuchen, Jean Cocteau von Radiguets Krankenbett zu locken. Er leidet noch mehr als der Kranke selbst, befürchte ich, und er kann gewiss ein wenig Zuspruch gebrauchen. Die neuen Entwicklungen in unserem Fall werden ihn aufheitern.« Gabrielle hatte diese Entscheidung spontan getroffen, aber sie schien ihr auch für sich selbst eine wohltuende Abwechslung zu sein. Zudem würde ihr Cocteaus Sicht auf den gestrigen Abend bei der Verarbeitung des Geschehens helfen, wenn sie die Neugier ihres Freundes befriedigen und ihm alles über Baron de Mougève und Monsieur Larousse berichtete. »Warum schließt du dich uns mit Sert nicht an?«

»Radiguet soll an Typhus erkrankt sein«, erwiderte Misia. »Dabei dachte ich, der ganze Wirbel um seinen Roman hätte ihn umgeworfen. Hoffentlich übersteht er beides. Meinst du, man kann sich über einen Besucher am Krankenbett anstecken?«

»Kommst du nun mit?«, wollte Gabrielle ungeduldig wissen. »Und nein, ich glaube nicht, dass Cocteau die Infektion herumträgt. Im Les Deux Magots werden wir noch andere Freunde treffen. Das wird bestimmt eine lustige Runde.« Sie hatte das Café gewählt, weil es nicht weit von Cocteaus derzeitigem Wohnsitz im Hôtel Des Beaux Arts entfernt lag.

Misia warf ihre Kippe auf das Kopfsteinpflaster und drückte sie mit der Spitze des Schuhs aus. »Hoffentlich sind wir nach diesem Abend noch immer fröhlich. Leider leidet unser Jean Cocteau zunehmend unter Schwermütigkeit, und ich muss zugeben, dass mich sein Seelenheil mehr mitnimmt als die Sorge um eine Infektion. Aber ja, ich bin dabei.«

In ihrer Meinung über Jean Cocteaus Gemütszustand irrte sie sich jedoch ebenso wie bei ihrer Meinung über Kommissar Hollande.

Denn Jean Cocteau gab sich ausgesprochen aufgeräumt und zuversichtlich, als er seine Freundinnen in dem Café am Boulevard Saint-Germain traf, das von den meisten berühmten Literaten wie unerkannten Genies mehr oder weniger regelmäßig frequentiert wurde. Offenbar half ein wenig Opium dem Dichter, die Stunden an Raymond Radiguets Bett zu überstehen und anschließend gute Laune zu verbreiten. Er hörte Gabrielles Bericht des gestrigen Abends gespannt zu, kam jedoch nicht dazu, seine Meinung kundzutun. Der Komponist Darius Milhaud stieß zu dem kleinen Kreis, und danach wurde der Jazz, den Milhaud bei einem Besuch im New Yorker Stadtteil Harlem kennengelernt hatte, das beherrschende Thema. Dann sprachen Milhaud und Cocteau über ihre Pläne, gemeinsam ein Ballett zu schreiben. Das Corps um Impresario Sergej Diaghilew bot sich an für die Aufführung von *Le Train Bleu*, der Vertonung von Cocteaus Gedicht über eine Reisegruppe an der Riviera.

»Coco macht die Kostüme!«, rief der Dichter euphorisch aus.

»Aber nur, wenn Picasso das Bühnenbild entwirft«, gab sie scherzhaft zurück.

Sie redeten ebenso viel, wie sie lachten und tranken. Irgendjemand drängte nach Mitternacht zum Aufbruch, und auch Gabrielle meinte, es sei Zeit für sie zu gehen. Da sich Misia und Sert mit Milhaud beim Nachhauseweg ein Taxi teilten, blieben sie und Cocteau zurück. Er legte den Arm um ihre Schultern und bat: »Lass uns zur Seine spazieren, es ist so schön, keine einzige Regenwolke stört – und sieh dir nur diesen Sternenhimmel an!«

In vertrauter Einigkeit spazierten sie durch die Gassen hinter der gotischen Kirche des heiligen Germanus in Richtung Fluss. Genau genommen ging es die nördlich führende Rue Bonaparte immer geradeaus. Hier war es deutlich ruhiger als auf der noch ziemlich belebten Hauptstraße. Die meisten Fensterläden waren geschlossen, und hinter den Fassaden brannte kaum noch Licht, die Anwohner schienen zu schlafen, und der Rest der Gebäude waren Geschäftshäuser, in denen um diese Uhrzeit nicht mehr gearbeitet wurde. Bis auf das Flattern einer Plane, die lose über der Ladefläche eines Lastkarrens hing, und ihrer im selben Rhythmus klappernden Absätze war es für eine Weile absolut still. Schweigend genossen es Gabrielle und Cocteau, diesen wunderschönen kleinen Teil von Paris für sich zu haben.

Ganz so allein waren sie allerdings doch nicht. Sie hatten fast das Ende der Rue Bonaparte erreicht, als eine Person um die Ecke der Rue des Beaux-Arts bog, deren eilige Schritte durch die Nacht hallten wie Pistolenschüsse, und ihnen entgegenkam. Der Störenfried war eine Frau, die ihren Glockenhut tief ins Gesicht gezogen hatte und den hochgeschlagenen Kragen ihres Mantels unter dem Kinn mit einer Hand festhielt. Ihre in dunkles Tuch gehüllte Figur verschwamm mit der Dunkelheit, das Gesicht war nicht zu erkennen. Wenn sie Glück hat, dachte Gabrielle, kam sie von ihrem heimlichen Liebhaber, mit Pech war sie auf dem Nachhauseweg zu ihren nörgelnden alten Eltern. Einen Atemzug später fiel Gabrielle ein, dass sie weder das eine noch das andere hatte. Seltsam berührt senkte sie den Blick.

Die Seitenstraße öffnete sich zu den Quais, die hinter der Akademie der schönen Künste an der Seine entlangführten. Hier herrschten wieder etwas mehr Verkehr und entsprechender Motorenlärm und Hupen. Als sie dem Fluss näher kamen, bemerkte Gabrielle an der Pont des Beaux-Arts eine Gruppe von Männern, die aufgeregt gestikulierten. Es waren vor allem Obdachlose, die wohl unter den Brückenpfeilern an der Promenade oder im Schatten der Uferbäume kampierten.

Ein Clochard zeigte immer wieder in das Wasser. Wortfetzen drangen zu Gabrielle und Cocteau – offenbar war ein Mann von der Brücke in den Fluss gefallen.

Plötzlich schauderte Gabrielle wie bei einem Schüttelfrost. »Bitte, lass uns ein Taxi anhalten …«

Er blickte zur Brücke und schüttelte den Kopf. »Vielleicht können wir helfen.«

»Nein.« Ihre sonst so tiefe Stimme klang ungewöhnlich schrill. Sensationsgier war Gabrielle zuwider. Aber nicht nur deshalb wollte sie so schnell wie möglich weg von dem Ort, an dem anscheinend ein Unglück geschehen war. Die Schatten, die die Automobile mit ihren Scheinwerfern auf das Pflaster warfen, ließen sie frösteln. Hier am Quai de Conti vermisste sie die Ruhe und den Frieden der engen Gassen, es war ihr unheimlich, vor den dunklen Fenstern der Akademie zu stehen. Der Mann, der, wohl des Lebens überdrüssig, in den Fluss gesprungen war, kümmerte sie wenig. Sie dachte an die toten Frauen im Badewasser und fragte sich, ob Cocteau kräftig genug wäre, sie gegen einen Angreifer mit einem Messer zu verteidigen. Was, wenn Baron de Mougève sie in die Fluten werfen wollte? Eine Frau, die zu viel wusste. Die Strömung würde sie mit sich ziehen, und die Wellen würden sie begraben. »Da sind genug Menschen. Und ich kann eine Wasserleiche nicht ertragen.«

»Woher weißt du, dass die Leute nach einem Toten suchen?«, wunderte er sich.

»Wen kennst du, der den Sprung von einer Brücke in die Seine überlebt hat?«

Cocteau zuckte mit den Achseln. »Ich kenne überhaupt niemanden, der in die Seine gesprungen ist.«

Trillerpfeifen durchschnitten die Straßengeräusche und Rufe der Clochards.

»Da kommt die Polizei«, kommentierte Cocteau das Geschehen sichtlich erleichtert. »Jetzt brauchen sie unsere Hilfe wohl tatsächlich nicht mehr.«

»Siehst du irgendwo ein Taxi?« Gabrielle drehte sich nach rechts und nach links. »Wir fahren zuerst bei dir vorbei, und dann soll mich der Fahrer nach Hause bringen.« Sie lächelte ihren Freund ein wenig gezwungen an, ziemlich sicher, dass sie den Chauffeur bitten würde, vor ihrer Adresse an der Rue Gabriel zu warten, bis sie das Licht im Treppenhaus eingeschaltet und die Haustür hinter sich geschlossen hatte. Hoffentlich war Joseph noch auf und empfing sie in einer hellen, warmen, freundlichen, sicheren Wohnung mit der Geborgenheit, nach der sie sich gerade sehnte.

33

Erst als sie am nächsten Tag auf den Strauß mit den weißen Rosen auf ihrem Schreibtisch blickte, fiel Gabrielle auf, dass diese Blumen gemeinhin als Zeichen von Trauer und Anteilnahme galten. Sie hatte nicht gleich daran gedacht, weil Kamelien ihr Markenzeichen waren, deren Blüten in der Regel genauso hell leuchteten. Jetzt fragte sie sich, ob ihr Baron de Mougève mit einem Strauß, der auch als Gesteck für eine Beerdigung verwendet werden konnte, eine Mitteilung über seinen Kartengruß hinaus zukommen lassen wollte. Sollte das Präsent nicht nur eine Aufmerksamkeit, sondern womöglich eine Warnung sein?

Sie ärgerte sich über die Furcht, die immer wieder durch ihren Körper strömte. Es war untypisch für sie, dass sie sich einschüchtern ließ. Sie war stark und mutig – wie ein Mann, dachte sie. Und zu einem Mann passte es nicht, dass er sich vor einer Person fürchtete, die in die Seine gefallen war, oder vor Blumen mit angeblichen geheimen Botschaften. Wahrscheinlich hatte Baron de Mougève gar keine Ahnung von Floriografie. Sicher hatte er Gabrielles Vorliebe für einen Vanilleton und die Farbe von Kamelien falsch eingeordnet. Doch kaum hatte sie sich diese Erklärung überlegt, kam ihr in den Sinn, dass er diese Verwechslung nur angestellt haben könnte, wenn er die Ausstattung ihrer Boutiquen und ihre Mode kannte. Das wiederum bedeutete, dass er schon einmal bei Chanel gewesen war – in Deauville oder in Paris. Möglicherweise als Monsieur Valéry.

Dieser Mann ist der Mörder meiner Schwester.

Gabrielle fuhr durch den Kopf, dass sie sich zwar mehrmals gefragt hatte, ob Baron de Mougève und Monsieur Valéry identisch sein könnten, nicht aber, ob sie ihrem Bekannten einen Mord zutraute. Ein Heiratsschwindler, der Frauen beklaute, war ihrer Ansicht nach ein anderes Kaliber als ein gemeiner Mörder. Vielleicht versagte ihr Gespür für andere Menschen aber ausgerechnet bei diesem Mann. Er hatte eine Saite in ihr zum Klingen gebracht, von der sie wünschte, dass sie verstummte. Wie albern, dass sie bei der zufälligen Begegnung mit der Wildfremden heute Nacht spontan daran gedacht hatte, wie sehr ihr ein Liebhaber fehlte. Letztlich war ein Mann doch nur die Dekoration einer Frau. Aber leider waren Accessoires zu wichtig, um ihr Fehlen nicht zu bemerken.

Unwillkürlich fragte sie sich, ob sie von Baron de Mougève so eingenommen gewesen war, dass sie mit ihm geschlafen hätte, wenn er denn nicht mit einem auf sie gerichteten Messer aus seiner Küche gekommen wäre. War sie wirklich so bedürftig, dass sie einen charmanten Adligen anziehend fand, der nichts als seine Manieren und seinen Titel zu bieten hatte? Wenn der Baron diesen Eindruck bekommen hatte, stand es ziemlich schlecht um sie. Und noch schlimmer: Vielleicht hatte er sogar recht gehabt. Glücklicherweise gehörte diese Sehnsucht jedoch der Vergangenheit an, heute sah sie klarer.

Eben noch hatte sie eine Karte an ihn schreiben und sich für die Rosen bedanken wollen. Nun legte sie ihren Füllfederhalter nieder. Sie würde morgen an Baron de Mougève schreiben. Auch ihre Neugier sollte eine Pause einlegen. Heute würde sie nur den Brief an Madame Bonnet abschicken, in dem sie die Kundin beruhigte und Kommissar Hollandes Bemühungen versicherte, die auf Gabrielles Eindrücken basierten. Sie versprach nichts und sagte auch nur so viel, dass sich Cécile Bonnet nicht vergessen fühlte. Es würde Madame sicher helfen zu erfahren, dass in ihrer Sache etwas geschah.

»Mademoiselle Chanel, ein Bote von Monsieur Wertheimer hat gerade die Verträge abgegeben.« Madame Aubert erschien mit einem großen Umschlag in der Hand in der Zimmertür.

Gabrielle hatte über den Gedanken an ihr Liebesleben das Klopfen anscheinend überhört. Sie nickte ihrer Geschäftsführerin zu. »Danke. Ja. Die Verträge schaue ich mir gleich an. Würden Sie bitte diesen Brief mitnehmen und nach Le Havre schicken?« Sie tauschte das kleine Kuvert gegen das Päckchen mit den offensichtlich umfangreicheren Schriftstücken.

»Und dann soll ich Ihnen ausrichten, dass Monsieur Cocteau heute Abend mit Monsieur Diaghilew und anderen Herren zu Ihnen nach Hause kommt, um über ein Ballett zu sprechen. Er hatte angerufen, und ich dachte, Sie wollten nicht gestört werden.«

»Danke. Das passt mir gut.«

Tatsächlich hatte sie keine andere Verabredung. Aber ihre Freunde waren da, wenn sie sie brauchte. Unerschütterlich liebenswert und in die Zukunft blickend. Während Gabrielle die Verträge aus dem Umschlag nahm, dachte sie, dass der Abschied von ihrem Chanel No 5 schmerzlich war, aber schon öffnete sich die Tür für ein neues Projekt, das über ihre Modelinien hinausging. Es war nicht das erste Mal, dass sie Kostüme für das Ballets Russes kreierte, aber es war der richtige Zeitpunkt, um eine neue Bühnenkollektion zu entwerfen.

34

Gerade einmal vierundzwanzig Stunden später hatte Gabrielle den Vertrag mit den Wertheimers unterschrieben und einen weinseligen, nikotinreichen Abend hinter sich gebracht. Sie dachte nur noch ganz selten an die Vergangenheit, dafür umso mehr an ihre Erfolge in der Zukunft. Sie fand sogar den Mut, gleich am Morgen an Baron de Mougève zu schreiben und um ein Treffen zu bitten. Am helllichten Tag würde er sie unter den Augen zahlloser anderer Menschen kaum bedrohen, wenn sie sich im Café de l'Opéra wiedersahen, wie von ihr vorgeschlagen. Sie hoffte, ihm in einem Gespräch ein paar Informationen entlocken und herausfinden zu können, ob er unter dem Namen Valéry in ihrer Boutique gewesen war.

Sie fühlte sich beschwingt von der eigenen Zuversicht. Als Madame Aubert den Besuch von Kommissar Hollande meldete, fühlte sie sich in ihrer guten Laune nur bestärkt und empfing ihn mit einem überaus herzlichen Lächeln. Angesichts seiner ernsten Miene erlosch dieses jedoch gleich wieder. Außerdem befand er sich in Begleitung des jungen Polizisten, der neulich ihre Aussage aufgenommen hatte. Der verlieh seinem Auftreten etwas überaus

Offizielles. »Sie sehen aus, als brächten Sie schlechte Nachrichten, Monsieur le commissaire«, stellte sie fest.

»Guten Tag, Mademoiselle Chanel«, gab er kühl zurück. Den angebotenen Sessel lehnte er mit einem Kopfschütteln ab. »Ich bin hier, um Sie zu fragen, wo Sie vorgestern Abend gegen Mitternacht waren.«

»Ich war mit Freunden im Les Deux Magots«, antwortete sie automatisch. Bedächtiger fügte sie hinzu: »Vielleicht war ich auch schon auf dem Weg nach Hause. Wir sind noch ein wenig spazieren gegangen und haben dann ein Taxi genommen.«

Hollande wechselte einen kurzen Blick mit seinem Mitarbeiter, an dessen Namen sich Gabrielle endlich erinnerte. Pierre Roger zog Notizblock und Bleistift aus seiner Brusttasche. »Wer ist wir?«, fragte der Kriminalkommissar.

»Jean Cocteau und ich.«

»Sie waren also die ganze Zeit in Begleitung?«

Langsam wurde Gabrielle nervös. Sie zündete sich eine Zigarette an. »Sie können Monsieur Cocteau und meine anderen Freunde fragen, wenn Sie mir nicht glauben. Und als ich nach Hause kam, wartete mein Diener auf mich.«

»Wie schreibt man Cocteau?«, wollte der junge Polizist wissen.

Hollande machte eine wegwerfende Bewegung. »Das ist nicht von Belang. Wir brauchen keine Zeugenaussage von Monsieur Cocteau. Es sei denn, Mademoiselle Chanel, Sie haben auf Ihrem Spaziergang irgendetwas bemerkt, was Ihnen ungewöhnlich erschien.«

»Was soll da gewesen sein?«, fragte sie, während sie den Rauch ausatmete. »Es war eine stille, sternklare Nacht …« Sie unterbrach sich, zog wieder an ihrer Zigarette. »An der Pont des Beaux-Arts gab es einen Menschenauflauf. Wir hörten, dass jemand von der Brücke in die Seine gesprungen sei. Aber dann kam schon die Polizei, und wir kümmerten uns nicht um das Unglück.«

»Der Mann ist nicht gesprungen, Mademoiselle Chanel, er wurde gestoßen.«

»Oh!« In ihrem Kopf schrillten mehrere Alarmglocken. Ihre Hand, die die Zigarette hielt, zitterte leicht. »Wer macht denn so etwas?«

»Das versuche ich herauszufinden«, brummte Hollande. »Einige Zeugen wollen gesehen haben, dass der Tote Streit mit irgendjemandem hatte. Aber die Meinungen gehen auseinander, ob es sich dabei um die Auseinandersetzung mit einer Frau, einem Mann oder einem Paar handelte, und genaue Beschreibungen haben wir natürlich auch nicht.«

Mit einem Mal hörte das Läuten in ihrem Kopf auf. Gabrielle starrte Hollande fassungslos an. »Haben Sie mich etwa verdächtigt und deshalb gefragt, wo ich vorgestern war?«

»Das ist die übliche Vorgehensweise bei …«, hob Pierre Roger an, wurde jedoch von einem ausgesprochen entnervten Hollande unterbrochen: »Sie sollten nur reden, wenn ich es Ihnen erlaube.« Offenbar war er nicht sonderlich zufrieden mit seinem jungen Mitarbeiter. An Gabrielle gewandt fügte er hinzu: »Tut mir leid, er ist noch neu.«

Es war Gabrielle egal, ob der Kriminalkommissar mit seinem Untergebenen zurechtkam oder nicht. Sie pflegte einen anderen Stil mit ihren Angestellten. Ihr Blick wanderte kurz von einem zum anderen, dann sah sie Hollande in die Augen und fragte: »Was habe ich mit einem Mann zu tun, der mitten in der Nacht von einer Seine-Brücke gestoßen wird? Außer natürlich, dass ich mich zufällig in der Nähe aufhielt. Aber ich habe nichts gesehen.«

»Das glaube ich Ihnen«, erwiderte Hollande. »Andernfalls wüssten Sie, dass Baron Philippe de Mougève auf recht unschöne Weise ertrunken ist.«

Unwillkürlich blickte sie zu den Rosen. Dann sah sie zu Hollande und schließlich zu dem jungen Polizisten. Einen Moment lang hoffte sie auf einen schlechten Scherz. Ihr fiel ein, dass sie Madame Aubert erst vorhin die Nachricht an Baron de Mougève zum Versand gegeben hatte. Nun würde er nie erfahren, dass sie ihn wiedersehen wollte. Bei dieser Erkenntnis klappte Gabrielles Kinn herunter, und sie senkte den Kopf. Trotz ihrer Bedenken gegen diesen Mann tat es ihr leid, dass er tot war. Ermordet. Und sie würde nie erfahren, ob er sich Valéry genannt hatte.

Sie hob den Blick. »Ich denke, Sie sollten sich bei den Frauen umhören, die Baron de Mougève betrogen hat. Die haben sicher ein Motiv.« Ihr fiel etwas ein, und sie fügte hinzu: »Oder bei Monsieur Larousse, wer immer das ist.«

»Genau das versuchen wir herauszufinden. Ich meine, wer dieser Monsieur Larousse ist.«

»Waren Sie schon in der Rue Tocqueville?«

Die Augen von Pierre Roger weiteten sich erstaunt.

»Natürlich. Wo denken Sie hin? Aber von Monsieur Larousse fanden wir keine Spur. Dafür stießen wir auf etliche Koffer, die anscheinend einigen Damen gehörten. Wo ein Gepäckanhänger dran ist, können wir versuchen, die Eigentümerin der Sachen ausfindig zu machen. Daran arbeiten wir gerade.«

Gabrielle steckte sich an ihrer Kippe eine neue Zigarette an. »Dann war ich anscheinend auf der richtigen Spur«, murmelte sie.

»Deshalb bleibt der junge Herr hier bei Ihnen und passt auf Sie auf, so lange ich diesen Monsieur Larousse nicht in der Préfecture sitzen habe«, verkündete Hollande.

Unwillkürlich brach Gabrielle in bitteres Gelächter aus. Der enttäuschte, ziemlich beleidigte Gesichtsausdruck von Pierre Roger ließ sie jedoch rasch wieder verstummen. Sie wollte den jungen Mann keinesfalls verletzen, aber er erschien ihr nicht geeignet, auf sie aufzupassen. Allein die Vorstellung, dass er die Zeit in ihrem Modehaus totschlug oder in ihrer Wohnung herumlungerte und an ihrem Treffen mit Cocteau und den anderen heute Abend teilnahm, war absurd. Außerdem wollte sie das Gefühl der Angst nicht zulassen. Ein wenig pampig stellte sie fest: »Monsieur le commissaire, Sie sind gekommen, weil Sie annahmen, dass ich etwas mit dem Tod des Barons zu tun hätte. Da ich natürlich unschuldig bin, versuchen Sie mich nun zu erschrecken. Wissen Sie, ich hatte seit meiner Zeit als Klosterschülerin keine Aufsichtsperson mehr – und dabei soll es auch bitte bleiben.«

Der Kriminalkommissar zögerte. Er wechselte einen kurzen Blick mit seinem Untergebenen, zerrte an dem Regenmantel, den er über die Schultern geworfen trug und der ihm herunterzurutschen drohte. »Wie Sie wünschen«, sagte er nach einer Weile. »Aber halten Sie sich von jeglichen Gewässern fern. Wenn es sich bei den beiden Toten in den Hotelbadewannen tatsächlich auch um Mordopfer handeln sollte, haben wir mit Baron de Mougève gerade drei Wasserleichen. Ich möchte nicht, dass Sie die vierte sind, Coco.«

»Oh, glauben Sie mir, das möchte ich auch nicht.«

Er nickte ihr zu, dann Pierre Roger. Ohne ein weiteres Wort verließen die beiden Polizisten Gabrielles Büro.

Kaum dass sich die Tür geschlossen hatte, gaben Gabrielles Knie nach. Sie sank in den Sessel, den sie Hollande zu Beginn seines Besuchs angeboten hatte. Ihre Hände zitterten so stark, dass sie die Zigarette zwischen die Lippen presste, um sie nicht fallen zu lassen. Ein Anflug von Hysterie überkam sie, der die mutige Gelassenheit Lügen strafte, die sie vor dem Kriminalkommissar zur Schau gestellt hatte.

35

»Nicht dass ich dem Baron de Mougève eine Träne nachweinen würde, aber ich finde es schade, dass wir nun nie erfahren werden, ob er auch Monsieur Valéry war«, meinte Misia, während sie in ihrem Kaffee rührte, den der Kellner des Hôtel Ritz gerade an ihrem Tisch des nach dem Stil des Art nouveau ausgestatteten Salons serviert hatte. »Ich kann der Vorstellung, dich mit einem Frauenmörder bekannt gemacht zu haben, nicht einmal einen Hauch Abenteuerlust abgewinnen.«

»Ich bin sicher, wir haben etwas übersehen«, erwiderte Gabrielle. Seit sie erfahren hatte, dass Baron de Mougève umgebracht worden war, trieb sie dieser Gedanke um. Nicht zuletzt, weil sie sich schuldig fühlte. Obwohl es sicher eine Menge Menschen gab, die einem Betrüger und Dieb den Tod wünschten, dachte sie immer wieder daran, dass sie durch ihre Schnüffelei dafür verantwortlich sein könnte. Möglicherweise war sie einem anderen Verbrecher zu nahe gekommen. Monsieur Lacôste vielleicht – oder Monsieur Larousse. Sie wusste nur nicht, was genau ihr Sorgen bereitete. »Die Lösung ist wie versteckt in meinem Kopf und kommt nicht hervor.« Zur Untermalung ihrer Worte klopfte sie mit der Faust an ihre Stirn.

Misia nickte zustimmend. Dann trank sie einen Schluck Kaffee, fuhr sich mit der Zunge über die Lippen und fragte: »Hast du etwas von Kommissar Hollande gehört? Mich würde ja brennend interessieren, ob er diesen brutalen Monsieur Lacôste endlich gefasst hat.«

»Ich habe nicht die geringste Ahnung.«

»Ja, ich hätte es mir denken können. Wenn er diesen Lacôste oder Monsieur Larousse gefasst hätte, würde er nicht mehr für deinen Schatten sorgen.«

Gabrielle sah sie überrascht an. »Was für ein Schatten?«

»Ha!« Misia lachte geziert auf. »Ist dir denn der junge Mann nicht aufgefallen, der dir überallhin zu folgen scheint? Jetzt sitzt er dort drüben in der Ecke und nippt an einem Glas Wasser. Wahrscheinlich kann er sich nicht mehr leisten, der arme Kerl.« Sie deutete wenig damenhaft in die Richtung, wo sie den Polizisten in Zivil ausgemacht hatte.

»Ach, du meinst den Assistenten von Kommissar Hollande, Pierre Roger. Ich hatte ihn schon vor meiner Boutique gesehen, aber mir war nicht bewusst, dass er sogar hierherkommen würde.« Ohne Zurückhaltung wandte sich Gabrielle um und blickte Roger direkt an. Er griff daraufhin zu einer Zeitung, die auf seinem Tisch lag, und verbarg sein Gesicht dahinter.

»Coco, du verwirrst ihn«, stellte Misia belustigt fest. »Der arme Junge hält die Ausgabe von *Le Figaro* falsch herum.«

»Er ist einfach nur peinlich.« Gabrielle schob ihren Sessel zurück, erhob sich und ging entschlossen zu dem kleinen Tisch in der Ecke. Mit gestrafften Schultern baute sie sich vor dem Mitarbeiter des Kriminalkommissars auf. Er tat so, als wäre er in seine Lektüre vertieft, und bemerkte sie nicht. »Guten Tag, Monsieur Roger, darf ich Sie zu einem Kaffee einladen?«

Das Zeitungspapier raschelte, und hinter dem Blatt tauchte ein puterrotes Gesicht auf. »Mademoiselle Chanel, Sie auch hier? Was für eine Überraschung!«, haspelte er, während er von seinem Stuhl aufsprang, der nur deshalb nicht umfiel, weil dicht hinter ihm die Wand war.

»Wollen Sie nun einen Kaffee oder nicht?« Ihre Erbarmungslosigkeit galt nicht nur seinem tölpelhaften Versuch, sie zu beschatten oder zu beschützen, was immer sein Auftrag war, sondern vor allem seinem Vorgesetzten. Dass Hollande diesen Mitarbeiter auf sie ansetzte, obwohl sie ihm das ausdrücklich untersagt hatte, ärgerte sie. Wahrscheinlich wollte der Kommissar Pierre Roger aus seinem beruflichen Alltag entfernen und hatte ihn deshalb auf Gabrielle angesetzt. Eine gute Lösung für ihn, eine schlechte für sie. »Sie sollten gehen, wenn Sie nichts zu sich nehmen möchten.«

»Oh, ich habe ein Glas Wasser bestellt.«

»Das sehe ich. Und es entspricht nicht den Gepflogenheiten der Gäste des Ritz. Sie fallen auf, Monsieur Roger, und ich nehme an, dass Sie genau das nicht sollen.«

Er verneigte sich. »Wenn das so ist, Mademoiselle Chanel, nehme ich gerne einen Kaffee.« Offenbar verstand er schnell, was sie ihm durchaus anrechnete.

»Gut. Aber halten Sie die Zeitung, in der Sie zu lesen vorgeben, bitte richtig herum.«

Zu ihrer größten Überraschung lächelte Roger. Er griff nach dem Blatt und zeigte es ihr. »Gucken Sie hier, diese Fotografie ist auf den Kopf gestellt. Man kann das Motiv nur erkennen, wenn man von der falschen Seite darauf schaut.«

Gabrielle konnte nicht genau sagen, welches seiner Wörter den Nebel in ihrem Kopf lichtete. Ihr war, als würde ein Schalter umgelegt. Plötzlich wusste sie, was sie übersehen hatte. »Setzen Sie sich wieder hin und trinken Sie in Ruhe den Kaffee, den ich Ihnen gleich bestelle. Möchten Sie auch etwas von der Patisserie? Ich lade Sie gerne ein. Sie haben mir sehr geholfen.« Mit einem freundlichen Lächeln nickte sie ihm zu, bevor sie sich umwandte und zu Misia zurückeilte.

Ihre Freundin sah sie aufmerksam an. »Was ist los, Coco? Hat Kommissar Hollande alle Verbrecher dingfest gemacht? Oder warum strahlst du so?«

»Mir ist endlich eingefallen, was wir vor Augen hatten, uns aber nicht auffiel«, erwiderte Gabrielle aufgeregt. Sie sank auf ihren Sessel und zündete sich eine Zigarette an, bevor sie sich vorbeugte und eindringlich erklärte: »Wenn Baron de Mougève tatsächlich Monsieur Valéry war, ist er in meiner Boutique gesehen worden. Meine Verkäuferin Anastasia bediente seine angebliche Braut, sie wird ihn gewiss wiedererkennen.«

»Aber der Baron ist tot«, warf Misia verständnislos ein.

»Eine Fotografie würde zur Identifizierung ausreichen, denke ich. Lässt die Polizei nicht von allen Verdächtigen ein Foto anfertigen? Und von allen Menschen, die auf nicht natürliche Weise zu Tode kommen, auch?«

Misia wirkte nicht überzeugt. »Keine Ahnung, ich hatte noch nie mit einem Kriminellen und schon gar nicht mit einem Mordopfer zu tun.«

»Ich bin sicher, dass es so ist.«

»Und wie willst du an ein Bild kommen, um es Anastasia zu zeigen?«

Gabrielle lächelte. »Wenn unser Freund Roger seine Kaffeestunde beendet hat, werde ich mit ihm in die Préfecture fahren.«

Sie wandte sich um, winkte dem Kellner und gab eine großzügige Bestellung für den Monsieur in der Ecke auf. »Er schuldet mir nachher einen Gefallen«, fügte sie an Misia gewandt hinzu.

*

Natürlich kam Gabrielle mit ihrem Ansinnen nicht an Kommissar Hollande vorbei. Sie hatte gehofft, dass ihr der junge Roger die benötigte Fotografie ohne viel Aufhebens besorgen könnte, doch das war nicht der Fall. Dabei wollte sie nicht für Unruhe sorgen, solange nicht sicher war, dass Anastasia den Baron erkannte. Nun saß Gabrielle also in dem kleinen Büro des Kriminalkommissars und erklärte ihm trotzig ihre Überlegungen.

»Ich würde mich ja gerne darüber aufregen, dass Sie sich schon wieder in meine Arbeit einmischen, Mademoiselle Chanel«, antwortete Hollande erstaunlich zurückhaltend. »Doch bin ich Ihnen zu Dank verpflichtet. An diese Möglichkeit hatte auch ich nicht gedacht.«

Gabrielle konnte sich ein zufriedenes Lächeln nicht verkneifen. »Dann werde ich die Bilder meiner Verkäuferin noch heute vorlegen«, versprach sie.

»Nein, Mademoiselle Chanel, das werde ich persönlich übernehmen.«

»Aber …«

»Glauben Sie, ich dürfte Polizeifotos einfach so aus der Hand geben?«

Sie seufzte. »Das dürfen Sie also nicht. Ich verstehe.«

»Außerdem ist da noch ein anderer Punkt«, fuhr Hollande fort. Offenbar wollte er sie auf die Folter spannen, denn er legte eine lange Gedankenpause ein, bevor er fortfuhr: »Wir wissen jetzt mit Gewissheit, dass die Frauen im Hôtel d'Alsace hier in Paris und im Hôtel de la Plage in Deauville ermordet worden sind. Das verändert unsere Sicht auf den Verdächtigen.«

»Aber der Portier im Hôtel de la Plage erkannte Baron de Mougève nicht«, entfuhr es Gabrielle, ohne nachzudenken. Erst als sie Hollandes entnervte Miene bemerkte, wurde sie sich bewusst, dass sie wohl die falsche Person verteidigte. Sie versuchte die nötige Sachlichkeit in ihre Unterhaltung zurückzubringen. »Wie konnten Sie herausfinden, dass es sich nicht um Unfälle handelte, Monsieur le commissaire?«

»Mithilfe einer Schwimmmeisterin. Nach mehreren Versuchen mit der jungen Frau stellten wir schließlich gemeinsam fest, dass selbst eine geübte Person sich nicht wehren kann, wenn sie in einer blitzschnellen Aktion von einer Person ihres Vertrauens unter Wasser gedrückt wird. Wenn das alles schnell genug geht, benötigt der Angreifer nicht einmal sonderlich viel Kraft, und es gibt keine Spuren. Deshalb gingen die Polizisten vor Ort von einem Unglück aus. Es spricht jedoch alles dagegen, sowohl die Lebensversicherung der Frau, die hier in Paris verstarb, als auch der Nachlass von Madame Delpierre aus Deauville, deren Koffer wir übrigens unter den vielen anderen in der Wohnung des Barons sicherstellten.«

»Oh!« Gabrielles Herzschlag beschleunigte sich unangenehm. »Wie ist er nur an ihr Gepäck gekommen?«

»Vermutlich durch seinen Freund Larousse.«

»Den Sie aber noch nicht ausfindig gemacht haben.«

»So ist es. Wir beobachten das Haus …«

Gabrielle dachte, dass das wenig zielführend war, wenn sich die zuständigen Polizisten anstellten wie der junge Roger.

»… und es ist auch eine Streife vor Ort in Louviers, falls Sie das auch noch wissen möchten. Aber von Monsieur Lacôste fehlt ebenfalls jede Spur. Die Kollegen haben inzwischen allerdings sein Haus durchsucht und festgestellt, dass sich dort offenbar ganze Wohnungseinrichtungen befinden, die ganz sicher nicht ihm gehören.«

»Meine Freundin Misia Sert wird nicht gerne hören, dass Monsieur Lacôste noch frei herumläuft.«

Hollande nickte verständnisvoll. »Im Moment versuchen meine Kollegen und ich die Eigentümerinnen der Koffer, die wir auf die eine oder andere Art zuordnen können, ausfindig zu machen. Es sind nur Frauen, was einen normalen Diebstahl ausschließt, und die Damen leben über ganz Frankreich verteilt. Es ist demnach recht aufwendig, sie zu finden, aber wir werden eine Spur finden, da bin ich ganz sicher.«

»Das beruhigt mich ungemein«, log Gabrielle.

Er musterte sie nachdenklich. Nach einer Weile schien er einen Entschluss gefasst zu haben. Er erhob sich von seinem Schreibtischstuhl. »Kommen Sie, Mademoiselle Chanel, erkundigen wir uns bei Ihrer Verkäuferin nach Monsieur Valéry.«

Eine halbe Stunde später stand Gabrielle neben ihrem eigenen Sekretär, rauchte und wartete, dass Anastasia, die auf einem der Besucherstühle saß, den Mann auf der Fotografie wiedererkannte – oder nicht. Sie nahm der jungen Frau nicht übel, dass sie lange brauchte, sich eine Meinung zu bilden. Für sie selbst war der erste Blick auf das Bild ausgesprochen irritierend gewesen. Es zeigte Baron de Mougève vor seinem Polizeiverhör, und von dem attraktiven Charmeur war wenig geblieben, seine Wangen wirkten eingefallen, er kam ihr fast ein wenig hilflos und sogar verzweifelt vor. Wenigstens war er da noch lebendig, fuhr es Gabrielle durch den Kopf. Die Aufnahmen von der Leichenschau hatte Kommissar Hollande ihr vorenthalten, und dafür war sie ihm rückblickend dankbar.

»Ich weiß nicht«, murmelte Anastasia, »der Monsieur Valéry, der die Cloche anbezahlte, war ein strahlender Herr gewesen. Dieser hier sieht sehr krank aus.«

»Er sieht eher schuldig aus«, meinte Hollande trocken.

»Doch eine gewisse Ähnlichkeit ist zu erkennen.«

Gabrielle hielt den Atem an. Sie dachte an den Hut, der ihr in Deauville aufgefallen war, aber auch an den Herrenduft. Legte der Baron das Parfüm nur bei bestimmten Begegnungen mit Frauen auf? Ein Toilettenwasser unterstrich ihrer Meinung nach die Persönlichkeit eines Menschen – sorgte es auch für ein Rollenspiel? Der echte Baron de Mougève benutzte Mouchoir de Monsieur nicht, wohl aber der falsche Monsieur Valéry. Welcher war der Heiratsschwindler? Dieses Verhalten widersprach Gabrielles Theorie von der persönlichen Identifikation mit einem bestimmten Duft, und deshalb wünschte sie plötzlich, sie könnte Baron de Mougève nach seinem verwirrenden Lebenswandel fragen.

»Ja«, rief Anastasia mit fester Stimme aus. »Ja, Monsieur le commissaire, das ist er. Ich bin ganz sicher.«

»Wirklich?«, zweifelte Hollande.

»Beim heiligen Apostel Andreas«, protestierte Anastasia, »ich schwöre Ihnen, dass ich die Wahrheit sage: Monsieur Valéry ist dieser Mann auf der Fotografie.«

War, dachte Gabrielle. Baron de Mougève war Monsieur Valéry.

»Danke«, sagte Hollande und nahm Anastasia das Foto ab. »Mehr brauche ich von Ihnen nicht. Sie können gehen.«

»Ich habe Ihnen gerne geholfen«, versicherte Anastasia strahlend.

»Glauben Sie, dass Baron de Mougève die Schwester von Madame Bonnet umgebracht hat?«, fragte Gabrielle, nachdem sich die Zimmertür hinter Anastasia geschlossen hatte.

»Ich weiß es nicht, Mademoiselle Chanel. Ich denke aber, das kann uns Madame Bonnet sagen.«

»Sie hat den vermeintlichen Mörder ihrer Schwester nicht gesehen, nur sein Herrenparfüm gerochen«, erinnerte Gabrielle. »Wenn sie die Fotografie sieht, wird sie nur den Mann wiedererkennen, dem sie hier begegnet ist.«

»Das stimmt. Aber vielleicht fällt ihr etwas auf, wenn sie das Bild sieht. Ich werde es an meine Kollegen in Le Havre schicken und um ein Gespräch bitten.«

»Tun Sie, was Sie tun müssen, Monsieur le commissaire, ich fürchte nur, es wird für Madame Bonnet schwierig sein, Ihnen eine korrekte Auskunft zu geben.« Gabrielle hörte sich selbst mit Skepsis zu. Sie klang, als würde sie nicht wollen, dass der Baron des Mordes an einer Frau überführt werden konnte. Nun ja, womöglich ist er doch unschuldig, sinnierte sie, die Polizei hat Madeleines Leiche noch nicht gefunden.

»Wir werden sehen«, antwortete Hollande vage. »Aber Sie halten sich aus unseren Ermittlungen raus, Mademoiselle Chanel.«

»Sie wiederholen sich.«

»Ich frage mich, wie oft ich es sagen muss, bis Sie sich daran halten.«

Stumm lächelte sie ihn an. Und er erwiderte ihr Lächeln mit einer fast anrührenden aufrichtigen Herzlichkeit.

36

Es war vor allem Misias neugieriger Beharrlichkeit zu verdanken, dass Gabrielle ihre engsten Freunde zusammentrommelte, um sie über die neuesten Ergebnisse der polizeilichen Ermittlungen und ihren eigenen Beitrag daran zu informieren. Während ein Herbststurm mit Regenschauern gegen die Fenster drückte, saßen die Serts und Cocteau in Gabrielles Salon, ließen sich von Joseph mit Champagner und einem kleinen Imbiss aus Kanapees mit Wachteleiern und Thunfisch bewirten und hörten ihrem Bericht zu. Eine Mischung aus Verwunderung, Anerkennung und Staunen antwortete ihr.

José Sert fand als Erster seine Sprache wieder. »Ihr seid beide an der Pont des Beaux-Arts gewesen und habt nichts gesehen?«, fragte er ungläubig.

»Gar nichts«, antwortete Cocteau. »Es standen ziemlich viele Clochards in unserem Blickfeld.«

»Baron de Mougève war schon ins Wasser gefallen, als wir an der Brücke ankamen«, erinnerte sich Gabrielle. Schaudernd schlang sie die Arme um ihren Leib. »Und dann kam auch schon die Polizei.«

»Ich traue diesem Lacôste zu, dass er Baron de Mougève umgebracht hat«, verkündete Misia in theatralischem Tonfall. »Dieser Mann ist zu allem fähig. Das weiß ich genau.«

»Und was ist mit seinem Freund Larousse?«, warf Cocteau ein. »Wenn der herausgefunden hat, dass der Baron Coco in seiner Wohnung empfing und sie deshalb etwas gesehen hat, was sie nicht hätte sehen sollen, kam es womöglich zu einem Streit zwischen den Männern. Deshalb ist Larousse überaus verdächtig.«

»Dann hätte er aber wohl Coco umgebracht und nicht seinen Freund.« Erst als er es ausgesprochen hatte, wurde Sert anscheinend bewusst, dass er Gabrielle in Gefahr wähnte. Er griff über den Couchtisch nach ihrer Hand. »Verzeih, meine Liebe, aber wir müssen die Situation doch nüchtern und von allen Seiten betrachten.«

Gabrielle stöhnte gequält auf. Letztlich hatte Sert recht. Sie mussten die Sache ohne Rücksicht erörtern, sonst erlaubten sie sich ein albernes Geplänkel, das nicht zum Ziel führte. Deshalb sagte sie sachlich: »Kommissar Hollande hat berichtet, dass sich die Zeugen nicht einig waren, ob sie einen Mann im Streit mit dem späteren Opfer gesehen haben oder eine Frau oder ein Paar. Das lässt ziemlich viele Schlüsse zu.«

»Wenn mir ein Mann den Himmel versprechen und gleichzeitig den Besitz nehmen würde«, erklärte Misia, »würde ich ihn wahrscheinlich auch umbringen. Es liegt meines Erachtens nahe, dass es eine enttäuschte Frau war.«

»Ich tippe immer noch auf Larousse. Oder Lacôste. Wer sagt uns denn, dass das nicht derselbe Mann ist?«, insistierte Cocteau.

»Das haben wir von Anfang an gedacht«, erwiderte Gabrielle. »Der Verlobte der Toten in Deauville nannte sich Larousse, aber offenbar hatte sie die Adresse von Monsieur Lacôste in Louviers aus gutem Grund in der Bibel versteckt.«

Misia riss die Augen auf. »Meinst du, sie ahnte, dass sie sterben musste, und wollte einen Hinweis auf ihren Mörder hinterlassen?«

»Das kann auch bedeuten, dass sie hinter eine Verbindung der beiden Männer gekommen ist und die Anschrift einfach nur sicher aufbewahren wollte«, versuchte sie ihr Gatte zu beruhigen.

»Oder es ist eben doch ein und derselbe Mann«, beharrte Cocteau. »Genauso, wie die Messieurs de Mougève und Valéry ein und derselbe Herr waren. Mir kommt es vor, als würde die Anzahl unserer Verdächtigen immer weniger bei den vielen Pseudonymen.«

»Bislang wissen wir nur von Baron de Mougève, dass er auch als Monsieur Valéry auftrat.«

»Ach, Coco, sei keine Spielverderberin«, maulte Cocteau.

Sert schüttelte den Kopf. »Das führt nicht weiter.«

»Dann versuchen wir es noch einmal«, hob Cocteau in liebenswürdigem Ton an. »Möglicherweise war Baron de Mougève auch Monsieur Larousse. Kann doch sein, oder? Aber nein, er hätte sich kaum eigenhändig in die Seine stoßen können. Und ihr seid ganz sicher, dass der Baron als Mörder der Dame in Deauville nicht infrage kommt?«

Gabrielle und Misia öffneten gleichzeitig den Mund. Seufzend zeigte Misia ihrer Freundin mit einer Geste an, dass sie sprechen sollte. »Der Portier im Hôtel de la Plage war eindeutig«, erwiderte Gabrielle.

»Also fangen wir wieder von vorne an«, resümierte Sert. »Wir suchen nach Lacôste und Larousse. Meint ihr, die Polizei ist fähig, einen der beiden oder beide ausfindig zu machen?«

»So ungern ich es sage, fürchte ich, dass der Mörder bereits über alle Berge ist«, konstatierte Cocteau. »Wenn Larousse den Baron im Streit getötet hat, kann er annehmen, dass die Polizei über kurz oder lang in die gemeinsame Wohnung in der Rue Tocqueville kommen wird. Mit ein bisschen Verstand bleibt er der Adresse fern …«

»Aber mit den Koffern scheint er eine Menge Diebesbeute zurückzulassen«, unterbrach Sert.

»Das dürfte ihm weniger wichtig sein, als seinen Hals zu retten.«

»Wenn der Mörder geflohen ist, habe ich ja nichts mehr zu befürchten«, stellte Gabrielle fest und lächelte in die Runde. Sie hob ihr Glas. »Trinken wir darauf, dass ich in Sicherheit bin!« An etwas anderes mochte sie gar nicht denken.

37

Im Januar fanden die nächsten Modenschauen statt, und Gabrielle hätte sich eigentlich mit nichts anderem beschäftigen dürfen als mit der Kollektion, die sie dann zu bringen gedachte. Doch weder die Betrachtung von Knopfmustern, das Studium der Faltenwürfe einzelner Stoffe noch die Überprüfung der Rückennaht einer Abendrobe konnten sie davon abhalten, mit den Gedanken abzuschweifen. Hin und wieder stellte sich die Überlegung ein, dass es falsch gewesen sein könnte, den Vertrag mit den Wertheimers zu unterschreiben, ohne einen eigenen Rechtsberater kontaktiert zu haben. Meist tröstete sie sich damit, dass sie erst einmal abwarten sollte, wie sich das neue Unternehmen Chanel Parfumes überhaupt entwickelte. Und dann war da noch der nun tote Baron de Mougève, der sich immer wieder in ihr Bewusstsein drängte. Ihre Freunde wiederholten zwar, dass sie Coco in Sicherheit wähnten, doch sie ertappte sich dabei, dass sie auf der Straße öfter mal nach hinten schaute und auch häufiger als früher überprüfte, ob alle Fenster und Türen in ihrer Wohnung fest verschlossen waren. Die einzig positive Ablenkung waren die Pläne für das Ballett *Le Train Bleu*; nachdem Pablo Picasso zugesagt hatte, sich um die

Kulissen zu kümmern, wurde Coco Chanel fast zwangsläufig zur Kostümbildnerin. Mit diesem Projekt kam die Frage auf, wann sie ihren Winterurlaub an der Riviera einlegen würde. Vor der Präsentation im neuen Jahr schienen Ferien jedoch ausgeschlossen.

Während sie an ihrem Schreibtisch saß, Muster von Bordüren und Posamenten vor sich, wanderten ihre Gedanken wieder einmal fort von der Mode und hin zu den Morden. Seit ihrer letzten Begegnung mit Kommissar Hollande waren fast zwei Wochen vergangen, in denen sie nichts mehr von ihm gehört und auch Pierre Roger nicht in ihrem Umfeld wahrgenommen hatte. Sie fragte sich, ob die Fälle als unaufgeklärt im Aktenschrank der Kriminalpolizei verstaubten oder ob sie von den weiteren Ermittlungen ausgeschlossen war. Es wäre besser für ihr Seelenheil, wenn sie über die Aufklärung oder weitere Entwicklung Bescheid wüsste, befand sie. Gleichzeitig beschloss sie, Hollande eine Nachricht mit der Bitte um ein Gespräch zu schicken. Am besten, sie setzte das Billett sofort auf, bevor sie von etwas anderem abgelenkt wurde …

In diesem Moment klingelte das Telefon. Unwillig, weil sie sich zutiefst gestört fühlte, hob sie den Hörer ab. »Ja, hallo?«

»Guten Tag, Mademoiselle Chanel, hier ist Cécile Bonnet«, klang es etwas dumpf durch die knarzende Leitung.

Vor Überraschung schnappte Gabrielle nach Luft. »Madame Bonnet! Wie geht es Ihnen?«

»Es geht mir besser«, antwortete die Frauenstimme. »Ich rufe an, um mich bei Ihnen zu bedanken, dass Sie geholfen haben, den Mörder ausfindig zu machen …«

»Was meinen Sie?«, unterbrach Gabrielle zunehmend verwundert.

»Nun, die Polizei war hier und zeigte mir ein Foto von dem Mann, den ich in Ihrem Geschäft gesehen habe. Leider ist er inzwischen tot, wie ich erfuhr, sodass wir ihn nicht mehr fragen können, wo er Madeleines Leichnam vergraben hat. Es ist so traurig, dass ich nicht Abschied nehmen kann. Aber es ist eine Erleichterung zu wissen, dass ihr Mörder einer gerechten Strafe zugeführt wurde. Das habe ich Ihrem Eingreifen zu verdanken, und dafür möchte ich mich bedanken.«

Gabrielle überlegte kurz, ob es ihr recht war, dass die Polizei ihre Beteiligung an der Identifizierung des Barons preisgegeben hatte. Andererseits hatte sicher niemand so sehr ein Recht auf die Wahrheit wie Madame Bonnet. Dennoch zögernd antwortete Gabrielle: »Ich helfe gerne, wo ich kann.«

»Das haben Sie, Mademoiselle Chanel, Sie haben mir geholfen. Ich hoffe, dass wir uns wiedersehen und ich mich noch einmal persönlich bei Ihnen bedanken kann.«

»Sie sind in meiner Boutique jederzeit willkommen.«

»Das ist sehr freundlich.«

Stille trat ein. Anscheinend wusste die Anruferin nicht mehr, was sie noch sagen sollte. Letztlich war ja auch alles gesagt. Um das Schweigen zu beenden, stellte Gabrielle eine Frage, die ihr plötzlich durch den Kopf ging. »Kennen Sie eigentlich einen Monsieur Lacôste, Madame Bonnet?«

»Ob ich einen Monsieur Lacôste kenne?« Erstaunlicherweise lachte sie, als hätte Gabrielle einen Witz gemacht. »Natürlich kannte ich einen Monsieur Lacôste, aber mein Vater ist schon lange verstorben.«

»Ich verstehe nicht …« Gabrielle konnte nicht glauben, was sie gehört hatte. »Von wem sprechen Sie?«

»Natürlich spreche ich von meinem Mädchennamen. Und Sie?«

Gabrielle umfasste den Telefonhörer fester. »Wie bitte? Sie heißen Lacôste?«

»Nein, ich heiße Bonnet, wie mein Mann. Aber das wissen Sie doch. Da meine Schwester unverheiratet war, trug nur noch sie unseren Mädchennamen. Sie hieß Madeleine Lacôste. Hatte ich das nicht erwähnt?«

In Gabrielles Kopf drehte sich alles. Sie war sich ganz sicher, dass Madame Bonnet versäumt hatte, den vollen Namen ihrer Schwester zu nennen, und sie selbst hatte schlichtweg vergessen, danach zu fragen, diese Information war ihr unwichtig erschienen. Doch nun schien alles anders, obwohl Gabrielle nicht die geringste Ahnung hatte, was das sein könnte. Sie wusste nur, dass sie Cécile Bonnet nichts von dem geheimnisvollen Anwesen in Louviers erzählen sollte.

»Wie auch immer«, sagte Madame Bonnet plötzlich entschieden, »ich sollte nicht so viel über Madeleine sprechen. Mein Mann meint, das bekommt mir nicht gut, ich würde zu Hysterie neigen, aber da wir nun schon einen Schritt weiter sind, sollte ich mich beruhigen. Natürlich hat mein Mann recht, ich werde über meinen Verlust schweigen, aber ich wollte mich trotzdem bei Ihnen bedanken, Mademoiselle Chanel.«

»Das ist sehr nett von Ihnen«, murmelte Gabrielle automatisch, mit ihren Gedanken nicht bei dem Kummer der anderen Dame. »Leider muss ich mich jetzt verabschieden. Meine Arbeit ruft … die Kollektion … wissen Sie …«

»Entwerfen Sie bitte weiterhin schöne Kleider, ich werde sie mir kaufen.«

»Vielen Dank. Auf Wiedersehen.«

Gabrielle hatte den Hörer schon fast auf die Gabel gelegt, als sie noch das »Adieu, Mademoiselle Chanel« von Madame Bonnet vernahm. Tief durchatmend legte sie auf.

38

»Bist du jetzt völlig verrückt geworden?«, echauffierte sich Misia.

Gabrielle achtete nicht auf den Einwand, sondern ging weiter in Misias Salon auf und ab. Die Bewegung sollte ihr beim Denken helfen, doch genau genommen war sie noch nicht viel weiter als bei ihrem Eintreffen. Sie hatte die Freundin aufgesucht, um ihr eine entscheidende Frage zu stellen, eine Frage, die ihr seit dem Anruf von Madame Bonnet immer wieder durch den Kopf ging. »Könntest du in Louviers auch von einer Frau niedergeschlagen worden sein?« Sie blieb vor Misia, die in einem hochlehnigen Barocksessel thronte, stehen. »Nun?«

»Du bist von allen guten Geistern verlassen!«

»Aber, Misia, ich denke nur logisch«, protestierte Gabrielle. »Die Schwester von Madame Bonnet ist die einzige Person, von der wir wissen, dass sie Lacôste heißt …«

»Wie wahrscheinlich Tausende Franzosen«, warf Misia ein.

»Ich finde es merkwürdig, dass eine Frau, die unmittelbar mit den Mordfällen in Verbindung zu stehen scheint, den Namen eines Verdächtigen trägt.«

»Trug«, korrigierte Misia. »Sie ist tot, Coco.«

Gabrielle schüttelte den Kopf. »Das wissen wir nicht. Madeleine Lacôste ist verschwunden, mehr ist uns nicht bekannt. Sie kann natürlich ermordet worden sein, wie Madame Bonnet vermutet, aber sie kann sich auch einfach nur aus dem Staub gemacht haben.«

»Warum sollte sie das tun?«

»Das habe ich mir von Anfang an überlegt. Sie könnte der schwesterlichen Liebe überdrüssig gewesen sein. Wer weiß, vielleicht ließ Madame Bonnet ihr keine Luft zum Atmen.« Gedankenverloren nahm Gabrielle ihren Spaziergang durch Misias Salon wieder auf. Nach einigen Schritten an der Tür angekommen, murmelte sie: »Mademoiselle Lacôste könnte versucht haben, in Louviers ein neues Leben zu beginnen.«

»Als Mann?«, fragte Misia spöttisch.

Wieder blieb Gabrielle auf ihrem Rückweg vor Misia stehen. »Warum nicht?«

»Nur weil es im Theater Hosenrollen gibt, muss das nicht auch im Leben so sein. Das ist wirklich verrückt, Coco! Mich hat mit Sicherheit keine Frau niedergeschlagen.«

»Woher willst du das so genau wissen?«, insistierte Gabrielle. »Hast du jemals den Roman *La Garçonne* von Victor Margueritte gelesen? Er ist voriges Jahr erschienen, und darin geht es um Grenzüberschreitungen und dass Frauen alles versuchen und erreichen können, was ein Mann tut.« Kurz flammte in ihrem Kopf das Bild von Pierre Wertheimer auf, dem sie sich als Geschäftsmann hatte präsentieren wollen. Inzwischen war sie sich zunehmend unsicher, ob sie nicht vielmehr wie eine naive Frau agiert hatte, indem sie den meisten seiner Forderungen zugestimmt hatte. Mit diesem Thema würde sie sich ein anderes Mal auseinandersetzen, dachte sie und blickte mit energisch erhobenem Kinn auf Misia hinab.

Tatsächlich zögerte Misia, bevor sie antwortete: »Der Kerl, der mich angegriffen hat, war nicht sehr groß und auch nicht übermäßig kräftig, aber so sehen Franzosen häufig aus. Seine Rechte war jedenfalls ziemlich trainiert, und welche Frau kann schon boxen?« Ihre Frage brachte sie wieder mit der vorherigen Empörung hervor.

»Jeanne Girard«, gab Gabrielle spontan zurück. »›La Belle Girard ist vor dem Krieg mit ihren Kämpfen öffentlich aufgetreten. Man nannte sie die schönste Frau im Boxring. Hast du nie von ihr gehört?«

»Das ist nicht meine Welt.«

»Sei nicht beleidigt, weil ich dir zu beweisen versuche, dass wir uns vielleicht haben täuschen lassen und Mademoiselle Lacôste ihr Unwesen in Louviers treibt.«

Misia seufzte. »Ich bin nicht beleidigt. Ich mache mir lediglich Sorgen um deinen Verstand.«

»Gut. Dann lass uns nach Louviers fahren und in dem Haus nachsehen.« Gabrielle war von ihrer spontanen Entscheidung selbst überrascht, aber einen Atemzug später dachte sie, dass sie mutig und selbstbewusst handelte – wie ein Mann. Anders würde sie die Angelegenheit um Madame Bonnet und den Baron de Mougève vermutlich auch niemals aufklären können. Sie reichte Misia auffordernd die Hand.

»Nie und nimmer«, widersprach die Freundin. »Ich fahre da nicht noch einmal hin. Außerdem: Was willst du vorfinden? Die Polizei hat alles durchsucht, nehme ich an.«

»Ja, das stimmt, aber wenn die Polizei die Sachen einer Frau fand, wird man annehmen, dass es sich um das Eigentum eines

Opfers des Heiratsschwindlers handelt. Niemand würde darauf kommen, nach einer Bewohnerin des Anwesens zu suchen. Ich bin sogar sicher, dass die männlichen Polizisten nicht darauf geachtet haben, ob eine Mademoiselle Lacôste dort untergetaucht sein könnte.«

»Ich will deinen Eifer ja nicht mindern, aber bedenke bitte, dass der Nachbar, den wir bei unserem ersten Besuch dort antrafen, ganz klar von einem Monsieur Lacôste sprach.«

»Wir haben ihn aber auch nur nach Monsieur gefragt und nicht nach Madame oder Mademoiselle.«

Misia seufzte. »Und im Hôtel d'Alsace war auch ein Mann dieses Namens zu Gast. Die ertränkte Gattin wird doch wohl kaum mit einer anderen Frau auf Hochzeitsreise gewesen sein.«

In beredtem Schweigen zuckte Gabrielle mit den Schultern.

»Also gut, Coco.« Misia ergriff endlich Gabrielles Hand, die sie ihr noch immer ausgestreckt hinhielt. »Fahren wir nach Louviers. Aber du versprichst mir, dass ich das Haus nicht noch einmal betreten muss. Ansonsten bekomme ich Albträume und fange an zu schreien. Lieber stehe ich Schmiere, wenn du dort einbrichst.«

»Einverstanden!«, stimmte Gabrielle zu. »Wir müssen ohnehin vorsichtig sein, weil die Polizei das Haus vielleicht noch beobachtet.«

»Ach was«, wehrte Misia ab, »so lange kümmert sich kein Dorfgendarm um ein verlassen wirkendes Anwesen.« Sie ließ sich von Gabrielle hochziehen. »Ich mache mich nur rasch fertig, dann können wir aufbrechen. Was für ein Glück, dass Sert in seinem Atelier ist. Er würde mir die Fahrt nach Louviers ausreden.«

Wahrscheinlich hätte er recht damit, sinnierte Gabrielle. Doch dachte sie auch, dass die Neugier sie viel zu sehr umtrieb, um einen Rückzieher zu machen. Dabei war es gar nicht einmal pure Neugier, sondern das Bedürfnis, eine schreckliche Geschichte abzuschließen.

*

Bei ihren letzten Besuchen in Louviers waren die Bäume noch mit goldenen Blättern herbstlich geschmückt gewesen, heute verbreiteten die kahlen Äste unter dem grauen Novemberhimmel eine dramatische Stimmung, die zweifellos zu Gabrielles Gemütszustand passte. Da sie Misia zu deren Frühstückszeit, also nach elf Uhr aufgesucht hatte, kamen sie am Nachmittag in der Kleinstadt an. Gabrielle chauffierte und fuhr ihren Wagen diesmal sicher bis direkt vor das fragliche Anwesen. In der Straße war es wie zuvor still, eine Polizeistreife war nicht zu entdecken, aus den Schornsteinen der Nachbarhäuser wehte Rauch, und es duftete nach Holz und Äpfeln. Das Grundstück der Chaumière, wo Gabrielle parkte, wirkte mit dem vermodernden Laub auf dem Boden noch ungepflegter als zuvor, und alles schien so verlassen wie ehedem. Ein Absperrband der Polizei flatterte im Wind. Entweder hatte es jemand von der Gartenpforte gelöst, oder es war von allein heruntergeweht.

»Ich warte hier im Auto«, entschied Misia, »und wenn jemand kommt, hupe ich. Mehr kannst du nicht von mir verlangen.«

Gabrielle sah sie entnervt an. »Ich habe doch gar nichts gesagt.«

»Noch nicht«, erwiderte Misia mit theatralischer Stimme. »Noch hast du nichts gesagt, aber ich bin sicher, dass du mich auffordern wolltest, dich zumindest bis zur Haustür zu begleiten. Doch das kommt überhaupt nicht infrage.«

Tatsächlich hätte sich Gabrielle wohler gefühlt, wenn sie Misia in ihrer Nähe gewusst hätte. »Es ist ja schon gut«, murmelte sie, schenkte der Freundin ein feines Lächeln und stieg aus. Wenn Misia von ihrem Automobil aus auf sie aufpasste, sollte es Gabrielle recht sein. Sie hatte ohnehin nicht vor, sich allzu lange in dem Haus aufzuhalten. Das größte Problem würde sein, Zugang zu dem Gebäude zu finden.

Doch zu ihrem Erstaunen war das überhaupt nicht schwierig.

Sich immer wieder nach allen Seiten umdrehend, schritt Gabrielle langsam über die Blätter auf dem Gartenweg. Sie fühlte die eigene Anspannung, änderte jedoch nichts an ihren rhythmischen Bewegungen. Als sie ihre Hand auf die Klinke legte, gab das Türschloss sofort nach. Es hatte niemand abgeschlossen. Oder es war nach der Polizei niemand mehr hier gewesen, dachte sie. Im nächsten Moment fiel ihr ein, dass sich genauso gut ein Bewohner im Inneren aufhalten könnte. Sie nahm all ihren Mut zusammen und rief in die Diele: »Hallo! Ist jemand zu Hause?«

Grenzenlose Stille antwortete ihr. Sie hörte nur ein Knacken im Gebälk und ihren eigenen Atem.

Gabrielle versuchte sich an den Grundriss zu erinnern und wie sie mit Cocteau hier herumgelaufen war. Im Dämmerlicht dieses Spätherbstnachmittags wirkten die Räume noch unheimlicher als damals. Aus Erfahrung wusste sie, dass am ehesten in einem Badezimmer erkennbar war, ob es das Zuhause einer Frau war. Doch Häuser wie dieses besaßen nur eine Latrine draußen neben dem Stall, und wer sich waschen wollte, ging in die Küche. Also schritt sie auch dorthin, die ungewöhnliche Ansammlung der Möbel versuchte sie zu ignorieren. Aus den Augenwinkeln bemerkte sie, dass die seltsame Einrichtung etwas ordentlicher aufgestellt war;

da hatten sicher die Polizisten bei der Durchsuchung Hand angelegt.

Rund um das Küchenwaschbecken fand sie die üblichen Requisiten, die hier hingehörten. In den Regalen darüber war auch nichts Auffälliges. Seufzend bückte sich Gabrielle zu dem Unterschrank, schob den Leinenvorhang beiseite – und fand neben dem Abflussrohr einen runden Korb mit allerlei Utensilien. Seife, Handtücher und einen sicher recht teuren Kamm aus Horn. Es waren keine ungewöhnlichen Gegenstände, nur der Kamm ließ Gabrielle zögern. Sie kniete sich nieder, schob die Handtücher hin und her – bis sie Glas unter ihren Fingern spürte.

Zum Vorschein kam eine kleine runde Flasche mit einem weißen Etikett, auf dem in goldenen Lettern »Mouchoir de Monsieur« stand. Daneben lag eine zweite wesentlich schlichtere kleine Flasche, die wie einem Reisenecessaire nachempfunden wirkte und auf der ein ebenfalls weißes Etikett klebte, diesmal war die Schrift schwarz: »Chanel No 5«.

Ohne darüber nachzudenken, verstaute Gabrielle die beiden Flakons in ihren Manteltaschen. Erst danach und mit reichlich Verzögerung ergriff sie blankes Entsetzen. Das, was sie von Anfang an zu vermeiden versucht hatte, war bewiesen: Ihr Parfüm oder auch sie selbst hing in der Geschichte wie eine Fliege in einem Spinnennetz. Der Flakon war zudem der unabänderliche Beweis für den Aufenthalt einer Hausfrau in diesen Räumen. Ein mit Duftwässern wenig vertrauter Polizist mochte die Parfüms bei der Durchsuchung für nicht so bedeutungsvoll gehalten haben. Für Gabrielle bedeutete der Fund jedoch nicht nur eine weitere Verstrickung in die Machenschaften von Monsieur oder Mademoiselle Lacôste, sondern legte auch die Vermutung nahe, dass sich Madame Bonnet bei dem Aromatest geirrt haben könnte.

Keine fünf Minuten später saß Gabrielle wieder hinter dem Steuer ihres Rolls-Royce.

»Du bist bleich wie ein Käse«, stellte Misia fest. »Hast du ein Gespenst gesehen?«

»Etwas Ähnliches«, antwortete Gabrielle und zog die kleinen Flaschen hervor. »Es ist nicht nur sicher, dass ein Mann in dem Anwesen wohnt, sondern auch eine Dame, die Kundin einer meiner Boutiquen ist, dort logiert hat.«

»Oh!« Misia nahm ihr den Flakon Chanel No 5 aus der Hand. »Was ändert das?«

»Wahrscheinlich hat sich Madame Bonnet geirrt und die Düfte verwechselt. Und überhaupt hat nicht nur sie, sondern auch ihre Schwester bei mir eingekauft. Wenn ich es recht bedenke, könnte ich dank der Rechnungsbücher vielleicht herausfinden, wann sie zuletzt dort war, und damit erfahren, ob sie noch lebte, als Madame Bonnet sie bereits als verschwunden meldete.«

»Glaubst du, dass Madame Bonnet dich angelogen hat?«, platzte Misia heraus.

Gabrielle zögerte. Wenn sie an den Auftritt von Cécile Bonnet nach der Begegnung mit Baron de Mougève in ihrer Boutique in Paris dachte, konnte sie sich kaum vorstellen, dass es sich um eine Inszenierung gehandelt hatte. Wozu auch? Madame Bonnet lenkte damit ja erst die Aufmerksamkeit der Polizei auf den Fall. Andererseits ergaben sich immer neue Fragen, je mehr Gabrielle herausfand. »Ich weiß es nicht«, antwortete sie, »aber ich werde es nicht dabei belassen.« Entschlossen legte sie den Gang ein und startete den Motor. Das war ohne den Betrieb der Kurbel nicht einfach, aber nach einigem Geröhre lief das Automobil wie eine gut geölte Maschine. Gabrielle trat auf das Gaspedal.

Nach einer Weile wollte Misia wissen: »Was hast du vor?« Anscheinend wunderte sie sich, dass die Fahrerin eine andere Richtung einschlug als die, aus der sie gekommen waren.

»Wir fahren nach Le Havre«, erklärte Gabrielle, »und ich werde Madame Bonnet einen Besuch abstatten.«

39

Es war Abend und die blaue Stunde längst überschritten, als sie die Küste erreichten. Doch je näher sie dem Meer kamen, desto heller schien der Himmel zu werden, doch in dem Villenvorort Sainte-Adresse sorgten vor allem die Gaslaternen für eine ausreichende Beleuchtung. Hinter den Fenstern der schönen Villen, die meist im normannischen Fachwerkstil erbaut waren, schimmerte gelbes Licht, und Gabrielle nahm an, dass sich die Bewohner gerade zum Abendessen umzogen. Es tat ihr fast leid, dieses Idyll zu stören, in dem es nur Harmonie und Heimeligkeit zu geben schien. Doch sie wusste, dass hinter den Fassaden durchaus auch Lügen zu Hause waren.

Misia kuschelte sich in ihren Pelzmantel. »Ich bleibe im Wagen, wenn du Madame Bonnet aufsuchst. Wir wollen ja kein Überfallkommando aus deinem Besuch machen.«

»Ich bin sicher, es wird nicht lange dauern«, sagte Gabrielle, als sie ihr Automobil vor der Villa parkte, die dem Ehepaar Bonnet gehörte. »Hoffentlich habe ich mir die Hausnummer richtig gemerkt.«

»Das wirst du bestimmt gleich herausfinden.«

Zum ersten Mal fragte sich Gabrielle, was sie Madame Bonnet eigentlich fragen wollte. Sie würde sie mit dem Haus in Louviers konfrontieren, natürlich, aber würde sie Mademoiselle Madeleine Lacôste auch unterstellen, sich möglicherweise in Hosen und Jackett als gemeiner Heiratsschwindler zu verdingen? Wahrscheinlich würde Madame Bonnet sie nach dieser Vermutung des Hauses verweisen. Na ja, dachte Gabrielle, dann ist mein Besuch noch kürzer, als Misia zu warten bereit sein dürfte.

Den Blick auf die Villa gerichtet, stieg Gabrielle aus ihrem Rolls-Royce. Im selben Moment nahm sie eine seltsame Lichterscheinung wahr: Die Vorhänge waren nicht zugezogen, und hinter den Fenstern flackerte die Beleuchtung wie bei einer defekten Gasleitung oder bei Stromschwankungen. Gabrielle nahm diese Beobachtung mit einer gewissen Erleichterung zur Kenntnis. Demnach störte sie nicht beim Abendessen oder dessen Vorbereitungen, wenn die Herrschaften auf einen Handwerker warteten. Rasch ging Gabrielle den gepflegten Gartenweg hinauf zu der Eingangstür.

Ein dumpfer Schrei ließ sie aufhorchen. Er war nicht so laut, dass er die Nachbarschaft erschreckte, aber doch so deutlich, dass Gabrielle ihn im Haus der Bonnets lokalisierte. Irgendetwas stimmte da nicht.

Ohne die Warnungen in ihrem Kopf zu beachten, betätigte sie die Klingel. Ihr Herz schlug ihr bis zum Halse, aber sie dachte gar nicht daran umzukehren.

Nach einer endlos scheinenden Weile wurde geöffnet. Eine Frau in der Uniform eines Stubenmädchens fragte unterwürfig: »Ja, bitte?«

Das Licht schien nun wieder einwandfrei zu funktionieren, und die Lampe in der Diele wirkte wie ein Scheinwerfer. Die Frau in dem schwarzen Kleid, der weißen Schürze und mit der ebenfalls weißen Haube auf dem blonden Haar wäre Gabrielle in der Dämmerung wahrscheinlich nicht aufgefallen, sie erinnerte sie jedoch bei der herrschenden Beleuchtung an eine Beobachtung in hellem Sonnenschein. Zweifellos stand sie vor der Frau, die sie auf der Rennbahn in Longchamp in Begleitung des unbekannten Mannes mit dem Fedora gesehen hatte. Eines Mannes, der ihr damals den Rücken zugekehrt hatte, aber von dem sie heute vermutete, dass es wohl Baron de Mougève gewesen war. Stumm vor Fassungslosigkeit starrte sie die andere an.

»Sie wünschen?«

Gabrielle riss sich zusammen. »Ich möchte Madame Bonnet sprechen.«

»Es tut mir leid, das ist nicht möglich, Madame ist ausgegangen.«

»Wann erwarten Sie Madame Bonnet zurück?«

Ein Stöhnen wehte zu Gabrielle. Sie reckte den Hals, um in das Innere des Hauses zu blicken.

Hinter dem Hausmädchen entdeckte sie eine Gestalt, die sich am Boden unterhalb einer Treppe krümmte. Eigentlich war es nur ein Schatten. Aber er alarmierte Gabrielle wie das Angelusläuten damals im Kloster Aubazine. Und nach den christlichen Werten, die ihr in Kindheit und Jugend beigebracht worden waren, reagierte sie mit spontaner Hilfsbereitschaft.

Gabrielle stieß die Angestellte zur Seite und trat ein. Dabei übersah sie das Bein, das ihr gestellt wurde.

Sie schlug der Länge nach hin. »Was fällt Ihnen ein?«, stieß sie hervor. Es waren ihre letzten Worte, bevor ihr ein Mulltuch auf Mund und Nase gedrückt wurde und sie eine Substanz einatmete, die sie aller Sinne beraubte.

*

Ihr Kopf schien in einem Schraubstock zu stecken, der sich wie ein Kreisel bewegte, ihre Gliedmaßen waren wie gelähmt, und ihre Knochen taten überall weh, ein unbestimmbarer Druck auf der Brust raubte ihr den Atem. Sie wollte nur schlafen und irgendwann ohne Schmerzen aufwachen. Doch das war ihr nicht gegeben. Sie hörte Stimmen in unmittelbarer Nähe, die sie wach hielten. Eine Frau sprach mit einem Mann – und sie war sich sicher, dass sie beide nicht kannte.

»Was sollen wir mit ihnen machen? Ich kann sie nicht ewig in Bewusstlosigkeit versetzen, das Chloroform reicht nicht so lange für zwei Personen.«

Gabrielle registrierte den medizinischen Begriff und fragte sich, warum sie sich wohl in der Obhut einer Krankenschwester befand. Ach ja, die Schmerzen! Sie hatte wohl einen Unfall gehabt.

»Sobald alles im Viertel schläft, bringen wir sie hinaus und in meinen Wagen«, erwiderte der Mann. War das ein Arzt, der sie ins Krankenhaus fahren wollte? Doch als hätte er ihre stumme Frage gehört, fuhr er fort: »Das Automobil wird von den Klippen ins Meer stürzen, und damit gibt es niemanden mehr, der uns noch im Wege stehen könnte.«

»So war unser Plan«, stimmte die Frau zu, »aber ich weiß nicht, ob er richtig ist. Hat das Auftauchen dieser Modetante nicht alles verändert? Ich meine, Mademoiselle Chanel ist eine bekannte Persönlichkeit. Im Gegensatz zu Cécile wird sie bestimmt vermisst werden …«

»Gewiss, Mademoiselle Chanel kann nicht spurlos verschwinden. Aber bevor man nach ihr sucht, sind wir schon mit dem Schiff nach Amerika unterwegs, und mein Auto liegt mit den beiden weiblichen Fahrgästen unauffindbar auf dem Grund des Ärmelkanals. Und nach Cécile kräht ohnehin kein Hahn.«

Träumte sie? Gabrielle versuchte die Augen zu öffnen. Aber es gelang ihr trotz größter Anstrengung nicht, ihre Lider waren zu schwer. Vielleicht bildete sie sich das auch nur ein. Ihr fehlte die Kraft für alles.

»Schade, dass sie ohnmächtig ist«, fuhr der Mann in leutseligem Ton fort. »Ich wüsste zu gerne, was Philippe de Mougève an ihr fand. Coco Chanel muss schon bemerkenswert sein, wenn sich ein nüchterner Mann wie unser Baron in sie verliebt.«

Die Frau lachte schrill auf. »Hast du etwa Interesse an ihr?«

Auch er lachte, aber es klang wärmer. »Mach dich nicht lächerlich. Keine andere Frau interessiert mich, ich habe noch nie so geliebt. Mein Leben gehört nur dir, Madeleine.«

Gabrielle wollte sich aufbäumen, sich vergewissern, dass das Gehörte Realität war, sich dem Schrecken irgendwie entziehen. Doch sie spürte, wie sie langsam wieder in tiefe Ohnmacht sank. Ihr Gehör versagte ihr den Dienst, sie nahm keine Geräusche und Stimmen mehr wahr. Dennoch war ihr klar, dass es lebenswichtig für sie war, wach zu bleiben. Der süße Duft, der aus dem Mulltuch strömte, verhinderte es. Sie spürte endlose Schmerzen, und nun kam auch noch Panik hinzu. Doch sie konnte nichts tun.

*

»Es ist doch unglaublich!«, schimpfte Misia. »Ich sage Ihnen, dass meine Freundin gegen ihren Willen festgehalten wird – und Sie lehnen es ab, etwas zu unternehmen. Das ist ein Skandal!«

»Madame …«, der Polizist blickte auf die Notizen, die er sich bei ihrem Eintreffen in der Gendarmerie gemacht hatte, »… Sert«, las er laut vor, woraufhin er wieder aufsah. »Madame Sert, Sie haben angegeben, dass Ihre Freundin einen Besuch machen wollte und seit annähernd zwei Stunden nicht wieder aus dem Haus gekommen ist. Vielleicht hat sie in einer netten Unterhaltung die Zeit vergessen. Möglicherweise wurde sie zum Diner eingeladen. Warum haben Sie nicht geklingelt und selbst nach dem Rechten gesehen?«

»Glauben Sie, ich will mich auch in Gefahr bringen?«, polterte Misia. »Ich sage Ihnen, bei den Bonnets stimmt etwas nicht. Ich habe durch das Autofenster gesehen, wie Coco im Eingang hingefallen ist, bevor die Tür geschlossen …«

»Dann ist sie eben über einen Läufer in der Diele gestolpert. Das kommt vor.«

»Eine Coco Chanel stürzt nicht einfach so.«

»Aha.« Offensichtlich sagte ihm der Name, den Misia hingeschmettert hatte, gar nichts.

Misia war mit den Nerven fast am Ende. Der Überfall in dem Anwesen auf sie selbst in Louviers hatte sie nicht so mitgenommen wie die Vermutung, dass Coco zum Opfer eines Verbrechens wurde. Zunächst hatte sie tatsächlich auch an ein dummes Versehen gedacht, als sie die Freundin mehr oder weniger durch den Hauseingang hatte fliegen sehen. Vielleicht war das Licht kurz ausgegangen, das zuvor geflackert hatte – auch das war ihr aufgefallen. Doch als der Strom stabil zu bleiben schien, Coco nicht wieder zurückkam und nach etwa einer halben Stunde ein Automobil vorfuhr, dem ein Mann entstieg, wurde Misia unruhig. Sie beobachtete, wie er klingelte und von dem die Tür öffnenden

Hausmädchen mit einem innigen Kuss begrüßt wurde. Diese Szene war ebenso alarmierend wie die Zeit, die nach und nach verstrich.

Es war eine ruhige Wohngegend, und es waren kaum Passanten unterwegs. Alle Anwohner schienen zu Hause zu sein und sich ihres Abendessens zu erfreuen. Misia vergaß ihr Magenknurren und wartete in wachsender Anspannung auf Coco. Ein seltsames Déjà-vu erfasste sie. Auf dem Dachboden in Louviers hatte sie scheinbar endlos lange gewartet. Da hatten Coco und Cocteau sie befreit, im Gegenzug lag es heute an ihr, Coco – wovor auch immer – zu retten. Entschlossen schob sich Misia hinter das Steuer, startete den Wagen und fuhr zur nächsten Polizeistation, die sie finden konnte.

»Ich verlange, dass Sie in dem Haus von Madame und Monsieur Bonnet nach dem Rechten sehen!«

»Madame Sert, die Polizei kann nicht einfach bei unbescholtenen Bürgern an die Tür klopfen und eine Hausdurchsuchung vornehmen. Das Gesetz schützt die Privatsphäre in einer Wohnung von Sonnenuntergang bis Sonnenaufgang. Wenn Sie keine anderen Beweise haben, als dass Ihre Freundin zu lange mit den Herrschaften redet, isst und trinkt, kann ich Ihnen leider nicht helfen.«

»Es ist Gefahr im Verzug!«, rief Misia. Sie atmete tief durch und versuchte sich zu beruhigen, um die aufkommende Hysterie zu dämpfen. »Ich bitte Sie, Monsieur, kommen Sie mit mir mit. Meine Freundin und ich recherchieren in einem Mordfall. Nein, eigentlich in mehreren, aber …«

»Das wird ja immer skurriler«, warf der Polizist trocken ein.

Ihre Hand fuhr automatisch nach unten und schlug auf den Tisch, der sie von dem wachhabenden Gendarmen trennte. »Wenn

Sie mir nicht glauben, erkundigen Sie sich bei Kommissar Hollande in der Préfecture in Paris. Er wird Ihnen bestätigen, dass es Ihre dringlichste Aufgabe ist, ein weiteres Verbrechen zu verhindern.« Insgeheim betete sie, dass der Kriminalkommissar so spät noch in seinem Büro arbeitete.

»Und wenn Sie verlangen, dass ich den Premierminister anrufen soll, wird das nichts an den bestehenden Gesetzen ändern.«

»O ja, das ist eine gute Idee. Rufen Sie Monsieur Poincaré an und grüßen Sie ihn von mir. Jede Minute, die wir hier weiter diskutieren, bringt meine Freundin in größte Gefahr.«

Der Polizeibeamte musterte sie eindringlich. Sie begegnete seinem Blick mit dem Hochmut einer Frau aus der Oberschicht. Es war ein gegenseitiges Abschätzen, und Misia betete insgeheim für ihren Sieg. Die Rollen waren allerdings ungünstig verteilt. Sie war geübter in Überheblichkeit als der Gesetzeshüter. Wahrscheinlich nahm er ihre Bekanntschaft mit Raymond Poincaré als möglich an. Schließlich nickte er und sagte: »Ich werde mich bei dem Kommissar in Paris erkundigen. Wie war noch mal der Name?«

Ihr fiel auf, dass sie den Vornamen des »netten« Kriminalkommissars nicht kannte. »Hollande«, antwortete sie. »Fragen Sie in der Préfecture nach der Mordkommission und sagen Sie ihm, dass Sie in meinem Auftrag anrufen, weil ich befürchte, dass Mademoiselle Chanel etwas passiert – und hoffentlich nicht schon passiert ist.«

»Warten Sie hier«, schlug der Polizist vor, bevor er sich umwandte und zu dem Telefon ging, das am Ende des Dienstbüros an der Wand hing. Ein zweiter Beamter, der an seinem Schreibtisch saß und lustlos auf einer Schreibmaschine tippte, sah auf und unterbrach seine Arbeit. Misias Gesprächspartner zuckte mit den

Schultern und nickte in ihre Richtung. Dann hob er den Hörer ab und bat um die Verbindung.

Misias Herz pochte so laut, dass sie befürchtete, jeder würde es hören. Sie war sich sicher, dass Kommissar Hollande auf den Telefonanruf in ihrem Sinne reagieren und den Polizisten in Le Havre anweisen würde, im Haus der Bonnets nach Coco zu suchen. Wenn er denn in seinem Büro war. Vielleicht saß er um diese Uhrzeit ja auch am heimischen Esstisch mit seiner Frau. Meine Güte, sie wusste weder seinen Vornamen noch, ob er verheiratet war. Unwillkürlich fiel ihr ein, dass sie Sert Bescheid sagen musste. In der Nachricht, die sie ihm hinterlassen hatte, hatte etwas von ihrer Rückkehr nach Paris am späten Abend gestanden. Das würde sie nun nicht mehr schaffen.

Sie beobachtete, wie der Polizist Haltung annahm. Dabei redete er unaufhörlich in den Apparat. Erleichterung erfasste sie. Offensichtlich hatte er Kommissar Hollande erreicht und erhielt nun Anweisungen für das weitere Vorgehen. Dennoch wich die Anspannung nicht von ihr. Als der Gendarm mit deutlich schnellerem Schritt als zuvor zum Telefon zu ihr zurückkam, hielt sie den Atem an.

»Verzeihen Sie, Madame Sert, dass ich nicht sofort kooperiert habe. Aber Sie wissen ja, die Gesetze …« Er unterbrach sich, seufzte kurz und fügte dann hinzu: »Jetzt werden wir alles tun, um Ihre Freundin zu finden. Kommissar Hollande hat mich genau instruiert. Er macht sich jetzt auf den Weg hierher …«

»Aber bis er hier ist, könnten mindestens acht Stunden vergehen«, rief Misia bestürzt aus.

»Mit dem Zug ist der Kommissar schneller als mit dem Automobil. Aber vorher werden wir bei Madame und Monsieur Bonnet nach Mademoiselle Chanel fragen.« Der Polizist wandte sich zu seinem Kollegen um. »Gaston, wir haben einen Einsatz!« Er wandte sich noch einmal an Misia: »Wir werden sehen, was wir im Einklang mit dem Gesetz tun können.«

*

Gabrielle fühlte sich, als würde sie fliegen. Sie schwebte, was ihren Schwindel verstärkte. Nein, das war es nicht allein. Es lag wohl daran, dass ihr Kopf nach unten hing. Verwundert registrierte sie die ungewöhnliche Position – und ebenso erstaunt bemerkte sie, wie sie langsam zu Bewusstsein kam. Irgendjemand hatte sie wie ein Bündel über die Schulter geworfen. Sie wollte schreien, doch in ihrem Mund steckte ein Mulltuch. Und es war unmöglich für sie, sich zu bewegen. Das lag nicht nur an den starken Schmerzen in ihren Gliedmaßen. Langsam dämmerte ihr, dass sie nicht nur geknebelt, sondern auch gefesselt war. Ein Albtraum. Einbildung. Sie würde gleich vollends zu sich kommen und feststellen, dass sie auf eine haarsträubende Fantasie hereingefallen war.

»Mademoiselle sieht aus wie ein Federgewicht, kommt mir aber schwerer vor als ein Kaffeesack«, ächzte ein Mann.

»Cécile wiegt wohl eher sechzig Kilo«, erwiderte eine Frau. »Ich glaube, sie hat sich vorhin beim Sturz von der Treppe das Genick gebrochen. Sie atmet nicht mehr. Das Flackern der Lampen war wohl nach den ganzen Inszenierungen der vergangenen Tage zu viel für ihre Nerven. Eine hysterische Attacke – und zack, das war es dann. Herzlichen Glückwunsch, mein Liebster, du bist Witwer.«

Gabrielle drehte sich der Magen um. Sie erkannte die Stimmen als diejenigen, die sie vorhin schon einmal wahrgenommen hatte.

Die Frau war das blonde Hausmädchen, das Madeleine genannt worden war. Madeleine, wie die Schwester von Cécile Bonnet, die angeblich verschwunden, möglicherweise sogar ein Mordopfer war. Und der Mann? Ihre Gedanken spielten ihr vielleicht einen Streich, aber es hatte geklungen, als handelte es sich um Monsieur Bonnet, den Ehemann ihrer Kundin, deren Mädchenname Lacôste war. Gabrielle versuchte die Puzzlestücke zusammenzusetzen, die ihr durch den Kopf gingen. Doch sie konnte kaum denken, sie konnte natürlich auch nicht sprechen und sich bewegen, sie fühlte nur, wie sie aus einem Haus getragen wurde. Letzteres spürte sie an dem kalten Windhauch, der plötzlich über ihren Körper strich. Sie versuchte die Augen zu öffnen. Vergeblich.

Was hatte Monsieur Bonnet mit ihr vor? Dunkel erinnerte sie sich an das Gespräch, das sie unfreiwillig belauscht hatte. War da nicht die Rede von einem Automobil gewesen, das, über eine Klippe gestürzt, im Meer versinken sollte? Wer darin saß, würde ertrinken. Es ist immer das Wasser, das am Ende tötet, fuhr es Gabrielle durch den Kopf. In der Badewanne, in der Seine, im Ärmelkanal. Im selben Moment wurde ihr klar, dass sie es mit einem Serienmörder zu tun hatte. Unwillkürlich begann sie trotz der Fesseln zu zappeln.

»Madeleine! Bring noch Chloroform, Mademoiselle wacht auf und macht Schwierigkeiten. Ich kann sie nicht mehr halten.«

»Dann lass sie fallen. Es ist doch egal, ob sie sich etwas bricht, sie stirbt doch sowieso.«

Die Panik verlieh Gabrielle die Kraft, endlich ihre Augen zu öffnen.

Sternenhelle Dunkelheit umfing sie, unterbrochen von einem Gaslicht, das wohl von der Straßenlaterne stammte, an der Monsieur Bonnet sie vorbeischleppte. Er trug sie den Gartenweg entlang. Sie erkannte den gepflegten Pfad. Vorhin war sie hier entlanggegangen. Wie war sie eigentlich hierhergekommen?

Da musste irgendwo ihr Auto stehen!

Gabrielles Herz schien einen Schlag auszusetzen, um dann heftiger gegen ihre Brust zu trommeln. Sie war nicht allein. Misia befand sich hier irgendwo in der Nähe in Gabrielles Wagen. Sie würde ihr zu Hilfe eilen und ihr das Leben retten. Misia, ihre Freundin …!

Entsetzt stellte sie fest, dass außer dem Automobil, zu dem Monsieur Bonnet sie offenbar trug, kein weiterer Wagen am Straßenrand parkte. Sie blinzelte, und obwohl ihre Lider schwer waren, zwang sie sich, sie offen zu halten. Ihre Sicht war nicht einwandfrei, aber es bestand kein Zweifel.

Misia war weggefahren.

40

Das ist das Ende, dachte Gabrielle. Lethargie und Überlebenswille wechselten sich ab. Sie zerbrach sich den Kopf, was sie tun könnte, um zu überleben. Ihr Schwindel und ihr Kopfschmerz wurden stärker, sie fühlte sich nicht fähig, einen klaren Plan zu fassen. Das Mulltuch im Mund verursachte ihr Übelkeit und raubte ihr den Atem. Vielleicht sollte sie die Dinge akzeptieren, wie sie waren. Das war eben ihr Schicksal. Nein, fuhr es ihr durch den Kopf, das kann nicht sein. Gott kann nicht wollen, dass ich in einem Mittelklassewagen auf dem Meeresgrund verwese.

Ein Motorengeräusch hallte durch die Nacht. Nein, es waren zwei Motoren. Gabrielle hörte genau, wie sie näher kamen. Ein Auspuff knallte wie ein Schuss, der andere Motor klang in einem ruhigen Rhythmus. Der erste Antrieb gehörte vielleicht zu einem Motorrad, das zweite Geräusch war ein gut geölter Wagen der Luxusklasse.

»Halt! Polizei! Bleiben Sie stehen!«

Sie fiel. Gabrielle spürte, wie sich Monsieur Bonnet schüttelte und gleichzeitig die Last von seiner Schulter warf. Sie machte sich steif, versuchte, ihren Kopf einzuziehen. Der Aufprall war trotzdem unglaublich hart. Er nahm ihr wieder das Bewusstsein. Verdammt! Jetzt bin ich tot, war ihr letzter Gedanke.

*

»Monsieur, Sie können hier nicht herein!«, erklärte die Krankenschwester energisch.

»Doch, doch, das kann ich«, versetzte eine hohe Männerstimme, die unendlich vertraut und wohltuend klang.

»Lassen Sie Monsieur Cocteau nur herein«, antwortete ein anderer Mann, der ebenfalls nicht unbekannt zu sein schien.

»Aber da kommt ja noch ein Herr. Und eine Dame. Nein, also wirklich, so viele Menschen in einem kleinen Krankenzimmer sind nicht erlaubt, Monsieur le commissaire.«

Gabrielle öffnete die Augen und wurde einen Moment von der Helligkeit geblendet, die den Raum erfüllte. Weiße Wände und Sonnenlicht, das durch das Fenster strahlte. Sie wusste, dass sie sich in einer Klinik befand und in Sicherheit war. Nachdem sie auf den Rasen der Bonnets gefallen war, hatten sie Misias Ohrfeigen aus der Ohnmacht geholt. Sie hatte neben ihr gekniet und ihr ins Gesicht geschlagen, während Tränen über Misias Wangen liefen. Gabrielle hatte genau gesehen, wie ihre Freundin geweint hatte, obwohl ihre Lider noch immer kaum oben bleiben wollten. Immerhin bekam sie aber wieder Luft, der Knebel war entfernt, sie konnte atmen. »Hast du eine Zigarette für mich?«, waren ihre ersten geflüsterten Worte. Und Misias Antwort war ein lautes Schluchzen gewesen.

Sie blinzelte, um sich an die natürliche Beleuchtung zu gewöhnen. Dann sah sie die Besucher an ihrem Bett: Misia und José Sert, Jean Cocteau und Kommissar Hollande. Alle vier wirkten übernächtigt und sahen so aus, als bräuchten sie mindestens ebenso viel Schlaf, wie Gabrielle hinter sich zu haben meinte. Sie versuchte ein Lächeln. Offenbar war der Kiefer der einzige Teil ihres Körpers, der nicht geprellt war. »Bonjour, mes amis«, sagte sie und klang dabei heiserer als gewöhnlich.

»Wenn Ihnen der Besuch zu viel ist, schicke ich alle wieder hinaus.« Die resolute Krankenschwester nahm Gabrielles Hand und tastete an ihrem Knöchel nach dem Puls. »Die Herrschaften haben sich nach Ihren Wünschen zu richten.«

»Sie sollen alle bleiben«, flüsterte Gabrielle.

»Wir haben uns solche Sorgen um dich gemacht«, hob Cocteau an.

»Ich bin noch nie so rasant von Paris an die Küste gefahren worden«, warf Sert ein. »Cocteau hat ungeachtet aller Schlaglöcher in der Straße Gas gegeben wie ein Rennfahrer.«

»Nun redet doch mal nicht so viel von euch«, mischte sich Misia ein. »Der Kommissar muss gleich zurück nach Paris und ist nur gekommen, um Coco die Ergebnisse der Verhöre von heute Nacht mitzuteilen. Du hast den Fall nämlich gelöst, Coco.« In Misias Ton schwang unendlicher Stolz.

»Ich wünschte, Sie hätten mich informiert, bevor Sie Ihre Nase wieder in eine Angelegenheit stecken, die eigentlich Sache der Polizei ist«, brummte Hollande.

»Hm«, war Gabrielles einziger Kommentar. Sie fühlte sich noch zu schwach, um ihm vorzuhalten, dass die Polizei von Louviers bei der Hausdurchsuchung das wichtige Detail der beiden Parfüms übersehen hatte. Männer!, dachte sie.

»Immerhin wissen wir dank Ihnen von den Machenschaften von Mademoiselle Lacôste.« Hollande klang schon wieder ein wenig freundlicher. »Die Sache ist allerdings etwas komplexer, als wir annahmen.«

»Erinnerst du dich an die Frau, die uns bei unserem Spaziergang in der Rue Bonaparte damals begegnete?«, fragte Cocteau mit einem gewissen Eifer. »Ich bin sicher, das war diese Mademoiselle Lacôste, und sie floh von der Pont des Beaux-Arts, wo sie Baron de Mougève ermordet hatte.« Er schien sich in seiner Rolle als Aufklärer zu gefallen.

»Aber wieso?«, wollte Gabrielle wissen. »War ich wirklich schuld an seinem Tod?«

Bevor einer ihrer Freunde sich wieder einmischen konnte, brachte Hollande sie mit einer energischen Handbewegung zum Schweigen. »Wir müssen mit der Erklärung weiter zurückgehen, sonst ergibt das alles keinen Sinn. Sehen Sie, es geht vor allem um Liebe und darum, dass Monsieur Bonnet sich hoffnungslos in die Schwester der Frau verliebte, die er geheiratet hatte. Ich würde sogar sagen, er war Mademoiselle Lacôste verfallen.«

Gabrielle versuchte zu nicken, aber das fiel ihr schwerer, als die Augen offen zu halten.

»Es war natürlich eine unglückliche Verbindung«, fuhr der Kriminalkommissar fort, »die wenig Aussicht auf ein Happy End hatte, da Madame Cécile Bonnet die wohlhabendere der beiden Schwestern war. Mademoiselle Lacôste besaß zwar auch ein kleines Erbe, aber Madame Bonnet brachte in ihre Ehe ein Vermögen ein, auf das ihr Mann nicht verzichten wollte. Dennoch trafen sich Schwägerin und Schwager gelegentlich, er nannte sich Larousse, wie die Enzyklopädie, wenn er ein Hotelzimmer für sie mietete. Durch Monsieur Bonnet lernte Madeleine Lacôste den Baron de Mougève kennen, einen alten Bekannten von Bonnet, dessen Geschäftsmodell ihr zusagte. Sie begann dem Baron dabei zu helfen, gut situierte Frauen mittleren Alters auszunehmen. Sie mieteten sogar ein Haus auf halbem Wege zwischen Bonnet in Le Havre und de Mougève in Paris, wo sie die Möbel und andere Wertgegenstände einlagerten, die sie ihren Opfern abnahmen, doch die beiden blieben nicht unentdeckt. Ihre Neugier wurde Madame Delpierre in Deauville zum Verhängnis. Als Zimmermädchen verkleidet, verschaffte sich Mademoiselle Lacôste Zutritt zu ihrem Zimmer und ertränkte sie …«

»Hat der Baron den Mord im Hôtel d'Alsace verübt?«, fragte Gabrielle tonlos.

»Nein, nein«, meldete sich Misia zu Wort. »Dein Verehrer war wohl nur ein Heiratsschwindler, Dieb und Betrüger. Nicht wahr, Monsieur le commissaire?«, fügte sie um Zustimmung heischend hinzu.

»Wir können ihm eine Mittäterschaft nicht mehr nachweisen. Auf jeden Fall ging Mademoiselle Lacôste eigene Wege, indem sie sich als Mann verkleidete und ebenfalls die Bekanntschaft mit einsamen wohlhabenden Frauen suchte.«

»La Garçonne«, murmelte Cocteau.

»Nicht nur das«, erwiderte Hollande. »Mademoiselle Lacôste verkleidet sich anscheinend gerne. Sie versuchte ihre Schwester in den Wahnsinn zu treiben, indem sie, die Totgeglaubte, als Zofe verkleidet durch die Villa geisterte.«

Gabrielle war beeindruckt, wie belesen eloquent der Kommissar war. Doch ihre Gedanken waren eigentlich bei einem anderen gebildeten Herrn. »Hat sie den Baron auf der Brücke im Streit getötet?«

»Es waren wohl beide«, berichtete Hollande. »Mademoiselle Lacôste und Monsieur Bonnet. Sie beschuldigten sich bei der Vernehmung gegenseitig. Da war es aus mit der großen Liebe.«

Gabrielle erinnerte sich vage an die Gespräche, die sie – kaum bei Bewusstsein – nur bruchstückhaft gehört hatte. Traurigkeit erfasste sie bei dem Gedanken an ein weiteres Mordopfer des infernalen Duos. »Und Madame Bonnet haben die beiden auch umgebracht.«

»Nein. Das haben sie nicht. Madame Bonnet geht es verständlicherweise nicht gut, aber sie wird die Schrecken überleben, auch wenn das wohl noch eine Weile dauert. Abgesehen von den Verletzungen, die sie erlitten hat, ist es sicher nicht einfach zu verkraften, dass die eigene Schwester und der Ehemann sie in den Wahnsinn treiben wollten, um an ihr Geld zu kommen.«

Die Krankenschwester hatte die ganze Zeit über Gabrielles Hand gehalten. Mit einem verärgerten Schnauben ließ sie sie los. »Nun ist es aber genug mit diesen mörderischen Geschichten. Ich kann nicht zulassen, dass der Puls von Mademoiselle Chanel immer unregelmäßiger wird. Sie braucht Ruhe!«

»Noch eine Frage, bevor Sie nach Paris zurückfahren«, sagte Gabrielle rasch: »Woher wissen Sie das alles, Monsieur le commissaire?«

»Die beiden singen in den jeweiligen Vernehmungen wie zwei Vögelchen.«

»So«, verkündete die Krankenschwester, »nun ist es aber genug. Die Besuchszeit ist beendet. Ich bringe Ihnen gleich einen Tee, Mademoiselle Chanel, und danach sollten Sie wieder ein wenig schlafen.«

Gabrielle zwinkerte ihren Freunden zu. »Ein Glas Champagner wäre mir lieber.«

NACHWORT

Im Laufe der Jahre habe ich eine Menge Bücher über Coco Chanel gelesen, und in sehr vielen fand ich einen Hinweis auf einen Mann namens Henri Désiré Landru. Er war ein Heiratsschwindler, der die Besitztümer seiner Opfer in einem Lagerhaus auf dem Land bei Paris verwahrte und später durch die Benutzung des Parfüms Mouchoir de Monsieur aufflog. Eine Zeugin erkannte den Duft wieder. Landru wurden etliche Morde an Frauen zur Last gelegt, und er wurde nach einem aufsehenerregenden Prozess im Februar 1922 hingerichtet. Als ich über diesen Fall recherchierte, begegnete ich George Joseph Smith (1872–1915), einem Engländer, der seine Ehefrauen in der Badewanne ertränkte und nur über Umwege überführt werden konnte. Diese Fälle waren die Basis für meine Idee zu einem Kriminalroman über Coco Chanel und den Duft des Mörders. Dazu aber eine Anmerkung: Gabrielle Chanel hatte im wahren Leben weder mit der einen noch mit der anderen Sache in irgendeiner Weise zu tun.

Wie auch in meiner vorherigen Geschichte *Mademoiselle Coco und die Entführung des Picasso* habe ich aber einige Fakten in diese

Handlung einfließen lassen. So gab es sowohl die enge Freundschaft von Gabrielle Chanel zu Misia Sert als auch zu Jean Cocteau. Die Anklänge an die Opiumsucht des Dichters entsprechen seiner Biografie. Tatsächlich hat Coco Chanel auch die Kostüme für das Ballett *Le Train Bleu* entworfen (und Pablo Picasso die Kulissen), das 1924 uraufgeführt wurde. Und natürlich wohnte sie in der Rue Gabriel und fuhr einen Rolls-Royce. Ebenso sind ihre Großzügigkeit und finanzielle Unterstützung vieler Freunde und Mitarbeiterinnen Legende.

Einen wesentlichen Teil dieses Kriminalromans nehmen die Verhandlungen über den Verkauf von Chanel No 5 ein, die weitgehend wie beschrieben abgelaufen sind. Gabrielle Chanel lernte Pierre und Paul Wertheimer durch die Vermittlung von Théophile Bader auf der Rennbahn in Longchamp kennen und besprach sich in der Folge ohne einen eigenen Anwalt mit den Herren. Nicht lange nach dem Inkrafttreten der Verträge im Frühjahr 1924 wurde ihr der Fehler bewusst, und sie überzog Pierre Wertheimer mithilfe eines Rechtsanwalts wenig erfolgreich mit einer Reihe von Klagen. Genau dreißig Jahre später gab sie jedoch auch die Kontrolle über ihr Modehaus in seine Hände. Seit 1954 ist deshalb die Familie Wertheimer Eigentümerin der Firma Chanel – bis heute.

Da nach dem Buch vor dem Buch ist, werde ich mich jetzt gleich an *Mademoiselle Coco und der Mord im kleinen Schwarzen* setzen. Vorher möchte ich mich aber noch bei meinem Verleger Jürgen Welte, der wunderbaren Verlagsleiterin Pascalina Murrone und meinem Außenlektor Ralf Reiter für die schöne Zusammenarbeit bedanken. Und ein ganz großes Dankeschön gilt wie immer meiner Agentin Petra Hermanns.

Liebe Leserinnen, liebe Leser, ich hoffe, wir sehen uns zwischen anderen Buchdeckeln und auf einem E-Reader wieder oder hören uns demnächst.

Michelle Marly